Buchbeschreibung

Drei kleine Wörter, die dein Leben verändern und alles, was du dir erträumt hast.

Du wirst blind.

Sutton ist siebzehn, steht kurz vor ihrem Highschoolabschluss und beginnt nach den Ferien ein Kunststudium in New York. Eigentlich.
Denn als sie die Diagnose *fortgeschrittene Retinitis pigmentosa* erhält – eine Augenkrankheit, die eine Zerstörung der Netzhaut zur Folge hat –, muss sie alles infrage stellen, was sie sich für ihre Zukunft ausgemalt hat.
Sutton wird blind sein und das Leben, das sie sich gewünscht hat, vielleicht niemals führen können.
Dann trifft sie Blake, den sie aus der Schule kennt und der vor Kurzem einen ebenso weitreichenden Schicksalsschlag erlitten hat. Die beiden kommen sich näher, obwohl sie in zwei völlig unterschiedlichen Welten gelebt haben.
Aber das ist nun nicht mehr wichtig.
Wichtig ist nur das Gefühl, das sich zwischen ihnen entwickelt. In ihrem Inneren herrscht das gleiche Chaos, das gleiche wirre Bunt, das beide zueinander zieht.
Kurzerhand begeben sie sich auf eine Reise, mit dem Risiko, aus dieser nicht mehr heil zurückzukommen.

Über die Autorin

Wir schreiben das Jahr 1993. Ein braunhaariges achtjähriges Mädchen, wir nennen sie der Einfachheit halber Rose Bloom, sitzt stundenlang in ihrem Zimmer und kritzelt mit Buntstiften und viel Fantasie eine Geschichte nach der anderen in ihre Schulhefte. Sehr zum Bedauern ihres Mathelehrers, der außer seinen Zahlen und Formeln nichts anderes als Hausaufgabe gelten lässt.

In Rose Blooms Familie hatten Bücher schon immer einen hohen Stellenwert. Im Grundschulalter entdeckte sie selbst das Schreiben und konnte es nach einer längeren Pause niemals wirklich sein lassen.

Dann entdeckte Rose die weiten Möglichkeiten des Selfpublishings und im Januar 2016 entstand die erste Szene zu ihrem allerersten Liebesroman, den sie im Mai 2016 veröffentlichte.

Rose Blooms Bücher zeichnen sich vor allem aus durch viel Gefühl, Liebe und Leidenschaft in einem bildlichen Schreibstil. Sie möchte den Leser vollständig in die Geschichte saugen, genauso wie sie beim Schreiben völlig darin aufgeht.

Übrigens, heute wäre ihr Mathelehrer ganz sicher stolz auf sie.

ROSE BLOOM

WITH YOUR *Eyes*

Printed in Germany
ISBN: 978-3-96443-307-7

1. Auflage, 2019

Rose Bloom
c/o Papyrus Autoren-Club
Pettenkoferstr. 16-18
10247 Berlin

info@rose-bloom.de
www.rose-bloom.de

Lektorat:
Natalie Röllig, Lektorat Bücherseele
Coverdesign:
Einzigartig Buchdesign, Sandra Maier,
www.einzigartig-Buchdesign.de
Gedichte:
Thomas P. Groh,
www.facebook.com/thomas.p.groh

»NICHT DIE AUGEN SIND ES, DIE DICH SEHEN LASSEN, SONDERN DEIN HERZ.«

Rose Bloom

VORWORT

Ich habe lange für dieses Buch recherchiert und mit mir gehadert, ob ich es schreiben kann und möchte. Um genau zu sagen, fast zwei Jahre. Natürlich nicht durchgängig, dennoch habe ich mir haufenweise Betroffenenberichte, Fachseiten und mehr durchgelesen und bin mit Menschen in Kontakt getreten, die ein ähnliches Schicksal ereilt hat.

Trotzdem ist es möglich, dass der Verlauf anders ist als bei realen Betroffenen.

Es handelt sich hier immer noch um eine fiktive Story und keine Biografie und es kann sein, dass sich manche Dinge nicht so darstellen lassen, wie sie in der Realität vorkommen.

Vorrangig möchte ich euch unterhalten und hoffe, dass ihr euch auf die Reise mit Sutton und Blake einlasst und ein paar schöne, traurige und nachdenkliche Stunden habt.

Unterstützung hatte ich diesmal von Thomas P. Groh, der mir die wunderschönen Zeilen für Blakes Gedichte lieferte.

Vielen Dank, Tom, ich brenne für jedes einzelne deiner einzigartigen Gedichte.

Besucht ihn doch mal bei Facebook und schaut euch weitere Zeilen an, die euch berühren werden:

www.facebook.com/WorteDesWahnsinns/

PROLOG

» ICH BIN *nicht* VERRÜCKT! «

Sutton

Weißt du, wie es aussieht, wenn die Sommersonne auf das Meer trifft?

In welchen Farben ein Regenbogen nach einem Sommerschauer am Himmel steht?

Wie viele Nuancen die Flügel eines Schmetterlings haben können?

Und aus wie vielen verschiedenen Grüntönen einfaches Gras besteht?

Ich hatte noch niemals darüber nachgedacht. Bis zu diesem Moment.

Mir fiel der feine Staub auf der Schreibtischplatte aus Kirschholz auf. Die Schlieren auf den Fenstern, als die Sonnenstrahlen aus den Wolken brachen und in das karge Krankenhauszimmer schienen. Das eine Nasenhaar, das aus der Nase meines Gegenübers hing, während der plapperte und plapperte und plapperte.

Ich sah alles. Der Arzt musste sich mit seiner Aussage irren.

»Hast du gehört, Sutton?«, schniefte meine Mutter und brachte mich zurück in die Realität. In die ich nie wieder zurückwollte. Weil ich in naher Zukunft dort mein Augenlicht verlieren würde. »Es gibt zahlreiche Therapien!«, sagte sie, tupfte sich mit einem Taschentuch über die Augen und verschmierte so ihre schwarze Wimperntusche. Ich hatte mir meine Mum noch nie so genau angesehen wie jetzt. Ihr braunes, glattes Haar in dem gleichen Ton wie mein eigenes. Ihre bernsteinfarbenen Augen, die sie von meinem Großvater hatte und die in diesem Moment rot unterlaufen vom vielen Weinen waren. Sie hatte einige Falten und graue Haare mehr in den letzten Jahren bekommen, aber sie war immer noch sehr hübsch. Sie lächelte mich liebevoll und gleichzeitig voller Schmerz an, wie nur eine Mutter ihr Kind anlächelte, wenn es gestürzt war und sich das Knie beim Spielen aufgeschlagen hatte. Doch diesmal blutete nicht nur mein Knie. Ich schluckte und wandte den Blick ab.

»Aber bitte erwarten Sie nicht zu viel. Die Krankheit ist leider noch wenig erforscht und kaum heilbar«, antwortete der Arzt kühl, als spräche er über etwas anderes als mein Schicksal. Er faltete seine groben Hände auf dem Tisch. Kannte er sich überhaupt richtig auf dem Gebiet aus? Auch wenn das hier eine Spezialklinik war, gab es bestimmt noch eine zweite Meinung. So war es doch immer. Oder? Die wirklich fiesen Dinge passierten nur in schrecklichen Filmen und Büchern. Und vor allem nicht einem selbst.

»Wie, sagten Sie, nennt sich die Krankheit?« Mein Vater rutschte auf dem Stuhl rechts neben mir hin und her. Sein massiver Körper passte kaum zwischen die Lehnen. Meine Größe von eins fünfundsiebzig hatte ich von ihm und seiner Seite der Familie, die vor einigen Jahrzehnten aus Schweden nach Amerika ausgewandert war.

Meine Eltern. Ich konnte mir kaum vorstellen, sie tatsächlich irgendwann nicht mehr zu sehen. Ich hatte schon immer Angst vor der Dunkelheit gehabt, und jetzt sollte ich bald darin leben? Panik kroch mir den Nacken hinauf, aber ich verdrängte sie, weil ich immer noch annahm, dass es sich um einen Fehler des Arztes handeln musste.

»Retinitis pigmentosa. Eine erbliche Augenerkrankung«, antwortete der Doktor auf die Frage meines Vaters.

»Die kommt bestimmt aus deiner Familie!«

»Mum!«, sagte ich zum ersten Mal seit zwanzig Minuten etwas. »Hör auf damit.«

»Man kann wirklich schwer nachvollziehen, woher die Veranlagung stammt.«

Ich räusperte mich. »Aber ich hab doch nur in der Dunkelheit Schwierigkeiten. Es gibt viele Menschen, die nachtblind sind. Kein großes Ding.«

»Ja, vielleicht geht das irgendwann wieder weg?« Die Stimme meiner Mutter klang hoffnungsvoll. Hoffnung, die auch meine Gefühle blendete. Gänsehaut zog sich über meinen Körper, als mich ein kalter Luftzug traf.

»Die Erfahrung zeigt, dass es mit der Zeit leider nur schlimmer wird.« Ich hasste den Arzt. Wahrscheinlich ging die Kälte von ihm aus.

Er zog eine Schreibtischschublade auf, holte ein kleines Kärtchen heraus und schob es über den Tisch auf mich zu. Langsam wurde ich sauer.

»Ich bin nicht verrückt! Wieso sollte ich zu einem Psychiater?«

»Das nehme ich auch nicht an, aber die meisten Betroffenen brauchen jemanden, mit dem sie sich über ihre Krankheit austauschen können. Dr. Lambert hat sehr viel Erfahrung auf dem Gebiet.«

Der Stuhl machte ein kratzendes Geräusch auf dem abgewetzten Linoleumboden der Klinik, als mein Vater aufstand. »Das reicht. Wir gehen. Komm, Su.« Ich tat es ihm gleich und warf dem Arzt noch einen letzten bösen Blick zu. Als könnte er so noch mal darüber nachdenken, wie es sich anfühlte, wenn man jemandem so eine Diagnose eiskalt an den Kopf knallte.

Als ich hinter meinem Vater auf die Tür zuging, hörte ich, wie sich meine Mutter entschuldigte und solche Worte wie »Verdrängung ist normal« aus dem Mund des Doktors kamen. Ich hatte noch niemals zuvor einen Ort so sehr gehasst wie diesen hier und würde sicherlich nie wieder zurückkommen.

Ich wusste, weshalb mein Vater Ärzten nicht vertraute. Weil sie auch nur Menschen waren und trotz schweineteuren Studiums keine Ahnung hatten. Vor allem nicht, wie man taktvoll mit anderen umging. Dieser Beruf hatte viele von ihnen kalt und hart werden lassen.

»Evelyn!«, rief mein Vater ungeduldig zu meiner Mutter und lief bereits den Flur hinunter.

Es roch nach Desinfektionsmitteln und Krankheiten. Jede Sekunde, in der wir länger hier waren, hatte ich das Gefühl, mich aufzulösen. »Quacksalber. Alle hier«, knurrte er, während ich ihm mit seinen riesigen Schritten fast nicht hinterherkam. Er war von Anfang an nicht der Meinung gewesen, ich bräuchte einen Arzt. Mein Vater hatte immer recht.

»Michael, musst du so unhöflich sein?«, nörgelte meine Mutter, als sie zu uns aufschloss. Das Geräusch ihrer Absätze hallte zwischen den kahlen Klinikwänden wider. Während meine Eltern anfingen, sich zu streiten, herrschte in meinem Kopf Stille. Ich wusste nicht, wie ich mich fühlen sollte. Meine Mutter war traurig und mein Vater wütend. Und ich? Ich war leer. Hohl. Taub. Blind. Ich sollte blind werden? Es gab keine Heilung?

Ich hatte nie etwas mit blinden Menschen zu tun gehabt. Aus der Ferne hatte ich sie bedauert, wie man jemanden bedauerte, der etwas so Wichtiges verloren hatte wie seine Sehkraft. Und jetzt sollte mich in naher Zukunft das gleiche Schicksal treffen?

Wahrscheinlich machten wir uns unnötige Gedanken und lachten in ein paar Tagen über die Falschdiagnose dieses sogenannten Doktors, wenn er bei uns anrief und uns sagte, dass das alles nur ein riesengroßer Irrtum sei.

Genau so würde es kommen und alles, was ich in meinem Leben vorgehabt hatte, würde eintreffen. Ich war fast achtzehn Jahre alt und mir standen die Türen der Welt offen!

Ich wollte reisen! Ich wollte Kunst studieren! Ich wollte mit meiner besten Freundin Julie im Sommer an ihrem Pool liegen und eine Serie nach der anderen anschauen!

Partys, Jungs, all das sollte nach unserem Highschoolabschluss auf uns zukommen! Einige Wochen würde ich zu meiner Tante nach Long Beach fahren, um ihr dort mit ihrer Kunstgalerie auszuhelfen!

Aber vor allem wollte ich gerade eines: aus diesem Albtraum aufwachen.

Schnell.

1

»KEINER DER BEIDEN WÜRDE UNS STREBER AUCH NUR FÜR EINE *Sekunde* ANSCHAUEN.«

Sutton

Schweiß stand mir auf der Stirn und sammelte sich auf meiner Oberlippe. Die Brille rutschte mir ständig von der Nase und ich schob sie mit einem Finger wieder hinauf. Bei dreißig Grad Außentemperatur in einer tropischheißen Schwimmhalle zu sitzen, machte nicht unbedingt Sinn. Außer man war Schüler der Riverdale Highschool und stand wie so ziemlich alle an unserer Schule auf unser Schwimmteam – die Jungs auf die Erfolge des Teams, die Mädchen eher auf die Schwimmer an sich. Mich eingeschlossen, wobei meine erste Wahl trotzdem darauf gefallen wäre, mich mit einem Eistee und meinem Zeichenblock zu einem Schwimmbecken zu begeben, das vorzugsweise unbedacht und vor allem nicht so überfüllt mit schwitzenden Menschen war.

Ich fächelte mir mit dem riesigen Finger aus Schaumstoff, auf dem der Name unserer Highschool stand, stickige Luft zu. Irgendein Typ hatte ihn mir am Eingang in die Hand gedrückt, um unser Team bestmöglich anfeuern zu können. Weshalb auch immer man dafür so ein albernes Accessoire benötigte, aber zumindest hatte ich einen Nutzen für dieses Ding gefunden. »Gott, wieso sitzen wir noch mal hier und liegen nicht in eurem Garten am Pool?«, fragte ich meine beste Freundin Julie. Sie saß neben mir und stimmte in das Jubeln ein, das in der Halle auf einmal anschwoll und sich durch das Echo noch ohrenbetäubender anhörte.

»Genau deswegen!« Während einzelne Mädchen um uns herum auf der Tribüne auch noch zu kreischen begannen, nickte Julie grinsend zu einem Jungen in unserem Alter, der durch eine seitliche Tür neben dem Becken die Schwimmhalle betrat. Wie alle Mitglieder des Teams hatte auch er durch den vielen Sport breite, trainierte Schultern, definierte Muskeln an Oberarmen und Beinen und einen Sixpack, der wie gephotoshopt aussah. Auf seiner linken Brust auf Höhe seines Herzens erkannte ich ein filigranes Tattoo auf braun gebrannter Haut. Ein Wort, das man von hier oben nicht entziffern konnte, ihn aber noch attraktiver und geheimnisvoller machte. Fast hätten die winzigen, hellblauen Badeshorts lächerlich an ihm ausgesehen. Fast. Doch Blake Cross konnte eindeutig alles tragen. Sogar eine schwarze Badehaube, die seine dunkelbraunen, vollen Haare versteckte, dafür aber seine markanten Gesichtszüge noch deutlicher hervorhob.

Mit den dunklen, zusammengezogenen Brauen und dem ernsten Blick wirkte er hoch konzentriert.

Er wechselte einige Sätze mit Trainer Parker und seinen Mannschaftskollegen, bevor er sich auf das Podest vor dem Schwimmbecken stellte und die Atmosphäre um uns herum schlagartig auf angespannt umschlug. Nur vereinzelt flogen noch irgendwelche Rufe wie »Du bist ein Gott, Cross« oder »Zieh sie ab!« durch die Luft.

»Wenn du jemanden vom Team wählen müsstest, wer wäre es?«, flüsterte Julie, während sich die Schwimmer in Position begaben.

»Hm, schwierig, Joel ist süß.«

»Dir reicht süß? Also ich würde super-extra-mega-heiß wählen und somit Blake.«

Wir seufzten gleichzeitig und begannen zu kichern wie kleine Mädchen. »Wie schön, dass wir niemals in der Realität diese Entscheidung treffen müssen. Keiner der beiden würde uns Streber auch nur für eine Sekunde anschauen«, sagte ich und strich mir mit dem Handrücken den Schweiß von der Oberlippe. Ich schnaubte, als mir erneut das dicke Brillengestell von der Nase rutschte und ich es wieder hochschieben musste. Ich mochte den Sommer, aber ich hasste es zu schwitzen.

»Hey, Streber sind im Moment voll im Trend und man nennt sie jetzt Hipster. Nerds sind total angesagt«, erwiderte Julie grinsend und tippte sich gegen ihre eigene Brille. Mit dieser, den kinnlangen roten Haaren und der Beaniemütze, die sie so oft trug, wirkte sie tatsächlich wie ein cooler Nerd. Allerdings schummelte sie. Ihre Brille war aus Fensterglas und sie tat nur so, als wäre sie uncool. Ich war ohne meine total verloren, auch sonst zu hundert Prozent ein Streber der alten Schule und wurde vor allem von den beliebten Mädchen unserer Highschool auch so behandelt. Mit abschätzigen Blicken und bescheuerten Kommentaren. Die anderen Schüler ignorierten mich wenigstens nur.

Ich nickte zu der Blondine in der ersten Reihe, die lauter als sonst jemand im Raum applaudierte. »Egal, Trish McAdams und ihr Anhang kleben sowieso viel zu dicht an den Jungs, damit sie Konkurrenz gezielt ausschalten können.«

»Diese eingebildete Pute.« Julie verdrehte die Augen. »Ich hab gehört, Blake hätte ihr den Laufpass gegeben.«

»Schon wieder? Selbst wenn ich die Wahl hätte, in dieses On-Off-Ding würde ich mich im Leben nicht einmischen! Sie sind wie Justin und Selena, die nerven auch nur noch.«

»Wer nervt nur noch?« Wir sahen auf, als sich Kay zwischen mich und das Mädchen neben mir schob. »'tschuldigung, darf ich mal bitte?«, fragte er, hatte aber meine Sitznachbarin bereits mit seiner breiten Statur zur Seite gedrängt. Sie stöhnte genervt, während Julie und ich grinsten.

»Hey, Ladys, was habe ich verpasst?« Er sah hinüber zu den Jungs auf den Podesten. Der Wettbewerb hatte immer noch nicht angefangen und alle Zuschauer wurden so langsam unruhig.

»Nicht viel, du kannst unser Team noch in voller Pracht bestaunen«, erwiderte Julie. »Aufgereiht wie auf einem appetitlichen Präsentierteller für alle Mädchen und Schwule an unserer Schule.«

»Wunderbar! Aber wenn du mir jetzt sagen willst, dass die Heteromänner nicht auch einen Blick riskieren, dann lügst du. Schau dir Dash an.« Wir sahen zu unserem Schulschläger, der ebenfalls wie gebannt auf die Schwimmer starrte und noch nicht einmal blinzelte. Kay grinste breit und wissend über das gesamte Gesicht, und Julie und ich erwiderten es. »Oder es ist nur noch eine Frage der Zeit, bis er sich outet.« Wir konnten uns das Lachen nicht verkneifen.

Kay war einer dieser Menschen, die ich bewunderte, weil er sich um andere Meinungen, außer um die seiner Freunde und Familie, nicht scherte. Er hatte schon früh gemerkt, dass ihn eher der heiße Handwerker interessierte, der das Haus der Nachbarn strich, als das Mädchen von nebenan. Was ich genau genommen ganz okay fand, weil ich nämlich dieses Mädchen war und keinerlei romantisches Interesse an dem Zugezogenen, viel zu bunten, viel zu lauten, viel zu lieben Jungen aus Nevada hatte. Irgendwann würde er zurück nach Las Vegas ziehen und dort eine riesige Nummer werden. Darauf würde sogar ich Wetten abschließen, obwohl ich eher der Typ war, der nichts von Glücksspielen hielt.

»Wieso trägst du überhaupt bei den Temperaturen einen Schal?«, fragte Julie und lehnte sich über mich, sodass sie an dem regenbogenfarbenen Stoff um Kays Hals ziehen konnte.

»Liest du niemals Magazine? Mode geht immer vor! Es ist egal, ob wir draußen bei vierzig Grad schwitzen – wenn Wintermützen angesagt sind, trägt man sie. Du müsstest das eigentlich wissen.« Er nickte zu Julies Beaniemütze. »Wobei das Ding eher unter Modeschreck als Modeschick fällt. War sie schon immer grau oder hat sich die Farbe nur rausgewaschen? *Wenn* du sie überhaupt wäschst.«

Ich lächelte, während sich meine Freunde wie immer aufzogen. Kay trug auffällige Klamotten nicht nur, um seinem Stil treu zu bleiben oder nach der Mode zu gehen, wie er es sagte. Er lebte getreu dem Motto: *Wenn du sie nicht ändern kannst, zeig ihnen, wie schön das Leben als bunter Vogel ist!* Er hatte schon viele Lästerattacken, gerade von Trish und ihrem Gefolge, ertragen müssen, aber anstatt den Kopf in den Sand zu stecken, war er am nächsten Tag mit etwas noch Auffälligerem in die Schule gekommen. Es war seine Art zu zeigen, dass es ihn nicht scherte, was jemand anderes über ihn dachte. Im Gegenteil, er liebte die Provokation und beherrschte sie im Schlaf.

Davon hätte ich mir eine Scheibe abschneiden können, da ich seit Jahren immer den gleichen langweiligen Klamottenstil aus Jeans, Sneakers und einfarbigen Oberteilen wählte, obwohl ich sonst Farben und die Kunst liebte. Vielleicht gab es für mich wichtigere Dinge zu tun, als alle paar Wochen meinen Klamottenstil neu zu erfinden. Oder ich wollte im Gegensatz zu Kay auf gar keinen Fall auffallen.

Julie räusperte sich. »Schätzchen, hast du vergessen, dass meine Mum eine Boutique hat? Ich lebe Mode, aber ein Schal, der aussieht, als hätte ihn ein Einhorn ausgekotzt, ist nicht gerade *on fleek*«, erwiderte sie trocken. Kurz wirkte Kay sprachlos, dann brach er in schallendes Gelächter aus und klatschte mit Julie zu einem High five ab.

»Touché, das Ding ist wirklich viel zu heiß!« Er zog es aus und legte es auf seinem Schoß ab. »Also, wo waren wir?«

»Blake Cross«, seufzte meine beste Freundin und unsere Aufmerksamkeit richtete sich wieder nach vorne. Der Startpfiff erklang durch die Halle und alle Schwimmer sprangen mit einem grazilen Satz ins Becken. Blakes athletischer Körper tauchte ein und wurde fast eins mit dem Wasser. Seine Bewegungen waren routiniert und gekonnt, während sich sein breiter Rücken beim Kraulen immer wieder über die Oberfläche hob. Man konnte das Muskelspiel darauf nur bewundern. Ich fand es faszinierend, wie schnell die Schwimmer ihre Bahnen zogen, während die Menge wie auf Kommando ausflippte.

Trish und ihre zwei Freundinnen sprangen auf und hüpften auf der Stelle, als Blake die Führung übernahm und am Ende nur wenige Sekunden vor seinem direkten Verfolger gegen den Beckenrand schlug. Sieg für Blake Cross! Mal wieder.

Fast wären die Wettkämpfe langweilig geworden, hätte man als siebzehnjähriges Mädchen nicht genug davon kriegen können, heißen Jungs in knappen Badehosen beim Schwimmen zuzuschauen und sie aus der Ferne zu bewundern. Mit ihnen zu sprechen, geschweige denn mehr, war leider ein ziemlich unerreichbares Ziel. Außer man hieß Trish McAdams, hatte eine Figur wie eine Gazelle und einen Minirock, der dem Namen *Mini* eindeutig alle Ehre machte. Als sie allerdings auf Blake zurannte, der sich am Beckenrand aus dem Wasser stützte und mit kreisenden Bewegungen seine Schultern entspannte, konnte die gesamte Schule beobachten, wie Blake Cross einen wirklich fetten Korb verteilte. Auf die mieseste Art, wie man ein Mädchen abblitzen lassen konnte: Er ignorierte sie. Autsch.

Ich hatte fast ein wenig Mitleid, als sie ihm geknickt hinterhersah, während er zu seinen Mannschaftskameraden ging, um seinen Sieg zu feiern.

»Uhhh, das tut weh«, flüsterte Kay.

»Verdammt, ja, es scheint zwischen den beiden wirklich richtig aus zu sein«, erwiderte Julie. Trish verließ auf ihren zehn Zentimeter hohen High Heels die Schwimmhalle und ihre Freundinnen folgten ihr wie gut dressierte Pudel.

»Das ist deine Chance, Süße.«

»Welche Chance?«, fragte ich verwirrt und sah Julie an.

»Wir haben noch ein paar Wochen bis zum Abschluss, danach sehen wir keinen dieser Vollpfosten jemals wieder. Außer an unseren Klassentreffen, bei denen wir ihnen unter die Nase reiben können, wie erfolgreich wir sind, während Trish wahrscheinlich an der Kasse bei Walmart sitzt und Blake ihr zehn Kinder gemacht hat. Schnapp dir deinen Mister Perfect, solange er noch scharf ist, und hake den obersten Punkt auf deiner Liste endlich ab!«

»Welcher Liste?«, fragte ich unschuldig, konnte aber nicht verhindern, dass mir heiße Röte ins Gesicht schoss. Oh Mist …

»Sweetie, Julie und ich wissen schon lange davon, das muss dir nicht peinlich sein!« Kay schlang seinen Arm um meine Schulter und zog mich an sich. Er roch wie immer stark nach etwas Blumigem, als hätte er in seinem Parfüm gebadet.

Ich stützte das Gesicht in die Hände und stöhnte laut. »Großer Gott, das darf nicht wahr sein«, nuschelte ich gedämpft, während ich das Gelächter meiner angeblichen Freunde hörte.

»Ich hab sie neulich gefunden, als du duschen warst und ich in deinem Zimmer gewartet habe.«

»Julie! Du bist unmöglich! Du hast mein Zimmer durchsucht?«, fragte ich sie fassungslos und sie zuckte mit den Schultern.

»Ich habe überhaupt nichts durchsucht, aber gib zu, dass unter dem Bett nicht gerade ein einfallsreiches Versteck für deine geheimen Wünsche ist.«

Kay lachte noch lauter, während mein Gesicht immer heißer wurde. Scheiße, war das peinlich.

Ja, ich hatte eine dämliche Liste geschrieben, was ich vor dem College noch alles machen wollte, und okay … darauf stand vielleicht der Punkt *»Jungfräulichkeit an Blake Cross verlieren«*, aber meine Güte! Mir war langweilig gewesen und es sollte mir nur die Zeit vertreiben!

»Das war doch nicht ernst gemeint!«, versuchte ich mich, zu verteidigen. »Das bedeutet überhaupt nichts!«

»Das muss dir nicht unangenehm sein. Ich würde ebenfalls nicht Nein sagen, wenn Blake meine Unschuld wollte.«

»Wenn du sie noch hättest«, antwortete Kay mit hochgezogener Augenbraue auf Julies Kommentar. Sie lachte und hob abwehrend die Hände.

»Ich kann nichts dafür, dass der Betreuer im Camp letztes Jahr so heiß war.«

»Ihr seid furchtbare Freunde«, murmelte ich, stand auf und kämpfte mich von der Tribüne Richtung Ausgang, während ich mir meinen Rucksack über die Schulter warf und den riesigen Schaumstofffinger mit Schwung auf meinen Platz schmiss.

»Hey, warte!«, vernahm ich Julies Stimme hinter mir. Sie erschien an meiner linken Seite und Kay schloss rechts von mir auf. Ich schüttelte den Kopf und vermied jeden

Blickkontakt, während ich durch den Flur zum Ausgang stürmte und sehr wahrscheinlich rot wie eine reife Tomate war. »Du liebst uns trotzdem, das weiß ich genau!«

»Ja, leider«, antwortete ich halb immer noch schmollend, halb lächelnd. Ich konnte ihnen nicht böse sein, das wussten sie, außerdem stand jedes Mädchen auf Blake, das war nicht unbedingt ein Geheimnis. »Aber wechselt bitte das Thema, okay?«

»Also wollen wir nicht herausfinden, wo die Jungs nach dem Wettkampf abhängen?«, fragte Julie grinsend.

»Nein, wollen wir nicht!«, gab ich zurück und Kay schnaubte unterdrückt.

»Dann lass uns wenigstens ins Einkaufszentrum gehen und irgendeinen Kitsch im Ein-Euro-Shop kaufen. Meine Mum hat am Sonntag Geburtstag, ich brauch sowieso noch etwas und sie steht auf das Zeug genauso wie ich«, sagte er und schlang den Arm um meine Schulter. Julie tat auf der anderen Seite das Gleiche.

Und während wir zu Kays Wagen liefen und ich am liebsten immer noch im Erdboden versinken wollte, wurde mir wieder einmal bewusst, wie kostbar die Zeit mit meinen Freunden war und dass ich diese nicht mit Nichtigkeiten verschwenden sollte. Denn sie waren die besten, die man sich wünschen konnte, und ich betrauerte jetzt schon, dass wir uns nach diesem Schuljahr trennen mussten, weil wir an drei verschiedenen Orten studieren würden.

Wenn ich aufs College ging … Ich verdrängte die fiese kleine Stimme in meinem Hinterkopf und versuchte, die Zeit zu genießen, die uns gemeinsam blieb.

2

»DANN LASS ES *gut* SEIN.«

Blake

»Ha! Die Burgmauer wird niemals jemand durchdringen können!« Riesige Aufregung schwang in Levis Stimme mit und ich konnte vor Vorfreude, hier zu spielen, ebenfalls kaum noch atmen. Dieses Baumhaus war ein Meisterwerk! Auch wenn es hauptsächlich aus Pappkarton und Bettlaken zusammengebaut war und genau genommen auf der Erde neben einem Baum stand und nicht darauf. Aber mein allerbester Freund und ich hatten uns selbst übertroffen! Vor allem bei der Idee mit den Lichterketten an der Decke und der kleinen Sitzecke aus Wohnzimmerkissen. Was meine Mum übrigens niemals erfahren durfte. Jetzt fehlte nur noch ein Esszimmer, in dem wir unsere Süßigkeiten essen konnten.

»Wir haben das beste Versteck von allen! Und nur wir dürfen hier rein! Ehrenwort?« Ich hielt Levi meinen kleinen Finger hin und er hakte seinen ein.

»Ehrenwort! Nur wir! Und vielleicht Grace.«

Ich nickte. »Oh ja! Ich hole sie, dann kann sie die Prinzessin sein und wir retten sie aus den Fängen des Drachen!«

»Beeil dich! Ich baue uns zwei Schwerter!« Levi griff zu den zwei kurzen Holzlatten, die wir zuvor aus dem Müllcontainer hinter dem Supermarkt um die Ecke gefischt hatten.

Ich drückte die Stoffbahnen zur Seite und rannte durch den Garten auf unser Haus zu. Vor der Terrassentür zog ich schnell meine dreckigen Turnschuhe aus. Mum schimpfte, wenn ich damit durch das Wohnzimmer rannte.

Sie stand in der Küche und trocknete Geschirr ab, als ich an ihr vorbei- und die Treppe hochrennen wollte.

»Moment! Wo willst du hin, junger Mann?«, fragte sie und ich hielt am Treppenabsatz inne.

»Zu Grace, Mum! Sie soll mit uns spielen kommen!«

»Sie kann heute nicht, Blake. Sie ist müde und muss sich ausruhen.«

»Aber sie schläft doch schon so lange, vielleicht hat sie sich genug ausgeruht?«, fragte ich hoffnungsvoll. Ich verstand nicht, wieso sie immer müde war, sie war doch fast genauso alt wie ich und ich war eigentlich nie müde. Aber ich verstand vieles noch nicht.

Meine Mum seufzte und nickte dann in Richtung der Treppe. »Na gut, frag sie, aber wenn sie schläft, wirst du sie nicht wecken!«

»Okay!« Die unglaubliche Aufregung war zurück und ich rannte nach oben. Meine Schritte hallten als dumpfe Schläge durch das Treppenhaus und den Flur, bis ich vor ihrem Zimmer zum Stehen kam und vorsichtig die Tür aufdrückte.

Sie lag in ihrem Bett und hatte mir den Rücken zugewandt. Ich lauschte. Ganz leise vernahm ich ihren Atem.

»Grace!«, flüsterte ich. Mum hatte zwar gesagt, ich solle sie nicht wecken, aber vielleicht war sie längst wach. Sie rührte sich nicht. »Grace!«, wisperte ich diesmal eindringlicher, und endlich bewegte sie sich. Ihre braunen Haare waren hinter ihr auf dem Kissen verteilt und sie rollte sich darüber, als sie sich mir zuwandte.

»Hallo«, erwiderte sie schwach und blinzelte müde gegen das Licht an, das aus dem Flur in das sonst dunkle Zimmer drang.

Ich lief zu ihrem Bett und konnte kaum aufhören, auf und ab zu hüpfen. »Levi und ich haben eine Burg gebaut! Im Garten! Sie ist toll, du musst sie unbedingt sehen!« Ich hielt inne. »Weinst du?«, fragte ich und schluckte. Ihr Gesicht glänzte feucht. Ich hasste diesen Ausdruck in ihren Augen, die genauso aussahen wie meine, aber im Gegensatz dazu eigentlich immer traurig waren. Sie weinte viel zu oft.

»Nein«, sagte sie und wischte sich mit den Handflächen über das Gesicht. »Geh weg, Blake, ich will schlafen.«

Wieder drehte sie sich um, aber ich hielt sie an der Schulter fest, damit sie mich weiter ansehen musste.

»Hast du Schmerzen?«

»Nein«, antwortete sie wieder und schüttelte den Kopf. »Ich kann nicht mit euch spielen!« Wieso schrie sie denn auf einmal?

»Wenn du keine Lust hast, kannst du es auch normal sagen.« Fast war ich ein wenig eingeschnappt. Wir wollten doch mit ihr spielen, wieso fuhr sie mich so an? Blöde Schwester.

»Dann eben nicht«, sagte ich und wollte mich abwenden, doch sie hielt mich auf, indem sie schwach meinen Namen wisperte. Langsam drehte ich mich wieder zu ihr.

»Es tut mir leid«, flüsterte sie so leise, dass ich sie kaum verstand. »Es ist …« Sie zögerte. »Ich hätte gerne Beine, um mit euch zu spielen.«

Wieder war da dieses dumpfe Gefühl. Dieser Schmerz. Diese Last. Dieses schlechte Gewissen, das mich tagtäglich und mittlerweile auch nachts plagte. Jedes Mal, wenn ich sie ansah. Wieso sie? Wieso nicht ich? Wir waren doch eigentlich ein und dasselbe.

Ich sah auf den Boden und auf die Spitzen meiner Socken. Ein Loch befand sich darin und ich erkannte ein Stück meines großen Zehs. Als ich wieder aufschaute, rannen die Tränen unaufhaltsam über Grace' Gesicht und mir kam ein Einfall. Ich ging wieder einen Schritt auf sie zu und hielt ihr meine Hand hin.

»Ich bin schon stark. Ich kann dich doch tragen und deine Beine sein. Lass mich deine Beine sein, Grace.«

Zwischen den stummen Schluchzern begann sie zu lächeln und als sie meine Hand ergriff, lächelte ich auch.

Mit geschlossenen Augen legte ich den Kopf in den Nacken und ließ das Wasser über mein Gesicht laufen. Die Wärme entspannte meine Muskeln im Gegensatz zu meinem Geist, der sich rastlos im Kreis drehte und mir andauernde Kopfschmerzen bereitete. Neben dem Wasserrauschen drangen die lachenden Stimmen meiner Mannschaftskollegen an mein Ohr, die in der Gemeinschaftsdusche oder der angrenzenden Umkleide lautstark unseren Sieg feierten. Warmer Dunst lag in der Luft genauso wie eine ausgelassene Stimmung aller Anwesenden. Fast aller.

Ich hatte immer gedacht, dass Sport mein Leben sei, aber im Moment wusste ich überhaupt nicht mehr, was ich eigentlich glauben sollte. Was mich ausmachte. Was wirklich etwas zählte.

Mit Waschgel schrubbte ich mir die letzten Chlorreste von der Haut und stellte die Dusche ab. Als ich mich umdrehte, setzte ich ein zufriedenes, aber falsches Lächeln auf, nahm mir das Handtuch vom Haken und band es um meinen Unterkörper. Ich hatte keine große Lust darauf, dass mich die anderen damit nervten, wieso ich mich nicht über unseren Sieg freute. Es ging sowieso keinen von ihnen etwas an. Deshalb tat ich lieber so, als wäre alles in Butter, anstatt mich mit dem hämmernden Schmerz auseinanderzusetzen, der in Wirklichkeit in mir wütete.

Während ich zu meinem Spind lief, um dort meine Sachen zu verstauen und meine Klamotten herauszuholen, tauschte ich ein paar dumme Sprüche und High fives aus und musste stark aufpassen, dass die Maske, die ich mir mühsam aufgesetzt hatte, nicht verrutschte. Es war gar nicht so einfach, nach außen hin den lockeren Typen zu spielen, wenn es in einem ganz anders aussah. Aber mittlerweile, nach so vielen Jahren, hatte ich gerade das mehr als drauf.

»Hey, fahren wir nachher zusammen zur Clayton?«

Levi tauchte neben mir auf. Seine dunkelblonden Haare waren noch nass, als er sich mit der Hand hindurchstrich und danach sein Shirt überzog.

»Klar.«

Ich nahm Boxershorts, Jeans und ein weißes T-Shirt aus dem Spind und legte die Kleidung hinter mich auf eine Bank.

»Ist alles in Ordnung?« Levi wandte sich mir zu. Seine dichten Augenbrauen über den grünen Augen zog er fest zusammen. Er war wohl der Einzige, der merkte, sobald etwas nicht stimmte. Aber wenn ich auf eines keinen Bock hatte, dann darauf, die Finsternis, die in mir herrschte, nun vor ihm auszubreiten. Bester Freund oder nicht. Es ging niemanden etwas an.

»Ach, Trish nervt mich einfach nur.«

»Trish?«, fragte er ungläubig. »Das ist alles?«

Ich tauschte das Handtuch gegen meine Boxershorts und zog dann die Jeans über.

»Du weißt doch, wie sie ist«, versuchte ich das Thema mit einer bescheuerten Begründung abzuhaken. Aber Levi wäre nicht mein bester Freund, wenn er mich nicht kennen würde.

»Wie geht es Grace?«

Ich hielt kurz inne und vermied Blickkontakt. Es hätte zu viel über das verraten, was in mir bald zu platzen drohte. Levi könnte somit die klaffende Wunde sehen, aus der täglich mehr meiner Lebensenergie und Hoffnung entwich. Tag für Tag. Stunde um Stunde. Obwohl ich jetzt schon das Gefühl hatte, nicht mehr existieren zu können.

»Wann willst du nachher los?«, fragte ich, statt auf seine Frage einzugehen. Ich knöpfte meine Hose komplett zu, bevor ich mein Shirt über den Kopf zog. Innerlich zählte ich bis drei, um die Maske wieder gerade zu schieben, die für einen kleinen Moment verrutscht war, und wandte mich dann meinem Freund zu.

»Ich kann verstehen, wenn du nicht darüber …«

»Dann lass es gut sein«, unterbrach ich ihn und presste die Zähne aufeinander, bis meine Kiefermuskeln schmerzten.

Er nickte. Aber er konnte sowieso nichts anderes tun. Das wusste er.

Alle sahen ein sorgloses Leben ohne Anstrengungen und Mühen. Reiche Eltern. Viele Freunde. Sportlichen Erfolg. Ein ganz passables Aussehen und eine hübsche Freundin.

Aber niemand würde jemals einen Blick hinter diese Fassade werfen können. Niemand. Denn das wusste ich ganz sicher zu vermeiden.

»Ich hol dich später ab, muss vorher noch was erledigen«, sagte ich und wandte mich ab von den bohrenden Blicken und der gespielten Leichtigkeit, die mich einfach nur noch ankotzten.

3

» UNS HAT *niemand* EINGELADEN. «

Sutton

»Du solltest öfter Make-up tragen, deine türkisfarbenen Augen sind der Wahnsinn, Su!«, schwärmte Julie. Skeptisch betrachtete ich mein zugekleistertes Gesicht im Spiegel, vor dem ich saß, während sich Kay an meinen straßenköterbraunen Haaren verausgabte. Sie waren glatt und ich hatte schon Tausende Dinge versucht, sie in Wellen oder Locken zu stylen, aber spätestens nach einer Stunde hingen sie wieder wie Spaghetti von meinem Kopf. Deshalb hatte ich mittlerweile aufgegeben und trug sie meistens in einem Pferdeschwanz. Nur Kay wollte das nicht verstehen, auch wenn er schon seit ungefähr dreißig Minuten mit dem Lockenstab hantierte und dabei hoch konzentriert aussah. Ich hätte fast über seinen Gesichtsausdruck kichern müssen, würde er mir nicht ständig die Kopfhaut verbrennen.

»Und wer, sagtest du, hat uns eingeladen?«, fragte ich und schenkte Julie erneut meine Aufmerksamkeit.

»Jay ... oder Jerry oder so was.« Sie lehnte sich ein Stück näher zum Spiegel und verteilte Lipgloss auf ihren vollen Lippen, während mir ihr schweres Parfüm in die Nase zog und mich fast zum Niesen brachte. Jason Derulo sang im Hintergrund, dass er alles tun würde, um zu seinem Mädchen zu kommen. Ich mochte den Song. »Irgendein Verbindungstyp von der Clayton State.«

Kay ließ von mir ab und ich griff nach meiner Brille, die auf dem Kosmetiktisch lag. Julie nahm sie mir blitzschnell aus den Fingern, und mit gerunzelter Stirn fixierte ich meine beste Freundin. »Lass sie heute Abend weg, ich hab mir nicht so eine Mühe mit deinem Make-up gegeben, damit du es hinter dem dicken Gestell versteckst. Die Smokey Eyes kommen so viel besser zur Geltung.« Auch wenn sie vorhatte, BWL zu studieren und es ihrem Dad gleichzutun, indem sie irgendwann in die Wirtschaftsbranche einstieg und Unternehmensberaterin wurde, lag ihre eigentliche Leidenschaft woanders. Doch laut ihrem Dad war Kosmetikerin kein richtiger Beruf.

»Du weißt, dass die Clayton ein College ist? Wir gehen auf eine Collegeparty?«

Sie warf meine Brille auf ihr Bett hinter sich und zwinkerte Kay zu, der diese Geste mit einem Grinsen erwiderte. Mein Herz schlug schneller, wenn ich daran dachte, weshalb es keine gute Idee war, ohne die winzige Sicherheit meiner Brille unterwegs zu sein. Aber dann müsste ich Julie und Kay erklären, was es damit auf sich hatte, und ich wusste nicht, ob ich es laut aussprechen wollte. Oder endlich konnte.

»Genau genommen eine Verbindungsfeier, und wieso nicht? Wir sind sowieso bald auf einem College, und weshalb nicht die Partys vorher schon abchecken?«, holte mich Julie zurück ins Hier und Jetzt und ich tat so, als hätte ich nicht gerade über etwas völlig anderes nachgedacht als diese Party.

»Uns hat niemand eingeladen«, stellte ich trocken fest. »Wir sollen uns da einschleichen, deshalb die viele Schminke und die teuren Klamotten aus der Boutique deiner Mum, damit wir nicht auffallen, oder?« Ich deutete auf das schwarze Kleid, das ich trug und das so überhaupt nicht zu der Art Kleidung passte, die ich sonst bevorzugte. Julie kämmte mit den Fingern durch ihre rote Mähne und lockerte sie auf. Sie hatte im Gegenzug zu mir dicke, schulterlange Locken und ich beneidete sie insgeheim darum. Sie holte Luft, aber bevor sie antworten konnte, öffnete sich die Tür und ihre Mum streckte den blonden Kopf durch den Spalt. Sie war schon immer eher eine Freundin gewesen als eine Autoritätsperson und erlaubte Julie alles, was sie wollte. Auch auf eine Party zu gehen, die von Collegejungs veranstaltet wurde und auf der es ganz bestimmt Alkohol in Massen gab.

Meine Eltern sollten nichts davon wissen und dachten, ich übernachtete nach einem Serienmarathon mit haufenweise Junkfood bei Julie. Sie würden mir so einen Ausflug niemals erlauben, auch wenn sie ebenfalls sonst recht locker waren. Aber ihre siebzehnjährige Tochter bis spät in die Nacht auf einer Collegeparty? Undenkbar. Obwohl es eindeutige Beweise in Fotoformat gab, auf denen sie in jungen Jahren als Hippies zu sehen waren, und sie früher garantiert zu keiner Party Nein gesagt hatten. Doch ihre

Strenge hatte auch nicht unbedingt etwas mit normalen Umständen zu tun.

Und mir machte eher die Tatsache Sorgen, dass wir dort jemanden treffen könnten, der uns an unseren Direktor verpfiff. Den Abschluss nicht zu bekommen wäre, ziemlich mies.

»Braucht ihr noch etwas? Soll ich euch später abholen, oder wollt ihr mein Auto nehmen, Schatz?«

»Kay fährt und er trinkt ganz bestimmt keinen Alkohol, aber danke, Mum.«

»Okay, dann viel Spaß euch, tut nichts, was ich nicht auch tun würde!« Wenn wir danach gingen, waren unsere Möglichkeiten ziemlich breit gefächert …

»Gute Nacht, Mrs Priestley!«, flötete Kay, als sich die Tür schloss. »Ich wünschte, ich hätte eine Mum wie deine!«

»Ja, manchmal ist es ganz okay«, antwortete Julie gedämpft, aber mir entging der leicht traurige Unterton in ihrer Stimme nicht, weil ich wusste, dass sie sich oft mehr eine fürsorgliche Mutter als eine weitere beste Freundin wünschte.

»Also, noch mal zu der Party …«, sagte ich, und Kay schüttelte meine Haare durch.

»Fertig!« Er legte seine Hand auf meine Schulter. »Mach dir keinen Kopf, wir werden ein bisschen tanzen, vielleicht den ein oder anderen Collegeboy angaffen und vor allem viel Spaß haben!«

»Außerdem ist Blake da …«, meinte Julie wie beiläufig und ich drehte mich zu ihr um.

»Was?!«

Sie grinste mich breit an. »Levi hat mir von der Party erzählt. Muss dir doch gelegen kommen, damit du endlich den Punkt von deiner Liste streichen kannst.«

»Hör auf, über diese blöde Liste zu sprechen! Außerdem … seit wann redest du mit Levi Woods?«, fragte ich ungläubig, und auch Kay fixierte Julie neugierig.

»Na gut, eventuell hat er sich nur mit Freunden darüber unterhalten, als sie sich im *Yo Burger* etwas zu essen bestellten und ich zufällig an dem Tag an der Kasse eingeteilt war …«

Ich schüttelte den Kopf. »Du bist unglaublich!«

»Ich weiß«, sagte sie, als wäre es als Kompliment gemeint. »Los, du siehst zum ersten Mal in deinem Leben richtig heiß aus, also mach was draus«, zog sie mich auf und ich schürzte die Lippen.

»Danke auch«, erwiderte ich trocken.

»Gern geschehen«, säuselte sie und richtete sich den tiefen Ausschnitt ihres engen weinroten Spaghettiträgerkleides, das mit dem Farbton perfekt zu ihren Haaren passte. Damit und mit der Schminke sah sie mindestens aus wie zweiundzwanzig. Das mit dem Make-up hatte sie wirklich drauf.

Ich sah Kay flehend an, der sich die Ärmel seines kanarienvogelgelben Hemdes nach oben schob. Auch er sah so aufgebrezelt, mit Gel in den dunkelblonden Haaren und Dreitagebart, wirklich gut aus. Der Sport, den er seit einigen Monaten durchzog, machte sich schon bezahlt und er hatte mindestens zehn Kilo abgenommen. Auch wenn ich ihn vorher bereits großartig fand.

»It's Partytime, Bitches!«, rief er grinsend und klatschte in die Hände. Ich schüttelte den Kopf und ergab mich meinem Schicksal. Was sollte ich auch anderes tun? Ich wollte erwachsen werden, Spaß haben und den kommenden Sommer genießen, wieso also nicht auf eine Collegeparty gehen? Ich wollte garantiert nicht der Spielverderber sein. Auch wenn ich die High Heels, die Julie mir entgegenhielt, mit einem Augenrollen abwies und dafür in meine schwarzen Chucks schlüpfte. Es reichte, dass ich aussah wie ein halber Trish-Verschnitt. Ich würde mir draußen in diesem Halbdunkel, in dem ich kaum etwas sah, nicht auch noch die Knöchel brechen. Außerdem überragte ich mit meiner Größe jetzt schon den ein oder anderen Typen.

Als wir zwanzig Minuten später an dem Verbindungshaus vorbeifuhren und einen Parkplatz an der Straße suchten, die mit Autos überfüllt war, wuchs meine Aufregung erneut. Was, wenn doch jemand herausfand, dass wir erst siebzehn waren? Wir durften eigentlich noch gar nichts, und was, wenn die Polizei hier auftauchte? Konnten wir deswegen tatsächlich von der Schule fliegen und wegen einer einzigen Feier unsere Zukunft an den Colleges aufs Spiel setzen? Ich verengte meine Augen und sah mir die Leute an, die Richtung Party liefen, während Kay einparkte. Verdammt, ohne meine Brille erkannte ich wirklich rein gar nichts in diesem Dämmerlicht. Ich identifizierte einzelne Schemen von Menschen in der Dunkelheit, die ich im Hell der Straßenlaternen besser erkennen konnte, aber auch das nicht wirklich scharf. Ich war schon als Kind ziemlich kurzsichtig gewesen, vor allem nachts. In den letzten Jahren hatte sich das leider nur verschlechtert und ich dachte an die Sätze des Arztes, bei dem wir vor zwei Wochen gewesen waren. Immer wieder hörte ich seine

Stimme in meinem Kopf und versuchte sie niederzuringen, genau wie das Gefühl, das heftig unter der Oberfläche brodelte und mich langsam, aber sicher zu ersticken drohte. Lange würde es nicht mehr dauern, bis die Worte meinen Mund verließen, weil ich sie nicht mehr zurückhalten und vor allem nicht ignorieren konnte. Aber einen Versuch war es wert.

Plötzlich zuckte ich zusammen, als das Innenlicht im Wagen anging und Julie vor meinem Gesicht mit den Fingern schnippte. Mit einer Hand hatte sie bereits ihre Autotür geöffnet und sich auf dem Beifahrersitz umgedreht. Kay und sie starrten mich an. »Du musst aufhören, so zu schauen, du siehst dabei echt gruselig aus. Wie Michael Myers auf Beutezug«, sagte Julie. Auf ihren Lippen glänzte eine weitere Schicht Lipgloss und ihr Ausschnitt war noch ein Stückchen tiefer gezogen, sodass der Spitzensaum ihres BHs ein wenig herausblitzte. Sie legte es anscheinend wirklich darauf an, heute ihren Spaß zu haben.

»Vielleicht bin ich das ja und habe meine nächsten Opfer schon gefunden«, antwortete ich mit dunkler Stimme und fixierte sie und Kay böse grinsend.

Sie schüttelte sich. »Du weißt, dass ich Horrorfilme hasse!«

»Du hast damit angefangen. Außerdem, hätte ich einfach meine Brille mitnehmen dürfen, müsste ich nicht so schauen«, sagte ich schmollend.

»Vergiss es, du wirst einen Abend ohne sie klarkommen.«

»Wenn du mich durch die Menge führst, kein Problem.«

»Vielleicht kann Blake das ja übernehmen, wenn ich mich um die anderen süßen Jungs des Teams kümmere.« Sie grinste und ich verdrehte die Augen.

»Bleibst du wenigstens an meiner Seite, Kay?«

»Ich lass dich ganz bestimmt nicht im Stich.«

»Gut.« Ich atmete hörbar aus.

»Außer ein schwuler, heißer Footballspieler möchte mir sein Zimmer und seine Briefmarkensammlung zeigen. Die er zufälligerweise in seiner Hose aufbewahrt.«

Julie und er lachten und ich schüttelte genervt den Kopf. »Na, ihr versteht euch ja mal wieder blendend! Denkt ihr nur an das Eine? Und dafür würdet ihr eure beste Freundin im Stich lassen?«, fragte ich, aber konnte mein Lachen nicht mehr unterdrücken. Sie machten nur Spaß, wir würden uns niemals gegenseitig auf einer fremden Party allein lassen. Hoffentlich.

»Sorry, Baby, Mister vor Sister«, erwiderte Kay lachend, stieg aus dem Auto, öffnete meine Tür und zog mich an meiner Hand vom Rücksitz. Wir liefen zu dritt nebeneinander zum Verbindungshaus, vor dem bereits haufenweise Menschen feierten. Es war ein Haus, etwas außerhalb des Campusgeländes, das einer Villa glich und mit weiß glühenden Lichterketten glücklicherweise hell beleuchtet war. Die drei griechischen Buchstaben »Phi Delta Theta« über der hohen, mit Säulen umgebenen Haustür verrieten sofort, wer hier wohnte. Auf dem Rasen des Vorgartens befand sich ein Kinderplanschbecken, in dem zahlreiche Getränkedosen schwammen, laute Musik drang von drinnen nach außen und eine Gruppe von Mädchen tanzte dazu auf dem Rasen. Eine alte Couch stand neben der Treppe zur Veranda und einige Typen saßen darauf, die sich laut lachend über ihre Handys lehnten. Rundherum in dem Vorgarten und an den Seiten des Hauses waren noch mehr Menschen, so weit das Auge reichte. Die armen Nachbarn. Es sah aus wie in dem Film *Bad Neighbors*. Zac Efron hatte sich wirklich zu einem superheißen Typen gemausert, aber wenn er so eine Party in meiner Nachbarschaft veranstaltet hätte, hätte ich ihn schon längst zum Teufel geschickt.

»Auf ins Getümmel!«, rief Julie und drehte sich noch mal zu Kay und mir um, bevor wir das Haus über eine Veranda betraten. Ich griff nach Kays Hand, um ihn nicht zu verlieren, während ein harter House-Remix von Calvin Harris in unseren Ohren dröhnte und uns der Geruch von Bier, starkem Parfüm und Zigarettenrauch entgegenschlug. Wir standen direkt in einem großen Wohnzimmer, aber mehr als wogende Menschen erkannte ich nicht, weil es ziemlich düster war. Aus einem Nebenraum drang nur ein wenig Licht, ansonsten flackerten abwechselnd rote und blaue Lampen im Takt der Musik über unseren Köpfen, die mich vollständig irritierten und mir die Orientierung raubten. Meine Finger verkrampften sich enger um Kays Hand. Wenn er mich nun losließ, war ich vollkommen verloren. Ich hatte schon immer ein Problem damit gehabt, im Dunkeln oder nachts etwas zu sehen, aber dass es in der letzten Zeit schlechter geworden war, wussten nur meine Eltern. Die lauten Geräusche, miesen Lichtverhältnisse und die Enge machten es nicht gerade besser. Wenn ich ehrlich war, war dies überhaupt die erste Party dieser Art für mich. Kay kam aus Las Vegas, hatte dort immer noch Freunde und besuchte sie hin und wieder und Julie durfte aufgrund ihrer lockeren Mum einfach alles. Ich war die Einzige, die einen Abend zu Hause mit meinem Zeichenblock und einem Serienmarathon eindeutig lauten, überfüllten Partys vorzog.

Kay drückte sich vor mich und zog mich hinter sich her, bis wir einen Raum erreichten, der nicht so voll von Menschen war. Außerdem war es hier zumindest ein wenig heller und ich konnte auch ohne Brille etwas mehr erkennen. Nicht in Ultra HD, aber doch ganz passabel. In der Mitte stand eine Tischtennisplatte, und eine Gruppe von Mädchen und Jungs spielten eine Runde Bierpong. Wir stellten uns ein wenig abseits daneben und beobachteten sie eine Weile, bis die Mädchen laut jubelnd gewannen. Irgendjemand drückte uns jeweils einen Becher Bier in die Hand, und ehe ich etwas dagegen tun konnte, standen Kay, Julie und ich auf der einen Seite, während sich drei Jungs auf der anderen platzierten. Verdammt, wir wollten uns doch unauffällig auf der Party verhalten.

»Los, lasst uns spielen, oder habt ihr Angst?«, tönte Julie, während die Jungs sie nur angrinsten. Sie mussten mindestens fünf, wenn nicht sogar sechs Jahre älter als wir sein, und ich war mir sicher, sie hatten uns nur herausgefordert, weil wir deutlich jünger und unerfahrener wirkten. Der eine musterte Julie von oben bis unten und es machte den Anschein, als wollte er sie abschleppen. Ich hoffte, dass sie sich nicht darauf einließ.

»Das ist sicher keine so gute Idee … ohne Brille kann ich …«

»Wir schaffen das«, flüsterte mir Kay ins Ohr. »Schau sie dir an, die sind dicht wie Pattex, gegen die gewinnen wir sogar blind!«

Wenn der wüsste …

Die Jungs vor uns schwankten tatsächlich schon recht bedrohlich und der eine trug ein schwarzes Shirt, auf dem stand: »*Was ist blau und stört mein Studium? Ich!*« Treffender hätte ein Aufdruck nicht sein können.

Ich musste kichern. Eigentlich war er mit seinen dunkelblonden Haaren ganz süß, aber sein albernes Oberteil ließ ihn idiotisch aussehen.

»Die machen wir fertig«, wisperte mir nun auch Julie zu.

»Okay«, erwiderte ich. »Lasst uns gewinnen!«

Ein Mädchen an der Seite gab das Startsignal und wir durften mit einem Wurf beginnen. Kay traf zielsicher einen der anderen Becher und wir jubelten, genauso wie die Menschen um uns herum.

»Dafür, dass ich in der Schule jeglichen Ballsport gemieden habe, bin ich gar nicht so schlecht!«, rief Kay lachend und wir stimmten ein.

Einer der Jungs mit einem hellblauen Hemd und schwarzen Haaren trank das Bier in einem Zug. Sie waren dran und trafen ebenso. Julie nahm den Becher und leerte ihn. Ich hatte ganz vergessen, dass Kay fahren musste, also blieben nur Julie und ich, um zu trinken. Natürlich hatte ich schon vorher Alkohol probiert, aber niemals so viel, dass ich nicht mehr wusste, was ich tat. Nach mindestens fünf Bier, weil es insgesamt zehn Becher gab, sah das wahrscheinlich anders aus. Hoffentlich gewannen wir wirklich …

Das Spiel ging weiter und nach einigen Treffern holten die Jungs auf. Je mehr Biere wir leerten, umso schlechter wurden unsere Würfe, bis die anderen tatsächlich den letzten Treffer setzten und wir unsere Niederlage anerkennen mussten.

Sie wollten uns noch auf einen Drink einladen, aber wir lehnten dankend ab. In meinem Kopf drehte es sich bereits und trotzdem fühlte ich mich von Minute zu Minute gelöster. Fast schon wohl. »Lasst uns tanzen gehen!«, rief Julie, und aus ihrer Stimme hörte ich definitiv den vielen Alkohol heraus. Kay und ich stimmten zu. Wir betraten erneut den Hauptraum, in dem die Luft stickig und warm war und ich zu schwitzen anfing, bevor wir auch nur begonnen hatten, uns zur Musik zu bewegen. Wir quetschten uns zwischen die vielen Leute. Ich schloss die Augen und gab mich dem Beat hin, der gegen meinen Schädel prallte wie ein Hammer, in all meine Glieder drang und mich gemeinsam mit dem Alkohol zur Bewegung zwang. Irgendwann tanzte Julie mit einem Typen und auch Kay schien Interesse an jemandem zu haben, mit dem er schon seit einer halben Stunde flirtete. Meine Füße taten mir trotz Chucks weh und ich war völlig außer Atem, also gab ich meinen Freunden Bescheid und drängte mich in die Richtung, in der ich den Ausgang vermutete. Immer wieder wurde ich hin und her geschubst und verlor Schritt für Schritt die Kontrolle. Hinter mir vernahm ich laute Jubelschreie und ich drehte mich neugierig in die Richtung um. Über die Köpfe der Menge hinweg erkannte ich einen Pokal und hochgereckte Fäuste, bis plötzlich Blake nach oben gedrückt wurde und im flackernden Licht wie ein Rockstar auf den Händen der Leute thronte. Die Menge rastete noch weiter aus, es wirkte so, als kannten ihn und die Mannschaft hier einige und als wäre er öfter auf solchen Partys. Wohingegen mich niemand beachtete.

Wie immer. Mein Körper trieb hilflos wie ein Stück Holz im Meer der wogenden Menschen, die mich von links nach rechts schoben und mich fast das Gleichgewicht verlieren ließen. Plötzlich hatte ich keine Ahnung mehr, wo ich war, und versuchte, stehen zu bleiben. Mein Puls raste. Durch den Alkohol in meinem Blut wurde mir übel und schwindelig, sodass es mir noch schwerer fiel, mich zu orientieren. Ich presste die Lider zusammen und versuchte mich zu beruhigen, aber es gelang mir nicht.

Bis ich einen kräftigen Griff an meinem Oberarm spürte, der mich aufrecht hielt. Ich öffnete die Augen und atmete erleichtert aus.

4

» HÄTTE ICH DIESE BLÖDE LISTE DOCH *niemals* GESCHRIEBEN! «

Sutton

»Keine Sorge, ich lass dich nicht allein«, wisperte Kay in mein Ohr und ich musste lächeln. Er führte mich nach draußen, und als die frische Luft in meine Lungen strömte, atmete ich so tief ein, wie ich konnte. Freiheit. Das beklemmende Gefühl war sofort verschwunden, und Kay zog mich an meiner Hand an den Rand des Vorgartens zu einer hüfthohen Mauer, auf die ich mich setzte. »Gehts wieder? Sorry, einer von uns hätte mitkommen sollen.«

»Ist schon okay, eigentlich waren es ja nur ein paar Meter, außerdem seid ihr schließlich nicht meine Kindermädchen.« Ich drehte den Ring an meinem Daumen, den Julie und ich von Kay im letzten Jahr als Zeichen unserer Freundschaft geschenkt bekommen hatten. Es war mir unangenehm, dass ich gerade eben hilflos gewesen war und Kay deshalb seine Bekanntschaft stehen ließ. Ich hasste generell das Gefühl, jemand müsste auf mich aufpassen oder ich würde irgendjemandem zur Last fallen.

»Nein, aber dafür sind Freunde doch da«, sagte er schmunzelnd und zwinkerte mir zu. »Aber du hast gesehen, wer den Tumult verursacht hat, oder?« Er grinste.

Ich legte den Kopf in den Nacken und stöhnte genervt Richtung Nachthimmel. »Hätte ich diese blöde Liste doch niemals geschrieben«, seufzte ich und erwiderte seinen Blick. »Es war nur ein Name, ein dummer Einfall, als mir langweilig war. Nichts von Bedeutung!«

»Na klar.« Kay lehnte sich neben mich an die Mauer und verschränkte die Arme. »Was stand eigentlich noch drauf? Was willst du vor dem College sonst noch tun?«

Wenn er wüsste, dass ich diese Dinge nicht nur aufgrund des Colleges aufgeschrieben hatte.

Ich überlegte kurz, während wir zusammen in den Sternenhimmel sahen. Die Nacht war lau, und man brauchte keine Jacke im Sommer in Georgia.

Ich atmete ein.

Den Sonnenauf- und -untergang über dem Meer sehen.

Die Graffitikunstwerke in der Melrose Avenue in Los Angeles bewundern.

Ein Holi-Festival besuchen.

Die fein geschliffenen Glassteine des Glas Beach in Kalifornien sehen.

Ich atmete aus.

»Auf jeden Fall endlich *You – Du wirst mich lieben* anschauen. Alle reden davon, es macht mich wahnsinnig, dass ich es immer noch nicht gesehen habe«, relativierte ich meine Gedanken, die mich traurig machten. Das Letzte, was ich wollte, war traurig zu sein.

Kay lachte. »Mich macht es eher sprachlos, dass Julie und ich eine Serie vor dir geschaut haben.«

»Und mich, dass ihr sie ohne mich gesehen habt! Ich dachte, unsere Freundschaft bedeutet euch etwas«, antwortete ich lachend. Kay zog mich an sich und drückte mir einen Kuss auf den Scheitel.

»Alles, das weißt du.«

Kurz herrschte Stille zwischen uns, bis ich mein Seufzen nicht mehr unterdrücken konnte. »Aber diese Liste ist sowieso egal, denn …« Ich verschluckte mich an meinen Worten. »Meine Tante hat gefragt, ob ich die Ferien über zu ihr nach Long Beach komme. Du weißt, sie hat dort eine Kunstgalerie und ich könnte einiges bei ihr für mein Studium lernen. Wir haben uns schon so lange nicht mehr gesehen und es wäre bestimmt schön in Kalifornien.«

»Oh«, erwiderte er und ich suchte unsicher seinen Blick. »Ich nehme an, Julie weiß das noch nicht?«

Ich schüttelte stumm den Kopf. Eigentlich wollte ich den letzten Sommer mit meiner besten Freundin verbringen, bevor wir an unterschiedliche Colleges gingen und uns trennen mussten. Wir hatten vorgehabt, uns haufenweise Serien reinzuziehen oder den ganzen Tag mit Virgin Coladas am Pool ihrer Mum zu liegen. Julie hatte bereits Pläne geschmiedet, was wir alles zu zweit unternehmen konnten, denn Kay würde die Ferien bei seinem Dad in Nevada sein. Eigentlich wollte Julie ebenfalls zu ihrem Vater nach New York fahren, aber dieser hatte ihr mal wieder kurzfristig abgesagt. Er habe keine Zeit. Wir wussten alle, was das bedeutete. Seine neue Frau hatte keine Lust auf Julie. Sie hatte ihren Dad schon seit über einem

Jahr nicht mehr persönlich gesehen. Skype zählte nicht, wenn es um den eigenen Vater ging.

Doch dann … dann hatte sich mein Plan in einem einzigen Moment in Luft aufgelöst. Wer wusste, ob es nicht das letzte Mal war, dass ich die Möglichkeit hatte, Kunst mit meinen eigenen Augen zu sehen. *Ich werde blind.* Da war es! Jetzt hatte ich es tatsächlich gedacht. Ich drückte meine Fingernägel in die Innenflächen meiner Hand. Vielleicht lenkte mich der Schmerz von den brennenden Tränen ab, die in diesem Moment in meine Augen stiegen und ich mühsam herunterzuschlucken versuchte.

»Ich wollte es ihr noch sagen, aber ich hab ein schlechtes Gewissen, weil sie dann allein hier rumhängen muss.« Und weil ich sie und Kay seit zwei Wochen belog.

»Das ist kacke. Julies Dad ist ein Arsch.«

»Und was für einer«, bestätigte ich Kays Aussage. »Ich hasse ihn.«

»Wir hassen ihn alle.«

»Vielleicht kann sie ja mitkommen«, sagte ich leise, aber wir wussten beide, dass dies aufgrund ihres Praktikums in einem Unternehmen in Atlanta, das ihr Dad ihr nach seiner Absage verschafft hatte, nicht ohne Weiteres möglich war.

»Du musst es ihr auf jeden Fall bald sagen.«

»Werde ich …«

Einige Sekunden herrschte Stille zwischen uns, bis Kay mein Knie drückte und sich von der Mauer abstieß. »Kommst du wieder mit rein? Der heiße Typ von eben wartet auf mich und ich möchte auf keinen Fall riskieren, dass er abhaut.«

»Klar, ich will dir schließlich nicht die Tour vermasseln.« Mein Tonfall sollte leicht klingen, aber eigentlich sah es ganz anders in mir aus. Es war unvermeidbar, dass ich beiden bald die Wahrheit sagte. Wie würden sie reagieren? Wären sie sauer, dass ich es ihnen nicht früher erzählt hatte? Natürlich wären sie das. Aber würde das irgendetwas an dem Umstand ändern, dass etwas auf mich zurollte, das ich nicht einmal ansatzweise erfassen konnte? Nein.

Deshalb durfte ich auch nicht die Chance, die sich mir bot, ablehnen. Wer wusste, ob es meine letzte Möglichkeit war, etwas zu erleben oder von der Welt zu sehen.

Trotzdem konnte ich es ihnen nicht heute sagen, denn dann würde ich den gesamten Abend zerstören. Vielleicht den letzten, den wir noch annähernd mit Leichtigkeit verbringen konnten, bis das wacklige Gerüst, auf dem mein Gewissen stand, mit einem lauten Krachen einstürzte. Also schob ich diese Problematik mal wieder beiseite und lief mit Kay zurück in das Innere des Hauses. Wir besorgten uns zuerst noch etwas Alkoholfreies zu trinken in der Küche und kämpften uns dann zu Julie, die ziemlich eng mit dem süßen Typen von eben tanzte. Auch wenn sie Bestätigung überhaupt nicht nötig hatte, suchte sie diese oft bei irgendwelchen Kerlen. Kay und ich hatten ihr schon öfter versucht beizubringen, dass sie mehr wert war, als ihr Dad sie glauben lassen wollte, aber bisher hatte alles Reden nichts genutzt. Also ließen wir sie auch diesmal ihren Spaß haben. Während Kay mit seiner Eroberung etwas fernab der Tanzfläche ins Gespräch kam, bemühte ich mich, meinen Kopf auszuschalten und selbst lockerer zu werden. Es vergingen einige Lieder, bis ich erneut das

Gefühl hatte, die Menschen um mich herum drückten mich immer enger zusammen, bis ich keine Luft mehr bekam. Ich atmete tiefer, riss die Augen auf und versuchte, in dem Dämmerlicht irgendein Gesicht auszumachen, aber alles war verschwommen. Eine dunkle schemenhafte Masse. Nichts, was greifbar gewesen wäre oder mir Sicherheit gegeben hätte. Julie oder Kay waren nicht mehr zu sehen, nur fremde Schatten, die vor mir aufragten und mich zu verschlingen drohten. Hektisch drehte ich mich um die eigene Achse. Wurde nach links geschubst und wieder zurück, riss die Augen auf, bis sie brannten, aber es brachte nichts. Ich stolperte. Griff ins Leere und fiel. Bis sich ein großer Körper vor mich schob und ich mich mit den Händen automatisch an ihm abstützte. Genau genommen an einem Jeanshemd, das sich über einer breiten, festen Männerbrust spannte. Langsam hob ich den Blick, und mir stockte der Atem. Mein Fokus stellte sich wie automatisch ein und ein Gesicht erschien schärfer vor mir als alles um mich herum. Nie zuvor war ich ihm so nah gewesen. Blake. Er roch frisch und klar mit einer herben, männlichen Note, die alles überschattete, was ich jemals gerochen hatte. Ich unterdrückte den Drang, mich näher an ihn zu schieben und meine Nase in seinem Hemd zu vergraben. Gänsehaut überzog meinen gesamten Körper, und meine Fingerspitzen kribbelten an der Stelle, an der sie ihn berührten. Wärme durchfuhr meine Hände und ließ sie wie automatisch noch fester zupacken, als wollte ich ihn instinktiv festhalten. Aber auch er hielt meinen Blick. Ich wusste, dass seine Augen blau waren, auch wenn ich die Farbe in dem dämmrigen Licht nicht erkannte. Langsam senkte er den Kopf und ich spürte den

Hauch seines warmen Atems über mein Ohr streichen. Einzelne Haarsträhnen kitzelten meine Wange, als ich mich ihm ein Stückchen entgegenschob.

»Alles okay?«, fragte er, und das Einzige, was ich tun konnte, war hart zu schlucken und zu nicken. Ich vernahm nicht nur den leicht rauen Ton seiner dunklen Stimme, sondern auch, dass er ein wenig nuschelte. War er betrunken? Ein Kribbeln kämpfte sich durch mein Innerstes, als seine Finger plötzlich sanft über meine Unterarme nach oben strichen und mich fest packten. Mein Atem stockte und ich glaubte, unter seiner heißen Berührung zu verbrennen. Verdammt, was war das?

Wieder sah ich ihm in die Augen und wägte ab, was diese Nähe in ihm auslöste. Das Gleiche wie bei mir? Dieses Gefühl, das ich nicht weiter definieren konnte, mich aber sprachlos und zittrig machte? Wahrscheinlich nicht, schließlich war er Blake. Der Blake, der einfach jede haben konnte. Das Sportass, der Schwimmer, der gut aussehendste Junge unserer Schule. Wieso sollte er sich gerade bei mir so fühlen? Er war definitiv betrunken, ich hatte das Gleichgewicht verloren und war in ihn gekracht. Das wars.

Aber wieso ließ er mich immer noch nicht los? Im Gegenteil, wieso zog er mich wie in Zeitlupe noch näher an sich heran? Ich spürte seinen Körper, sein Atem brach auf meinem Gesicht, als er den Kopf erneut zu mir herabsenkte. Er biss sich auf die Unterlippe und schenkte mir ein schiefes Lächeln, als wüsste er, was ich dachte. Als könnte er direkt in meinen Kopf sehen.

Und verdammt, ja. Ich wollte ihn küssen. In diesem Moment, der perfekt für uns schien. Und dann passierte es. Einfach so. Mein erster richtiger Kuss. Seine Lippen senkten sich sanft auf meine, berührten sie fast flüchtig, bevor er sie fester auf meine drückte. Seine Hände fuhren nach hinten, durch meine Haare und legten sich um meinen Hinterkopf, sodass ich ihm unmöglich entkommen konnte. Das erste Mal in meinem Leben dachte ich nicht. Ich funktionierte. Reagierte. Genoss die Endorphine, die Blakes forsche und selbstsichere Berührungen in mir auslösten und die erbarmungslos durch meine Nerven rauschten. Mich schwindelig machten. Meine Welt auf den Kopf stellten.

Als er die Lippen öffnete und seine Zungenspitze meine berührte, schmeckte ich den Alkohol, aber es war mir egal. Es zählte nur, dass er mich wollte. Diesen Kuss. Unsere Nähe.

Immer inniger wurde unsere Verbindung, die hoffentlich niemals endete und mich mein gesamtes rationales Denken kostete. Er keuchte leise. Seine Finger fuhren durch meine Haare, schlossen sich zur Faust, meine krallten sich tiefer in sein Hemd. Unsere Körper pressten sich fester aneinander. Seine Leidenschaft raubte mir den Atem, aber genauso sehr legte ich alles in unsere Begegnung, was ich ihm schenken konnte. Ich fühlte mich entblößt, emotional völlig nackt, und doch war das Gefühl, in seinen Armen zu liegen und von ihm gewollt zu werden, unbeschreiblich.

Und dann war es vorbei. Blake wurde nach hinten gerissen und ich löste meine Finger von seinem Shirt. Einer seiner Freunde klopfte ihm auf den Rücken, warf mir nur einen flüchtigen Blick zu, als wäre ich keinen zweiten wert, und zog Blake fort von mir, durch die Menge, bis ich ihn nicht mehr sah und wieder alles vor mir verschwamm. Schwer atmend stand ich da und begriff immer noch nicht richtig, was da gerade passiert war. Mein erster Kuss. Mit Blake Cross. Ich blinzelte einmal. Zweimal. Bis ich Finger spürte, die sich fest um mein Handgelenk legten, und in Kays aufgerissene Augen sah. Er sagte irgendetwas zu mir, aber alles, worauf ich meine Aufmerksamkeit richten konnte, war das prickelnde Gefühl auf meinen Lippen, das Blake zurückgelassen hatte. Und die Kälte, die auf einmal auf mich niederprasselte wie ein eisiger Regenschauer in der Sahara.

»Du! Blake! Geküsst! So heiß!« war alles, was ich von Kays Stimme vernahm, ehe ich wieder zurück ins Hier und Jetzt fand. Ich schüttelte den Kopf, atmete tief ein und biss mir peinlich berührt lächelnd auf die Unterlippe, auf der immer noch Blakes Geschmack lag.

»Du musst ihn unbedingt suchen!«, sagte Kay und hielt mich hüpfend an beiden Händen fest.

»Was war das denn?«, schrie Julie und stürmte ebenfalls auf uns zu. Ich musste lachen und zuckte immer noch völlig benebelt mit den Schultern. »Oh. Mein. Gott! Su! Hab ich das gerade richtig gesehen?«

»Sie ist ein Vamp, ich hab es schon immer gewusst! Los, komm, du musst uns alles erzählen und danach schmieden wir einen Plan, wie ihr das wiederholen könnt!«, sagte Kay. Er zog mich an meiner Hand hinaus, während ich mich immer noch wie von einem Schleier umgeben fühlte und kaum glauben konnte, was gerade passiert war.

5

»DIE IST DOCH DEUTLICH HEISSER ALS DIE *Kleine* VON EBEN.«

Blake

»Hey, Mann, komm, in der Küche gibt es Shots, und ein paar Mädels tanzen halb nackt auf dem Tresen.« Mit diesen Worten zog mich Joel durch die Menge. Scheiße, war ich betrunken. Ich konnte kaum noch gerade schauen, geschweige denn stehen, und mein Herz wummerte in einer Geschwindigkeit, dass mir schwindelig wurde. Oder lag das womöglich gar nicht am Alkohol? Sondern an diesem Mädchen, das auf einmal vor mich gestolpert war und mir genau das gegeben hatte, was ich in diesem Moment brauchte? Nähe. Ablenkung. Ein winziges bisschen Mehr.

Nach diesem beschissenen Nachmittag im Krankenhaus, durch den meine Gedanken erst recht nicht abzustellen waren. Mittlerweile schrien sie so laut, dass ich mich kaum noch davon ablenken konnte. Alkohol, Sex … all das war schon lange nicht mehr genug und insgeheim wusste ich ganz genau, dass sich zu betrinken und wild mit jemandem rumzumachen, auch nichts an dieser beschissenen Situation änderte. Das konnte verdammt noch mal überhaupt nichts!

Obwohl ich überrascht war, dass ich alles, was mich niederrang, tatsächlich für einen kleinen Moment in diesem Kuss verloren hatte.

Ich drehte mich um und reckte den Hals, während Joel mich weiter Richtung Küche zog, aber ich konnte durch den Schleier vor meinen Augen nichts außer einer Masse aus Köpfen, Gesichtern und fremden Menschen erkennen. Das Mädchen war verschwunden.

Wir stolperten in die Küche und Joel lachte grunzend. Er war genauso voll wie wir alle, nur dass dies bei meinen Mannschaftskollegen einen anderen Grund hatte.

Sie feierten unseren Sieg.

Ich ertrug meinen Untergang.

»Hier!« Irgendjemand drückte mir ein Shotglas in die Hand. Die Küche war gerammelt voll mit Leuten aus dem Schwimmteam, Mädchen, fremden Menschen, die ich noch nie zuvor gesehen hatte. Und es war mir egal.

Meine Hände zitterten und mir wurde übel. Ich sah auf das Glas und erkannte eine rote Flüssigkeit. Eigentlich war es nicht wichtig, was sich darin befand, Hauptsache, das Schreien wurde damit leiser. Ein bisschen zumindest.

Also kippte ich es ohne Umschweife herunter und genoss das Brennen in meiner Kehle, das zuerst meine

Speiseröhre verätzte und danach meinen Kopf zum Stillstand zwang.

»Noch einen«, nuschelte ich zu Joel, der nickte und nach einem weiteren Glas auf der Theke griff. Aber ein Mädchen kam ihm zuvor, das bis eben auf dem Küchentresen getanzt hatte und sich nun so an den Rand setzte, dass sich ihr Gesicht auf gleicher Höhe mit meinem befand. Sie trug einen kurzen Jeansrock, der weit über ihre Oberschenkel hochgerutscht war, und mit dem Ausschnitt hätte sie sich das Oberteil auch sparen können. Laszív lächelnd nahm sie ein Shotglas und hielt es mir hin.

»Die ist doch deutlich heißer als die Kleine von eben«, flüsterte Joel in mein Ohr und ich hörte das dümmliche Grinsen aus seinen Worten heraus.

»Willst du?« Sie hielt das Glas hoch und zog die Augenbrauen in die Höhe. »Dafür bekomme ich aber etwas. Nur einen Kuss.« Sie schürzte die rot geschminkten Lippen und meine Augen verweilten kurz auf diesem Anblick. Es wäre einfach gewesen, mit ihr dort weiterzumachen, wo ich mit dem Mädchen von eben begonnen hatte. Aber irgendetwas war anders.

Nein. Nicht irgendwas. Jemand.

Ich griff nach einem Glas, das neben ihr stand, und hob es in die Höhe. Dann zwinkerte ich ihr zu und kippte den Inhalt mit einem Mal herunter. »Nein danke, aber mein Freund würde dieses Angebot sicherlich nicht ausschlagen.« Ich klatschte Joel auf die Schulter und schubste ihn ein Stück in die Richtung des Mädchens, das mich mit großen Augen geschockt ansah. Auch das war mir egal.

Auf dem Weg nach draußen griff ich mir noch eine Flasche Bier und lief an haufenweise fremden Menschen vorbei und über den Bürgersteig zurück zu meinem Wagen. Ich wollte garantiert nicht fahren. Aber nicht, weil ich Angst hatte, mein Leben zu gefährden. Ich würde niemand Unschuldigen mit in meine verkorkste Wirklichkeit hineinziehen.

Als ich mein Auto entriegelt hatte und mich auf den Fahrersitz schob, wollte ich nur eines. Schlafen. Bis ein neuer Tag kam, der noch beschissener als der vorherige war, obwohl man eigentlich meinen müsste, das ginge kaum.

Ich lehnte den Kopf seufzend gegen die Nackenstütze, schloss die Augen und nippte an der Bierflasche. Als es an der Fensterscheibe klopfte, stöhnte ich gequält und wandte mich zur Beifahrerseite.

Levi stand davor, öffnete die Tür und nahm neben mir Platz.

Es herrschte kurz Stille und ich richtete meine Aufmerksamkeit wieder nach vorne. Starrte ins Leere. Alles vor meinen Augen drehte sich im Kreis.

»Ich versuche zu verstehen, wie es dir geht, aber du machst es mir nicht gerade einfach«, sagte er leise und ich atmete tief ein.

Meine Hand umfasste die Bierflasche, die ich auf meinem Oberschenkel abgestützt hatte, fester. Im Innenraum meines Pick-ups war es totenstill. »Sorry, aber …« Ich zögerte. Darüber zu sprechen, machte die Sache nicht besser. Kein bisschen. »Ich kann nicht.« Meine Stimme brach und ich schluckte hart die Verzweiflung herunter, die versuchte, sich mit allen Mitteln hervorzukämpfen. Mir war klar, dass ich diesen Kampf irgendwann verlieren würde. Es war aussichtslos. Also brachte das alles hier jetzt sowieso nichts.

»Okay«, antwortete Levi und fuhr seine Rückenlehne nach hinten. »Es macht dir sicherlich nichts aus, wenn ich dann eine kleine Runde hier penne.«

Ich schaute zu ihm. Er verschränkte die Arme vor der Brust und schloss die Augen. Fast musste ich über diese Situation lächeln.

»Danke«, nuschelte ich heiser und Levi nickte daraufhin nur. Wahrscheinlich merkte er, dass jedes meiner Worte mich weiter an die Grenze brachte, hinter der meine Selbstbeherrschung den Geist aufgab. Und auch wenn ich lieber allein gewesen wäre, war ich doch irgendwie froh, einen Freund zu haben, der an meiner Seite war. Mit Worten oder ohne.

6

» GIBT ES NUR NOCH DIESES EINE *Thema*? «

Sutton

Auf der Party war Blake natürlich verschwunden und wir hatten ihn nirgendwo mehr gesehen. Sehr wahrscheinlich bedeutete ihm dieser Kuss sowieso nichts und er war mit irgendeinem anderen Mädchen abgehauen. Wir verbrachten noch eine Stunde auf der Tanzfläche und waren anschließend zu Julie gefahren, um alle drei bei ihr zu schlafen. Ich versuchte, meinen Freunden meine Enttäuschung nicht zu offensichtlich zu zeigen und vor allem, das Ganze nicht so nah an mich ranzulassen, aber natürlich konnte ich die halbe Nacht nicht schlafen. Immer wieder spielte sich vor meinem geistigen Auge dieser Kuss ab und ich fragte mich, was wäre, wenn … sein Freund ihn nicht von mir weggezogen hätte … er mich weiter geküsst hätte …

Kay war direkt nach dem Frühstück nach Hause gegangen, weil seine Mum ihren Geburtstag mit zahlreichen Leuten feiern wollte, und Julie und ich verbrachten

4 .

den restlichen Sonntag an ihrem Pool und sinnierten weiter darüber, weshalb Blake mich geküsst hatte. Und wie er geküsst hatte. Und wie gerochen, geschmeckt, sich angefühlt. Großer Gott, wir breiteten wieder und wieder jedes Detail dieses phänomenalen Kusses aus, und in meinem Kopf herrschte ein wahlloses Durcheinander von einzelnen Szenen und Erinnerungen. Ich konnte an überhaupt nichts anderes mehr denken. So auch Montagmorgen vor Beginn der ersten Schulstunde.

Mein Herz raste, als ich aus dem Schulbus stieg und meine Füße den Boden vor der Schule berührten. Nervös schaute ich von links nach rechts, während ich auf das Gebäude zulief und mich an den Rand der Treppe stellte, um wie jeden Morgen auf Julie und Kay zu warten. Ich lehnte mich mit dem Rücken gegen das Geländer und war kurz davor, meinen beiden Freunden zu schreiben, dass wir uns in der Klasse treffen sollten. Weit weg von einer möglichen Konfrontation mit Blake, weil ich schon immer der Typ gewesen war, der diesen aus dem Weg ging oder erst überhaupt nicht in so einer komischen Situation landete. Aber genau genommen hatte Blake mit alldem angefangen. Er hatte mich geküsst! Wieso, fragte ich mich ständig, aber ich war ein viel zu großer Feigling, um auf ihn zuzugehen und ihm diese Frage zu stellen. Wir hatten noch nie ein einziges Wort gewechselt, geschweige denn hatte er mich einmal auch nur angesehen oder bemerkt. Wieso also ausgerechnet auf dieser beknackten Party?

Dumpfe Musik drang durch das Stimmengewirr der anderen Schüler, die sich vor der Schule sammelten. Ein schwarzer Pick-up fuhr im Schritttempo vorbei und mein Herz setzte erneut einige Schläge aus, als ich erkannte, wer darin saß. Verdammt, wo waren Julie und Kay? Ich kam mir total dämlich vor, allein hier wie auf dem Präsentierteller herumzustehen, und fühlte mich, als würde jeder mich ansehen, mit dem Finger auf mich zeigen und lachen, als Blake und sein bester Freund Levi aus dem geparkten Wagen stiegen und auf die Schule zuliefen. Scheiße, Scheiße, Scheiße! Panikmodus an!

Ich schluckte hart, mein Herz klopfte heftig gegen meinen Brustkorb und ich knabberte an meiner Unterlippe, bis sie blutete. Unruhig sah ich abwechselnd auf den Boden oder spähte verstohlen zu Blake, der mit einem Rucksack auf einer Schulter, einer löchrigen schwarzen Jeans und einem schlichten Shirt lässig auf mich zuschlenderte.

Oder eher gesagt auf die Treppe zu, vor der ich immer noch stand und langsam, aber sicher einem Herzinfarkt erlag. Während Levi irgendetwas erzählte, zog Blake mit einer beiläufigen Geste die Sonnenbrille ab und steckte sie in den Ausschnitt seines weißen Shirts. Danach hob er den Kopf und für eine winzige Ewigkeit trafen sich unsere Blicke. Sein schiefes Grinsen, das er als Reaktion auf Levis Erzählung zeigte, gefror auf seinem Gesicht. Meine Atmung verlangsamte sich, stoppte, bis der Moment mit einem Mal einfach vorbei war. Blake richtete seine Aufmerksamkeit wieder auf Levi, und als er meine Höhe erreichte, würdigte er mich keines Blickes. Wie immer. Er war so nah, dass mir sein Duft in die Nase zog, und augenblicklich erinnerte ich mich an diese unverwechselbaren Minuten in seiner Nähe, an die ich immer wieder denken musste. Aber die Erkenntnis traf mich wie ein Vorschlaghammer und machte dieses warme Gefühl mit einem gewaltigen Schlag zunichte. Er hatte mich nicht erkannt. Für ihn hatte das alles nichts bedeutet.

Ich strich mir eine Haarsträhne hinter das Ohr und leckte mir über die trockenen Lippen. Natürlich. Für jemanden wie Blake ging ich in der Menge der Gesichter unserer Schule einfach unter. Was sollte ein einziger Kuss daran ändern? Wer wusste, wie viele Mädchen Blake schon geküsst und danach vergessen hatte? Ich war nur eine von ihnen, und falls er sich an mich erinnerte, würde er ganz sicher nicht vor seinen Freunden oder der halben Schule öffentlich zugeben, dass er *die Streberin* geküsst hatte. Meine Schultern sackten nach unten, als er die Stufen komplett erklommen hatte und im Schuleingang verschwand.

»Hey! Sorry, meine Mum hat verschlafen und das Bad blockiert! Außerdem habe ich nur einen Parkplatz am anderen Ende der Schule bekommen und musste hierherrennen«, sagte Julie genervt und zog meine Aufmerksamkeit auf sich. Ihre Stimme klang abgehackt und sie atmete schwer. »Wären wir doch nur auch im Schwimmteam, dann hätte ich wenigstens einen reservierten direkt vor der Schule. Ist irgendwas?« Sie stockte. Wahrscheinlich sah sie mir meine Stimmung und auch die fette Enttäuschung an, die als dicker Kloß meine Kehle verstopfte. Trotzdem schüttelte ich schnell den Kopf. Was sollte ich ihr auch sagen? Dass mir das Offensichtliche mit seinem nackten Hintern mitten ins Gesicht gesprungen war? Blake hatte wahllos entschieden, mich zu küssen. Ich stand wahrscheinlich nur zum richtigen Zeitpunkt vor ihm, während sein Alkoholpegel ihn hatte reagieren lassen. »Nein, nein, alles gut!«

»Hast du Blake getroffen?« Sie grinste und ich verdrehte seufzend die Augen.

»Gibt es nur noch dieses eine Thema?«

»Hat er dich nicht angesprochen?«, fragte sie mit einem furchtbaren Tonfall aus Bedauern und Mitleid, zog eine Kaugummipackung aus ihrer Jeanstasche und streckte sie mir hin. Als würde Kaugummi alles gut machen. Ich fühlte mich nur noch erbärmlicher, weil ich anscheinend so aussah, als hätte ich ein Trostpflaster nötig.

»Nein danke. Und sorry«, antwortete ich kleinlaut, während sie sich ein Kaugummi in den Mund steckte und mir zuzwinkerte.

»Ist schon okay. Wir kriegen ihn noch dazu, dich zu sehen.«

Bevor ich erwidern konnte, dass ich überhaupt nicht Blakes Aufmerksamkeit wollte, rannte auch Kay auf uns zu, zumindest wenn man zu seinem Tempo *rennen* sagen konnte. Sport war eigentlich noch nie sein Ding gewesen, bis vor Kurzem, seitdem er dieses neue Online-Programm durchzog. »Morgen, Mädels, ich muss euch unbedingt etwas erzählen!« Er wirkte aufgeregt und schnappte immer wieder nach Luft, dann hielt er inne und deutete zwischen uns hin und her. »Moment, hab ich irgendwas Wichtiges verpasst?«

»Nichts, nur das Übliche«, sagte Julie schnell und warf mir einen verschwörerischen Blick zu. »Meine Mum hat mal wieder wegen einem ihrer zehn Jahre jüngeren Lover verschlafen und ich musste mich im Eiltempo fertig machen«, sagte sie und lenkte die Unterhaltung so auf sich. Ich lächelte ihr dankbar zu. Genug über Blake Cross gesprochen! Er war schließlich nicht für alle Menschen der

Nabel der Welt und ich nahm mir vor, abzuwarten, wie er sich mir gegenüber verhielt. Und wenn er nichts tat, wusste ich eben, woran ich war, und würde mein Leben einfach weiterleben. Verdammt seien Typen wie dieser Idiot! Außerdem hatte ich eigentlich wirklich andere Sorgen. Wobei mich diese Gedanken sehr erfolgreich davon ablenkten und ich sie sogar mit offenen Armen begrüßte.

»Also, was wolltest du uns erzählen?«, fragte ich und wir setzten uns in Bewegung, um die erste Stunde nicht zu verpassen. Geschichte. Würg!

»Der Junge, den ich auf der Party kennengelernt habe … haltet euch fest!« Kay machte es mal wieder besonders spannend. »Meine Mum hat diesmal auch einige Arbeitskollegen auf ihren Geburtstag eingeladen, ihr wisst schon, Kontakte knüpfen, weil sie dort erst vor ein paar Wochen angefangen hat … und der eine Kollege hat seinen Sohn mitgebracht!«

»Nein! War er das etwa?«, rief Julie begeistert aus und wir mussten alle drei grinsen.

»Oh ja! Und wie er das war! Zuerst hat er so getan, als würde er mich nicht kennen, dann hat er mich später in der Küche abgefangen und mir erzählt, dass sein Dad noch nichts davon weiß, dass er auf Männer steht, er mich aber immer noch nett findet und sich definitiv bei mir melden wird!«

»Oh mein Gott, das ist toll, Kay«, freute ich mich für meinen besten Freund. Wenigstens hatte er ein gut funktionierendes Liebesleben. Zumindest sah es sehr vielversprechend aus.

»Ich hab dir gesagt, er ist einer der Guten«, erwiderte Julie und hakte sich bei Kay ein. »Das hat man ihm gleich angesehen.« Ich tat dasselbe auf seiner anderen Seite, und während er uns alles über seine neue Bekanntschaft Josh erzählte, dachte ich endlich nicht mehr über einen gewissen Schwimmer unserer Schule nach. Zumindest bis zu dem Zeitpunkt, als ich ihn mit Trish McAdams an einem Spind lehnen sah. Die beiden standen definitiv zu nah beieinander, als dass es unverfänglich aussähe. Ganz große Klasse …

***

Am darauffolgenden Abend traf ich mich mit Julie bei ihr zum Lernen. Ich war mit meinen Fächern eigentlich durch, aber Julie brauchte noch einige Punkte in ziemlich vielen. Wenn man unsere Schule in Gruppen einsortieren müsste, würden wir trotzdem bei den Strebern landen. Einfach aus Prinzip und weil solche Idioten und Idiotinnen wie Trish McAdams den Notenschnitt bedrohlich weit hinunterzogen. Ja, ich war immer noch sauer, wenn ich mich an sie und Blake gestern in der Schule erinnerte. Glücklicherweise waren wir ihnen den Rest des Tages und heute nicht mehr über den Weg gelaufen. Was dachte er sich dabei? An einem Tag knutschte er mit einem ihm fremden Mädchen auf einer Party rum und am nächsten bändelte er wieder mit seiner Ex-Ex-Ex an? Also hatte ich ihn bisher doch richtig eingeschätzt und sollte mir auf diesen Kuss nicht allzu viel einbilden.

»Hat Kay schon geschrieben?«, fragte ich Julie, während ich auf ihrem weichen Hochflorteppich saß und mich mit dem Rücken gegen ihr Kingsizebett lehnte. Alle meine Schulunterlagen befanden sich auf und neben mir ausgebreitet. Julie lag auf ihrem Bett und ich wusste, sie checkte seit zwanzig Minuten lieber Facebook oder Tinder, als zu lernen.

»Noch nicht, scheint ein gutes Date zu sein.«

»Oder ein miserables und er hat nur keine Möglichkeit gefunden, uns den SOS-Code zu senden.«

In jeder richtigen Freundschaft existierte so ein Ausweg und wir wären ganz sicher immer zur Stelle, um den anderen aus der misslichen Lage einer miesen Verabredung zu befreien. Auch wenn es mittlerweile verdammt spät war. Ich musste gähnen und legte den Kopf auf dem Bettrand ab. Ein Blick auf meine Handyuhr zeigte mir fast elf Uhr an. »Ich sollte heimfahren, meine Eltern rasten bestimmt schon aus, weil ich noch nicht zu Hause bin.«

»Du bist erwachsen und bald auf dem College. Sie sollten mal ein wenig lockerer werden.« Julie hatte recht. Aber ich konnte ihr nicht sagen, dass meine Eltern einen guten Grund für ihre Überfürsorge der letzten Zeit hatten, obwohl das alles überhaupt nichts an dieser ausweglosen Situation änderte.

Julie drehte sich vom Rücken auf den Bauch und streckte mir ihr Handy vor die Nase. »Trish hat ihren Beziehungsstatus geändert.«

Ich seufzte und konnte trotzdem nicht verhindern, dass ich doch auf das Display spähte. »Single? Wieso das denn?«

Julies breites Grinsen sprang mir förmlich ins Gesicht. »Keine Ahnung, aber es wird seinen Grund haben.«

Ich schob meine Unterlagen zusammen. »Der mir völlig egal ist!«

»Ist dir auch egal, dass Blake sein Profil bei Facebook gelöscht hat?«

»Gelöscht?« Ich hielt kurz inne, bevor ich Hefte, Blätter und Bücher weiter in meinen Rucksack stopfte. »Nein, hör auf, es interessiert mich wirklich nicht! Außerdem hat er es vielleicht nur auf unsichtbar gestellt, damit Trish ihn nicht mehr nervt.«

»Könnte sein. Aber ...« Julie wedelte wieder mit ihrem Handy vor meinen Augen herum, sodass ich es mit einem genervten Zischen abwehrte. »Levi hat sein Profilbild zum gleichen Zeitpunkt wie die restliche Schwimmmannschaft geändert! Alles schwarze Rosen, was soll das?«

Meine Handinnenflächen wurden feucht und ich schluckte schwer, verdrängte die dunklen Gedanken, die wie Blitze eines Unwetters in meinem Kopf auftauchten.

»Vielleicht ist Blake irgendetwas ...«

»Jules! Hör auf, wenn das etwas zu bedeuten hat, werden wir es spätestens morgen in der Schule erfahren! Steck deine Nase nicht da rein, es geht uns nichts an!«, mahnte ich meine Freundin, obwohl ich selbst einen schalen Beigeschmack bei dieser ganzen Sache hatte. »Wahrscheinlich ist das alles nur ein mieser Scherz oder irgendein Insider des Teams.«

»Vielleicht«, erwiderte sie, setzte sich an den Bettrand und tippte weiter auf dem Handy herum. »Aber es ist schon merkwürdig. Levi postet normalerweise den ganzen Tag irgendeinen Schwachsinn, aber heute ... Nichts!«

»Wieso bist du überhaupt mit ihm befreundet?«

»Sein Profil ist öffentlich, wahrscheinlich will er allen zeigen, was für ein toller Typ er ist. Aber unter dem Bild mit den Rosen steht noch nicht mal eine Beschreibung ...«

»Ich wiederhole es noch mal: nicht unser Problem«, sagte ich und zog meinen Rucksack auf die Schultern. »Wir sehen uns morgen.«

»Soll ich dich ein Stückchen bringen?«, fragte sie. Endlich hatte ich wieder ihre ungeteilte Aufmerksamkeit und sie hörte auf, ihre Nase in fremde Angelegenheiten zu stecken. Obwohl diese ganze Sache tatsächlich ziemlich merkwürdig war ...

»Nein, schon okay, sind ja nur ein paar Straßen. Mein Fahrrad kennt den Weg.«

Julie stand auf und wir liefen gemeinsam die Treppe nach unten. Auch heute Abend war ihre Mum zu irgendeinem Date ausgegangen und sie hatte das Haus für sich. »Wann findet eigentlich deine nächste Führerscheinprüfung statt?«

»Es gibt noch keinen Termin.«

»Su!«, mahnte mich Julie. Wir standen in ihrem Hausflur und ich zog meine Chucks an, während ich ihren Blicken auswich. Nachdem ich das dritte Mal durch die praktische Prüfung geflogen war, weil ich ein Auto oder Verkehrsschild übersehen hatte, hatte ich keinen neuen Termin mehr ausgemacht. Und nun war es besser so, auch wenn ich das meiner besten Freundin nicht sagen konnte. Sie bekam einen nigelnagelneuen Mercedes zum Beginn ihrer Collegezeit, ich erhielt sehr wahrscheinlich nur eine neue Monatsfahrkarte für den Bus. Wenn überhaupt. Aber es war okay, ich fühlte mich hinter dem Steuer eines Autos sowieso nicht sonderlich wohl. Nicht nur in Anbetracht meiner derzeitigen Lage.

»Du brauchst keine Angst vor dem Autofahren zu haben, du packst das.«

»Hab ich nicht«, sagte ich. »Aber ich leg auch nicht wirklich viel Wert drauf. Die Busverbindungen in New York sind sehr gut, außerdem würde mich ein Auto nur Geld kosten, das ich nicht habe.« Ich zuckte mit den Schultern. Meine Eltern waren ganz normale Leute und hatten nicht das Vermögen, das Julies Familie besaß. Ich sparte mein verdientes Geld fast komplett für mein Studium. Mum arbeitete in einem Blumenladen, Dad war Schreiner, und ich wollte nicht, dass sie ihr Gespartes auch noch für ein unnötiges Auto aufbrauchen mussten. Es reichte, dass sie mir einen riesigen Anteil für das College bezahlten, was sie ziemlich viel kostete, und ich war ihnen unendlich dankbar für diese Möglichkeit. Denn die Diagnose änderte einiges, aber nicht meinen Wunsch, in New York Kunst zu studieren.

Julie beugte sich vor und drückte mich zum Abschied. »Schreib mir eine Nachricht, wenn du zu Hause angekommen bist.«

»Mach ich. Bye, Jules.«

»Bye, Su.«

Ich betrat die Garage durch eine Tür im Eingangsbereich des Hauses, nahm mein Fahrrad, das an der Wand lehnte, und schob es durch eine weitere schmale Tür nach draußen. Natürlich war es bereits dunkel um diese Uhrzeit und ich kniff die Augen zusammen, damit sie sich an die Lichtverhältnisse gewöhnten. Ich hatte noch nie viel für die Dunkelheit übrig gehabt. Schon als Kind fürchtete ich mich nachts allein in meinem Zimmer und hatte stets ein Nachtlicht gebraucht. Dass ich in den letzten Jahren immer weniger im Dunkeln sah, machte die Beklommenheit nicht gerade besser. Trotzdem wusste ich natürlich, ich hatte nichts zu befürchten, wenn ich mit dem Fahrrad um diese Uhrzeit durch die halbe Stadt musste. Ein Ort namens Riverdale war in Wirklichkeit nämlich nur halb so spektakulär, wie es uns die Fernsehserie vermitteln wollte.

Bevor ich mich auf mein Fahrrad setzen und losfahren konnte, fiel mir ein silberner Pick-up am Straßenrand auf und ich hielt inne. Die Tür öffnete sich und ich wusste nicht, ob ich lächeln oder seufzen sollte.

»Wie lange wartest du schon, Dad?«, fragte ich meinen Vater und rollte mein Fahrrad auf ihn zu. Er nahm es mir aus der Hand und hob es mit Leichtigkeit auf die Ladefläche seines Autos. »Ein paar Minuten«, brummte er. Ich wusste ganz genau, dass er log.

»Das hättest du nicht tun müssen. Ich bin um diese Uhrzeit schon hundertmal die Strecke nach Hause mit dem Fahrrad gefahren.«

Er legte seine große Hand auf meine Schulterblätter und schob mich sanft zur Beifahrerseite. »Ich weiß, aber deine Mum dachte, es wäre eine gute Idee. Außerdem brauchte ich sowieso frische Luft. Los, steig ein, Kleines.« Mein Vater war kein Mann vieler Worte. Er war eher jemand, der seine Gefühle mit Taten ausdrückte. Es gab kaum einen Tag, an dem er nicht arbeitete. Entweder in seiner Werkstatt, die er sich in einer kleinen Hütte in unserem Garten eingerichtet hatte, oder bei seinen Kunden. Vor zehn Jahren hatte er sich als Schreiner selbstständig gemacht und war recht erfolgreich, zumindest kamen wir ganz gut über die Runden, auch wenn wir nicht so reich wie Julies Familie waren. Aber das mussten wir auch gar nicht sein. Meine Mum kümmerte sich neben ihrem Job im Blumenladen um seine Buchhaltung, weil Dad davon nichts verstand. Oder eher gesagt keine Lust darauf hatte. Sie arbeiteten also beide ziemlich viel, und in mir wuchs das Gefühl, ihnen im Moment einfach nur zur Last zu fallen. Mein Dad hatte einen ruhigen Abend auf dem Sofa verdient, anstatt sich Sorgen um mich zu machen und stundenlang zu warten, bis er mich nach Hause fahren sollte.

Mit einem schlechten Gewissen nahm ich neben ihm auf dem Beifahrersitz Platz. In dem seichten Licht der Straßenlaterne erkannte ich kaum seine Gesichtszüge. Vor allem konnte ich nicht abschätzen, ob er sauer oder einfach nur genervt von der gesamten Situation war und davon, wie sich Mum in letzter Zeit verhielt.

»Du hättest mich nicht abholen müssen, Dad.«

»Hm«, brummte er. »Du solltest wirklich nicht mehr um die Uhrzeit allein unterwegs sein.«

Mein Vater und ich hatten eines gemeinsam: Wir konnten ziemlich gut Dinge ignorieren und überspielen, über die wir nicht reden wollten. Seit dem Arzttermin hatten wir kein einziges Mal über die Diagnose geredet, was auch eigentlich nicht nötig war, denn meine Mum sprach von nichts anderem mehr und verbrauchte alle Worte, die uns fehlten.

»Du hast recht, das nächste Mal rufe ich an, wenn ich fertig zum Abholen bin«, antwortete ich und sah aus dem Fenster. Dunkelheit, nur durchbrochen von einzelnen Lichtpunkten. Mehr erkannte ich nicht. Ich schloss die

Augen, die von der Anstrengung des Tages brannten, und sackte tiefer in den weichen Sitz. Dad trommelte unruhig auf dem Lenkrad herum, während wir an einer Ampel hielten, und räusperte sich. Ich wusste genau, er hatte keine Ahnung, wie er mit der ganzen Situation umgehen sollte. Hilflosigkeit lag mit Trauer vermischt in der Luft. Mir gelang es nur, diesen Gefühlen zu entkommen, wenn ich mit Julie oder Kay zusammen war. Vielleicht war das der Grund, weshalb ich es ihnen immer noch nicht gesagt hatte. Weil auch sie die Trauer überwältigen würde und es somit noch ein Stückchen realer wurde. Natürlich wusste ich, dass ich nicht mehr ewig so tun konnte, als wäre alles in Ordnung, aber ich wollte es so lange versuchen, wie es ging.

Nach zehn Minuten kamen wir zu Hause an, stiegen aus dem Auto und mein Dad brachte mein Fahrrad in den Schuppen, während ich vor der Haustür zögerte. Mum hatte das Außenlicht angelassen, damit ich nicht wieder über die Treppenstufen stolperte. Keine Ahnung, wie viele blaue Flecken ich von irgendwelchen Gegenständen hatte, die ich in meinem Sichtfeld immer öfter übersah.

»Worauf wartest du, auf besseres Wetter?«, riss mich Dads Stimme aus meinem Zögern, der auf einmal hinter mir auftauchte. Ich drehte mich zu ihm um. Er stand noch zwei Stufen unter mir und war trotzdem fast genauso groß wie ich.

»Einen Versuch ist es wert«, antwortete ich ihm und lächelte. »Drinnen wird ganz sicher kein Sonnenschein auf mich warten, oder?«

»Sie macht sich nur Sorgen, das weißt du?«, fragte er ungewohnt offen und seufzte. »Deine Mum wollte schon immer alles unter Kontrolle haben und das, was in der letzten Zeit passiert, entzieht sich ihr. Sie geht anders mit diesen Dingen um als wir.« Dad zwinkerte mir zu und ich nickte mit zusammengepressten Lippen. »Sie ist deine Mum. Sie braucht das Gefühl, immer noch auf dich aufpassen zu können. Nimm es ihr nicht.«

Schlechtes Gewissen drückte meine Stimmung noch ein kleines bisschen mehr. Ich hatte nicht nur alles andere verdrängt, ich hatte auch nicht eine einzige Sekunde über die Sicht meiner Eltern nachgedacht, für die es garantiert besonders schlimm sein musste, wenn dem eigenen Kind so etwas widerfuhr. Krank zu sein. Blind zu werden. Etwas, das man nicht mit einem Stück Kuchen oder einem neuen Kuscheltier aus der Welt schaffen konnte. Der Gedanke war immer noch so unwirklich, dass ich jeden Tag hoffte, aus einem bösen Traum aufzuwachen.

»Na komm schon, Kleines«, seufzte mein Dad und öffnete die Tür mit seinem Schlüssel.

Wir betraten unser Haus und ich atmete tief den gewohnten Duft von frischen Schnittblumen und Vanille ein, der von den Kerzen auf der Flurkommode ausging. Meine Mum zündete sie immer an, kurz nachdem sie abends nach der Arbeit das Haus betrat. Und auch ich verband damit mittlerweile vieles. Er gab mir Sicherheit und ein Gefühl von Daheim. Mum sagte, ein Haus könne nur mit Blumen ein Zuhause sein, und ich liebte die bunten Farben der Tulpen, das kräftige Gelb von Sonnenblumen, das satte Rot eines Weihnachtssterns oder den süßlichen Duft von Gerbera ebenso wie sie.

Ich legte meinen Rucksack neben der Flurkommode ab und stellte meine Schuhe unter die Garderobe.

»Da bist du ja!«, vernahm ich die aufgebrachte Stimme meiner Mum und wusste, jetzt ging es wieder los. Mein Dad schenkte mir einen kurzen, mitfühlenden Blick, dann allerdings überließ er mich meiner Mutter und verschwand in der Küche, um der Konfrontation wie immer zu entgehen. »Du hättest wenigstens anrufen können, dass es später wird!« Sie tauchte im Türrahmen des Wohnzimmers auf und verschränkte die Arme. Ihre braunen Augen wirkten tiefschwarz in dem Licht der Deckenstrahler in unserem Flur.

»Sorry, Mum, ich hab doch gesagt, dass ich bei Julie lerne.«

»Und dann um diese Uhrzeit allein mit dem Fahrrad heimfährst? Findest du das wirklich eine gute Idee?«

Natürlich verstand ich ihre Angst, und trotzdem fiel es mir unglaublich schwer, nicht genervt zu seufzen. Mir fehlte die Lockerheit meiner Eltern, aber vor allem meine Freiheit. Ich fühlte mich nicht nur hilflos in Bezug auf meine Situation, sondern ebenso erdrückt von ihrer Bemutterung.

»Ich bin den Weg schon hundertmal gefahren, Mum. Du musst dir keine Sorgen machen.«

»Während du bei Julie warst, habe ich noch etwas recherchiert. Es gibt da diese Heilpraktikerin in Jersey, die …«

»Können wir morgen darüber sprechen? Ich bin ziemlich müde nach dem Lernen«, sagte ich, dabei wollte ich in Wirklichkeit überhaupt nicht mehr drüber reden. Spezielle Augenvitamine, Fischöl, Autosuggestion, Osteopathie und so weiter. Vorschläge, wie man mein Augenlicht retten oder die Krankheit aufhalten könnte, hatte meine Mum viele, der Arzt hatte allerdings gesagt, dass keine davon etwas nützen würde, weil die Erkrankung unheilbar sei. *Unheilbar*. Ein furchtbar endgültiges Wort.

»Okay, Schatz, schlaf gut. Dann bis morgen.«

Ich ignorierte ihre Enttäuschung, drückte ihr noch einen Kuss auf die Wange und stieg die Treppen nach oben in mein Zimmer. Dort machte ich das Licht an, warf mich aufs Bett und atmete tief durch, während ich an die Decke starrte. Irgendetwas raschelte unter mir, als ich mich bewegte, und ich drehte mich zur Seite, damit ich das Papier und eine Karte unter mir hervorziehen konnte.

»Ganzheitliche Therapieansätze bei der Erkrankung Retinitis pigmentosa«, las ich laut vor. Ich überflog den Text, den mir ganz bestimmt meine Mum hingelegt hatte, und drehte die kleine Karte in meinen Fingern.

Es war die Therapeutin, die uns der Arzt in der Klinik empfohlen hatte. Dr. Lambert. *Verdrängung ist normal*. Auch das hatte der Doktor zu meiner Mum gesagt.

Eine einzelne Träne kullerte aus meinem Augenwinkel und benetzte meine Haut. Wollte ich wirklich nur nicht wahrhaben, was auf mich zukam, oder hatte mein Dad recht und das waren alles nur Quacksalber? Er hatte in seinem gesamten Leben kaum einen Arzt gebraucht, weil er nie krank gewesen war. Wenn er einmal eine Erkältung hatte, ging er ganz sicher nicht in irgendeine Praxis.

Vielleicht hatte ich sein starkes Immunsystem geerbt und es würde sich wirklich wieder alles einpendeln?

Und vielleicht hatte diese Erkrankung rein gar nichts damit zu tun und ich wurde es tatsächlich. *Blind*.

7

ALS HÄTTE ES SIE *niemals* GEGEBEN.

Blake

Ich mochte die Dunkelheit. In diesem Moment wie in zahlreichen davor war sie mein Freund. Stille umgab mich. Erwartungen waren nichtig. Niemand wollte etwas von mir. Oder sah meine Tränen, die ich sonst ganz bestimmt niemals jemandem zeigen würde.

Ich musste keine Preise abräumen, kein loyaler Freund oder vorbildlicher Sohn sein und vor allem kein guter Bruder. Nie wieder.

Nie wieder sagte ich Verabredungen ab, weil ich mit Grace eine ihrer bescheuerten Fernsehsendungen schauen sollte.

Nie wieder vernahm ich ihr Weinen in der Nacht und rannte den Flur hinunter zu ihrem Zimmer, um ihr eine ihrer Schmerztabletten zu geben.

Nie wieder hörte ich das Lachen meiner Schwester oder ihre weiche Stimme.

Nie wieder sah ich sie in diesem Krankenhausbett, während das zischende Geräusch des Beatmungsgerätes mich von Atemzug zu Atemzug genauso umbrachte wie sie ihr verdammtes Schicksal.

Man sagte, Zwillinge hätten eine besondere Verbindung, doch das stimmte bei uns nicht mal im Ansatz. Wir waren eins. Wenn sie etwas dachte, sprach ich es aus. Wenn sie fror, gab ich ihr eine Decke, ohne dass sie darum bitten musste. Wenn sie rennen wollte, war ich ihre Beine.

Und jetzt war sie fort. Als hätte es sie niemals gegeben. Als hätte sie vor einer Woche nicht noch existiert.

Meine Finger fuhren über die rauen Papierseiten und den glatten Einband aus Leder. In meinen Ohren klang noch das Kratzen des Stiftes, als ich die Zeilen aufgeschrieben hatte. Im Hintergrund hörte ich die Stimme meiner Mum, die unten im Flur die letzten Gäste, die zur Trauerfeier gekommen waren, verabschiedete. Ich konnte keinen von ihnen gerade ertragen. Mich selbst eingeschlossen, aber ich kam verdammt noch mal nicht weg.

Ich versuche zu vergessen
um mich von all dem Schmerz zu befreien
Doch es sind zu viele offene Wunden
die nicht mehr heilen

Es ging zu viel kaputt
und nicht alles kann man reparieren
Ich verdränge vieles
um mich nicht selbst zu verlieren

Doch die düstere Vergangenheit
holt mich immer wieder ein
Und die Mauer um mich herum
stürzt dann immer wieder ein

Ich muss lernen zu vergeben
vor allem auch mir selbst
Bevor mein angeknackstes Herz
in tausend Stücke zerfällt

So nähere ich mich meinem inneren Frieden
Stück für Stück
Und mit ganz viel Glück
bleiben nur Narben und ein paar
kleine Wunden zurück

8

»DANN STEHT ER VIELLEICHT EINFACH AUF *dich.*«

Sutton

Endlich hatte ich dem Drängen meiner Mum nachgegeben. Was blieb mir auch anderes übrig? Sie hätte so oder so nicht aufgehört, mich dazu überreden zu wollen.

Ich holte tief Luft. Mein Körper spannte sich wie automatisch an. »Eines möchte ich klarstellen … Ich bin nicht verrückt!«

Die Frau vor mir lächelte ein sanftes Lächeln. Ihre blonde Kurzhaarfrisur schmeichelte ihren weichen Gesichtszügen und kleine Falten kamen um ihre hellen Augen zum Vorschein. Sie lehnte sich auf dem Ledersessel, auf dem sie mir gegenübersaß, ein Stück nach vorn und verschränkte die Finger.

»Das denkt auch niemand, Sutton.«

Ich nickte stumm und sah mich in dem Zimmer um. Es war hell. Sonne strahlte durch große Fenster und gab der hohen, stuckverzierten Decke ein strahlendes Aussehen.

Ich machte Bilder aus. Aber ich erkannte nicht im Detail, was auf ihnen abgebildet war.

»Ich bin nur hier, weil meine Mum mich darum gebeten hat.«

»Das ist okay«, erwiderte Dr. Lambert. Ich hatte mir eine Psychologin irgendwie anders vorgestellt. Wobei, das stimmte nicht. Genau genommen hatte ich noch niemals darüber nachgedacht, wie eine sein könnte. »Möchtest du mir trotzdem erzählen, wie es dir im Moment geht? Manchmal kann es befreiend sein, mit jemand Neutralem zu sprechen.«

Ich rutschte tiefer in den Sessel, der bei meiner Bewegung knarzte. Vielleicht wollte ich dieser Frage instinktiv entkommen, aber es gab keine Möglichkeit mehr, vor der Zukunft davonzulaufen, egal wie sehr ich es versuchte. Das hatte ich irgendwie verstanden. Auch wenn es mir immer noch schwerfiel, es auszusprechen oder wirklich wahrzuhaben.

Dr. Lambert wiegte langsam den Kopf hin und her, als wollte sie jede Reaktion von mir auf ihre Frage abschätzen. Ich hasste es, so im Mittelpunkt zu stehen, und noch mehr hasste ich es, über das alles reden zu müssen.

»Gut«, log ich.

»Du machst bald den Highschoolabschluss, oder?«

»Richtig.« Ich knetete meine Hände.

»Wo möchtest du studieren?«

»An der New York Academy of Art.«

Sie zog die Augenbrauen hoch, als würde ihr etwas klar werden. Ich dagegen senkte den Blick, und meine Brille rutschte mir ein Stück die Nase herunter. Langsam schob ich sie mit meinem Zeigefinger wieder hinauf und sah Dr. Lambert erneut an.

»Du magst also Kunst? Was ganz besonders daran?«

»Ich liebe es, zu zeichnen. Irgendwie habe ich das Gefühl, ein Stück von mir wird so ewig. Gedanken sind vergänglich, Kunst nicht. Ich mag Farben, den Geruch von Papier, dass jeder Mensch was anderes in einem Kunstwerk sieht.« Ich lachte ein wenig unsicher auf. »So etwas eben.«

»Das sind schöne Sichtweisen.«

»Danke«, erwiderte ich schüchtern. Meine Schultern taten schon weh, so sehr verspannte ich mich, weil ich das Gefühl hatte, Dr. Lambert analysierte jeden Atemzug, den ich tat.

»Und deine Eltern unterstützen dich?« Es war mehr eine Aussage als eine Frage.

»Ja, sehr, ich bin froh, dass ich sie habe.«

»Deshalb hast du auch deiner Mutter den Gefallen getan, hierherzukommen?«

»Ein bisschen«, gab ich zu.

»Du denkst also nicht, dass es dir helfen könnte, offen über alles zu sprechen, was dich belastet?«

»Doch, irgendwie schon, allerdings weiß ich nicht, ob ich all das einer Fremden erzählen möchte«, antwortete ich ehrlich.

»Das kann ich verstehen. Also wissen deine Freunde Bescheid?«

Ich sah erneut unsicher auf meine Hände. Es war über eine Woche vergangen, seitdem ich mit Kay und Julie auf der Party gewesen war. So viele Momente oder Möglichkeiten hatte es gegeben, es ihnen zu erzählen. Aber nein. Ich konnte es ihnen immer noch nicht sagen.

»Es ist nicht schlimm, wenn du es nicht aussprechen möchtest. Das macht dich nicht zu einer schlechteren Freundin«, deutete Dr. Lambert mein Schweigen auf ihre Frage richtig. Doch. Ich kam mir vor wie eine furchtbare Freundin.

»Ich habe aber das Gefühl, dass ich eine bin.«

»Du machst dir Sorgen, ob deine Freunde über deine Verschwiegenheit sauer sein könnten, anstatt dir Gedanken über das zu machen, was du ihnen erzählen möchtest?«, fragte Dr. Lambert überrascht. Ich nickte und sie lächelte erneut. »Das ist ein starker Charakterzug, Sutton. Es ist aber okay, manchmal an sich selbst zu denken und nicht nur an andere.«

»Kann sein, aber was, wenn man das Gefühl hat, dass man gar nicht so richtig weiß, wer man selbst ist, und sich nur durch die Menschen in seinem Umfeld vollständig fühlt?«

Die Therapeutin lächelte immer noch. »Dann werden wir versuchen herauszufinden, wer du wirklich bist, Sutton.«

***

Die Stunde bei Dr. Lambert war aufwühlend, auch wenn wir eigentlich über gar nicht so viele Dinge gesprochen hatten, wie ich vorher angenommen hatte.

Ich betrat das *Yo Burger*, das wie immer gerammelt voll war. Der Laden war nicht sehr groß, aber das Essen schmeckte ziemlich gut und das Trinkgeld war ganz okay.

Das wusste auch Julie, die eigentlich gerne hier arbeitete. Auch wenn sie ständig darüber meckerte, nach frittiertem Fett zu riechen. Normalerweise bräuchte sie keinen Job, zumindest nicht, um Geld zu verdienen so wie ich, aber als ich diese Stelle vor zwei Jahren angetreten hatte, war auch meine beste Freundin eingestiegen. Sie nannte das einen riesigen Spaß, außerdem hatte ihre Mum ihr zu dieser Zeit wegen schlechter Noten das Taschengeld gekürzt und sie wollte nicht ständig abhängig von ihr sein.

Für mich war es das Beste, was passieren konnte. Vor allem, weil wir meistens die Schichten gemeinsam arbeiteten.

Der Laden war ein typisches Burgerrestaurant. Bei schönem Wetter konnte man entweder draußen an einem der vier Picknicktische sitzen, oder man machte es sich auf einem der bunten Plastikstühle im Inneren gemütlich. Wir hatten verschiedene Milchshakes im Angebot, mit Käse überbackene Pommes oder die besten Burger der Stadt. Das zumindest behaupteten wir. Kinder konnten hier ihren Geburtstag feiern und unser Team bestand eigentlich nur aus netten Menschen, die wir mochten. Der perfekte Job neben der Highschool, wenn man sich ein wenig dazuverdienen wollte.

Ich hatte das Restaurant durch den hinteren Personaleingang betreten und mir meine Arbeitsuniform, bestehend aus einem schwarzen T-Shirt und einer grasgrünen Schürze übergezogen. Dann trat ich zu Julie hinter den Verkaufstresen.

»Hey! Sorry für die Verspätung.«

»Wo warst du?«, fragte sie und tippte nebenbei die Bestellung eines Gastes in die Kasse ein. Hinter uns gab der Bondrucker in der Küche ein kratzendes Geräusch von sich, als die Order dort angekommen war.

»Meine Mum wollte noch, dass ich ihr bei etwas helfe.« Ich stellte mich hinter die zweite Kasse und meldete mich an. Dabei vermied ich es, Julie anzusehen. Damit sie die Lüge, die ich ihr, ohne zu zögern, hingeworfen hatte, nicht aufdeckte.

»Vielen Dank für Ihre Bestellung, wir bringen diese gleich zu Ihnen. Ich wünsche einen guten Appetit«, sagte Julie lächelnd zu dem Mann vor dem Tresen, der sein Tablett mit Getränken nahm und sich einen Tisch suchte, um auf sein Essen zu warten. »Was denn?«

»Wie bitte?«, fragte ich und sah Julie an.

»Was du deiner Mum helfen musstest?«

Ich stockte und presste die Lippen aufeinander. War jetzt der richtige Moment, es ihr zu sagen?

»Ähm, ich …«

»Yo-Burger-Bacon-Menü fertig!«, rief Gus aus der Küche und schob das Tablett auf die Ablage.

»Kleinen Moment, ich bin gleich wieder da«, erwiderte Julie und ich atmete erleichtert aus. Nein. Es war nicht der richtige Zeitpunkt. Nicht hier. Nicht jetzt. Zumindest redete ich mir mal wieder ein, dass es so war.

Die Ladentür öffnete sich und einige Leute unserer Schule betraten den Gastraum. Unter ihnen befand sich Levi und neugierig sah ich in die einzelnen Gesichter und checkte, ob Blake ebenfalls dabei war. Natürlich war er es nicht.

Es war eine Woche vergangen, seitdem alle Mitglieder des Schwimmteams diese komischen schwarzen Rosen als Profilbilder eingerichtet und keinen Post mehr abgesetzt hatten. Am nächsten Tag war Blake nicht in der Schule erschienen und niemand redete darüber, was passiert war. Noch nicht mal die Lehrer.

Blakes Eltern hatten einiges an Einfluss an unserer Highschool, engagierten sich bei sämtlichen Veranstaltungen und selbstverständlich auch für das Team. Vielleicht wollten diese nicht, dass die Schüler tratschten. Trotzdem wurde natürlich einiges gemunkelt, wie zum Beispiel, dass Blake wegen einer Überdosis Drogen im Krankenhaus liege, dass er die Schule geschmissen habe, um Rockmusiker zu werden, oder sogar das restliche Schuljahr in Kanada an einem Austauschprogramm für schwierige Jugendliche teilnehme. Unfassbar, was sich die Leute für Geschichten ausdachten. Ich glaubte keine einzige von ihnen.

Trotzdem war all das merkwürdig und ich zerbrach mir den Kopf darüber. Vielleicht weil es mich mal wieder ein Stück weit von meinen Problemen ablenkte. Es war immer einfacher, etwas anderes vorzuschieben und sich so nicht mit dem eigenen Kram beschäftigen zu müssen. Auch wenn ich wusste, dass das falsch war.

»Hast du gesehen, wer grade gekommen ist?«, fragte Julie flüsternd und stellte sich neben mich hinter den Tresen. »Blake ist nicht bei ihnen.«

Wir sahen Levi und dem Rest hinterher, wie sie sich einen Tisch in einer Ecke suchten. Sie wirkten nicht so fröhlich, laut und aufgeschlossen wie sonst.

Levi wandte sich vom Tisch ab. Julie pikste mir mit ihrem Ellenbogen in die Seite und nickte mit aufgerissenen Augen Richtung Levi. »Er kommt auf uns zu«, zischte sie und ich stöhnte.

»Selbstverständlich tut er das, er will bestimmt etwas bestellen. Du weißt schon noch, dass wir hier arbeiten?«, flüsterte ich zurück, damit er uns nicht hörte. Er stellte sich vor Julies Kasse, aber meine Freundin rührte sich immer noch keinen Zentimeter und starrte ihn nur an, als wäre er Aquaman und gerade aus dem Wasser gestiegen. Gott, war das peinlich. Sonst beneidete ich sie für ihr Selbstbewusstsein, aber in diesem Moment benahm sie sich wie eine Fremde. Anscheinend brachte Levi sie mehr aus dem Takt als je zuvor ein anderer Mann. Interessant.

Ich schob sie sanft zur Seite und stellte mich vor sie.

»Hallo, was möchtest du bestellen?«, fragte ich freundlich und Levi schenkte mir ein halbes Lächeln. Er war tatsächlich ziemlich süß mit seinen dunkelblonden Haaren, die für meinen Geschmack ein wenig zu lang waren. Aber ich mochte seine Ausstrahlung. Seine hellgrünen Augen hatten immer etwas Schalkhaftes an sich.

»Fünf Yo-Burger mit Fries und Soda. Einer davon ohne Käse bitte«, bestellte er und ich tippte alles in die Kasse ein. »Sag mal, kennen wir uns?« Er runzelte die Stirn und ich spürte seine prüfenden Blicke auf mir. Ich trug wie immer meine Brille, einen Pferdeschwanz und war nicht geschminkt. Er konnte mich unmöglich von dem Abend auf der Party erkennen. Dazu hatte er mich zu wenig beachtet, außerdem war er bestimmt betrunken gewesen. Oder? Mein Herz schlug fast schmerzhaft gegen meinen Brustkorb. Wusste er, was zwischen mir und Blake gelaufen war?

»Ähm, wir sind auf der gleichen Highschool.« Ich zuckte die Schultern.

Seine Gesichtszüge hellten sich auf, dann nickte er schnell. »Ah ja, genau, Sarah, oder?«

»Sutton«, sagte ich schüchtern.

»Sutton«, wiederholte er. »Richtig.« Als würde er tatsächlich wissen, wer ich war … Netter Gedanke, doch genauso abwegig wie ein Eisbär, der im Sommer Schlittschuh lief.

»Die Getränke kannst du da drüben holen, aber das weißt du sicherlich«, sagte ich und deutete zu den Getränkeautomaten auf der anderen Seite. »Deine Bestellung bringen wir euch gleich an den Tisch.«

»Danke, Sutton«, erwiderte er und streckte den Hals, um meine durchgedrehte Freundin direkt hinter mir ansehen zu können. »Und danke, Julie«, sagte er mit einem verschmitzten Grinsen, nahm die Becher, die ich ihm auf ein Tablett gestellt hatte, und wandte sich ab.

Mit großen Augen drehte ich mich zu meiner Freundin um, die fast an einem Herzinfarkt starb.

»Er kennt meinen Namen«, flüsterte sie ehrfürchtig und ich musste lachen.

»Sieht so aus.«

»Woher kennt er meinen Namen?«, fragte sie und sah Levis breitem Kreuz hinterher.

»Du stalkst ihn seit Monaten auf Facebook, vielleicht hast du mal etwas von ihm geliked oder so?«

»Ganz bestimmt nicht.«

»Dann steht er wohl einfach auf dich«, sagte ich wie beiläufig.

Julie schnappte nach Luft. »Verdammt, wie soll ich jetzt noch den restlichen Tag arbeiten? Oder an irgendetwas anderes denken?«

Ich tätschelte ihre Schulter und ging Richtung Küche, um die Burger auf einem Tablett zu holen, das ich ihr daraufhin in die Hand drückte. »Das schaffst du schon. Du bringst ihm sein Essen.«

Sie wehrte es ab und hob die Hände. »Auf keinen Fall! Das kann ich nicht!«

»Du bist doch sonst immer so stark. Hast du nicht gesagt, man kann alles schaffen, wenn man es nur will? Jules, in dir steckt mehr Mut als in irgendjemand anderem, den ich kenne! Bring ihm sein Essen!« Ich musste so breit grinsen, dass die Muskeln in meinem Gesicht schmerzten.

»Okay«, sagte sie leise und nicht sehr überzeugt, nahm aber das Tablett und umrundete den Tresen. Ich beobachtete sie dabei, wie sie langsam auf den Tisch zuging und den Blick stur geradeaus gerichtet hielt. Kurz bevor sie angekommen war, sprang Levi auf und nahm ihr das Tablett aus der Hand. Dabei berührten sich ihre Finger und ich erkannte, wie er irgendetwas zu ihr sagte und sie daraufhin nickte.

Ich musste unbedingt Kay erzählen, dass Julie auf Levi stand! Dabei hatte sie nie von ihm gesprochen, im Gegensatz zu sonst, wenn sie uns jedes Detail tage- oder manchmal sogar wochenlang von ihren Typen erzählte.

Julie drehte sich um, und als sie mich erfasste, biss sie sich auf die Lippen, um das Lächeln zu verstecken, das ihre hübschen Züge erhellte. »Komm mit«, sagte sie, packte meinen Oberarm und zog mich durch die Küche in den Personalraum. Dort angekommen schlug sie die Tür zu und begann auf einmal zu kreischen und auf und ab zu hüpfen.

»Oh! Mein! Gott! Er wusste, wer ich bin! Er wusste, wer ich bin!«, wiederholte sie immer wieder, bis sie sich irgendwann endlich einkriegte.

»Was hat er zu dir gesagt?«

Sie schloss die Augen und holte tief Luft. Dann verstellte sie ihre Stimme und hörte sich so einige Oktaven tiefer an, als sie sagte: »Danke, Julie.«

Sie öffnete die Lider und sah mich erwartungsvoll an.

»Mehr nicht?«, fragte ich und war irgendwie enttäuscht. Ich dachte, er hätte sie vielleicht zu einem Date eingeladen oder so etwas.

»Hallo? Er hat sich bedankt! Bei mir! Und kannte meinen Namen! Ich bin im Himmel! Hast du einen Stift? Ich sollte gleich üben, wie mein Vorname vor Woods aussieht! Julie Woods! Hört sich das nicht toll an?«

»Julie, er hat nicht um deine Hand angehalten, er hat sich einfach nur für seinen Burger bedankt.«

»Das kommt noch. Der erste Stein ist gesetzt«, behauptete sie felsenfest und wirkte immer noch, als wäre sie nicht nur auf Wolke sieben, sondern mindestens auf Wolke zehn.

Es war eine gute Entscheidung, einfach so weiterzumachen wie bisher. Die Ablenkung tat gut, außerdem freute ich mich für Julie genauso sehr, wie sie sich für mich gefreut hatte. An dem besagten Abend mit Blake. Der mir immer noch nicht aus dem Kopf ging.

Was war mit ihm los? Wo war er und wieso sprach niemand darüber?

9

ICH HABE KEINE *Zeit* MEHR.

Blake

Ich habe keine Zeit mehr
um jede Regel zu befolgen
oder um das zu machen
was andere von mir wollen

Ich habe keine Zeit mehr
um jedem zu gefallen
Keine Zeit für Oberflächlichkeiten
oder um nach Zahlen zu malen

Ich habe keine Zeit mehr
um nicht zu tun was ich will
Keine Zeit für die Lügen
oder für irgendeinen Sinn

Die Tür ging auf, ich setzte den Stift ab und hob den Kopf. Seit einer halben Stunde saß ich auf dem gepolsterten Lederstuhl im Zimmer eines Altbaus und wartete darauf, an der Reihe zu sein. Damit ich endlich das loswerden konnte, was mir schon seit so langer Zeit auf der Zunge lag und wofür mich die Scham genauso lange innerlich verbrannte wie die Furcht. Und die Wut. Und der Hass.

Aber in Wirklichkeit wusste ich, dass kein einziges der Worte, die bereits so lange durch mein Innerstes wüteten und mich mehr und mehr aushöhlten, meine Lippen verlassen würde.

Ein Mädchen kam herein. Sie trug ein viel zu großes graues Shirt ohne Aufdruck, dazu dunkelblaue Jeans und weiße Sneakers. Ihre braunen Haare hatte sie zu einem Pferdeschwanz weit nach oben gebunden und ihr Gesicht wurde von einer riesigen Brille mit schwarzem Gestell versteckt, die irgendwie süß an ihr aussah. Sie hielt inne, die Hand immer noch an der Türklinke, und starrte mich für einen kurzen Moment an, als wäre ich der wiederauferstandene Christus. Ich schloss mein Buch und legte es auf den Stuhl neben meinem, bevor ich mich aufrichtete und ihren neugierigen Blicken auswich. Stattdessen starrte ich das Foto an der gegenüberliegenden Wand an, auf dem eine Frau mit einem Tuch um den Kopf gewickelt freundlich in die Kamera lächelte, während sie inmitten einer kahlen Wüstenlandschaft neben einem Quad stand.

Das Mädchen bewegte sich endlich und setzte sich so weit weg von mir, wie es in dem kleinen Raum nur ging. Trotzdem spürte ich hin und wieder ihre Blicke auf meinem Profil. Ich verschränkte die Arme und rutschte tiefer in den Stuhl. Vielleicht merkte sie mit dieser Geste, dass ich kein Interesse an einer Unterhaltung hatte oder darauf, angeglotzt zu werden wie ein Yeti.

Neugierig spähte ich aus dem Augenwinkel hinüber, als ich es rascheln hörte. Sie zog einen kleinen Zeichenblock und eine Packung bunter Stifte aus ihrem Rucksack, der neben ihren Füßen auf dem Boden stand. Anscheinend wollte nicht nur ich meine Zeit hier irgendwie vertreiben und so wie es aussah, würden wir noch eine ganze Weile hier sitzen, denn der Patient vor mir schien einen hohen Redebedarf zu haben. Mein Termin wäre vor über einer halben Stunde gewesen. Vielleicht sollte ich einfach gehen. Ich hatte sowieso keine große Lust auf das alles hier, aber meine Eltern hatten mich sozusagen gezwungen. Wie hätte ich die tränenüberlaufenen Augen meiner Mum oder das vor Trauer zerfurchte Gesicht meines Vaters ignorieren können?

Mein Handy vibrierte in meiner Hosentasche und ich zog es heraus.

Heute Abend an unserem alten Platz. Ich bring Bier mit.
Bitte komm.

Levi. Natürlich wusste er, was los war, und trotzdem hatte ich keine große Lust, mit ihm darüber zu reden. Er kannte meine Schwester, hatte sie sehr gemocht, und auch wenn Levi ebenfalls um sie trauerte, war ich noch nicht bereit, meine eigene Trauer mit jemand anderem zu teilen. Sie gehörte mir. Sie war das Einzige, was mir auf dieser Welt noch ganz allein blieb. So bescheuert, wie sich das selbst für mich anhörte.

Vielleicht versuchten meine Eltern deshalb, mich über diese Therapiesitzung endlich wieder zu öffnen. Ich hatte seit Grace' Tod kein einziges Wort mehr gesprochen. Weil mir einfach nicht danach war. Und weil sich jedes Wort nutzlos anfühlte, wenn ich es nicht mit meiner Zwillingsschwester teilen konnte.

Was nützte es, das Offensichtliche auszusprechen? Was änderte das an dieser gesamten beschissenen Situation? Nichts! Rein gar nichts! Levi konnte es nicht ändern und meine Eltern ebenso wenig.

Ich steckte das Handy zurück in meine Hosentasche und lehnte den Kopf gegen die Wand. Erschöpft schloss ich die Lider und atmete tief ein und aus. Ich war müde. So müde. Von allem. Von jedem.

»Blake? Bist du so weit?« Eine Frau kam mit rot geäderten Augen aus dem Nebenraum und lief schniefend Richtung Ausgang. Eine andere mit blonden, kurzen Haaren stand am Türrahmen und sah mich erwartungsvoll und freundlich an. Das war dann wohl Dr. Lambert.

Als ich aufstand, sah ich noch mal zu dem Mädchen. Es fixierte gedankenversunken den Zeichenblock, und kurz konnte ich den Blick auf die wunderschöne bunte Zeichnung eines türkisblauen Aras werfen, bis ich auf den Raum zuging und immer noch nicht genau wusste, ob es nicht besser war, einfach wieder abzuhauen.

10

»ICH KANN ES *nicht* ÄNDERN.«

Sutton

Meine Sitzung war ganz okay gewesen. Ich mochte Dr. Lambert mit ihrer freundlichen Art und es fiel mir diesmal leichter, mich ihr ein wenig mehr zu öffnen. Wir hatten trotzdem nur über Belangloses gesprochen. Meine Zeichnungen, meine Freunde, die Schule.

Denn ich konnte die Worte weiterhin nicht in den Mund nehmen, auch wenn sie mir fast minütlich durch den Kopf schossen.

Ich werde blind. Ich werde blind. Ich werde irgendwann in der Dunkelheit leben.

Ich fühlte mich immer noch nicht so, als würde diese Aussage wirklich stimmen, oder wollte ich die Zeichen nur weiterhin nicht wahrhaben? Dass ich begann, in der Dunkelheit so gut wie gar nichts mehr zu sehen. Dass sich mein Gesichtsfeld langsam, aber sicher verkleinerte und ich immer öfter nicht das sah, was links und rechts von mir passierte.

Doch eines hatte ich ganz genau gesehen. Blake. Er war seit über drei Wochen nicht in der Schule gewesen und wir wussten immer noch nicht, weshalb. Aber nun stand eindeutig fest, dass er nicht auf irgendeinem Entzug war oder in Kanada. Was für ein bescheuertes Gerücht. Er war hier, in Riverdale, und saß im Wartezimmer meiner Therapeutin. Also stand auch fest, dass es etwas gab, das er verarbeiten musste. Nur was?

Wir hatten nicht gesprochen, was hätte ich auch zu ihm sagen sollen? Er erinnerte sich ohnehin nicht an mich. Und nur durch einen Zufall und weil ich es zu Hause nicht mehr ausgehalten hatte, war ich früher zu Dr. Lambert gefahren. Mein Plan war es gewesen, dort in Ruhe zu zeichnen, denn meine Mum war alle zehn Minuten in mein Zimmer gestürmt und hatte mich entweder auf neue Therapiemöglichkeiten aufmerksam machen oder mich an meinen morgigen Kontrolltermin bei meinem Augenarzt erinnern wollen. Und ich hatte keine große Lust, an beides einen Gedanken zu verschwenden. Also war Flucht die einzige Alternative gewesen. In meinen Zeichnungen konnte ich mich verlieren, alles um mich herum vergessen. Auch wenn selbst das mir immer schwerer fiel, denn nach einigen Minuten brannten meine Augen und ich musste eine Pause einlegen.

»Sutton? Was machst du denn hier, ich dachte, du wärst zu Hause?« Langsam drehte ich mich um und sah in das Gesicht meiner besten Freundin. Verdammt. Sie hatte mich erwischt.

Ihr Blick glitt zu dem messingfarbenen Schild an der Wand. Dann sah sie wieder zurück zu mir, die aus dem Gebäude gekommen war, und runzelte die Stirn. Sie war nicht blöd. Meine Kehle wurde enger, weil ich jetzt nicht mehr davonlaufen konnte. Ich musste mich dem riesigen schwarzen Loch stellen, das mich zu verschlingen drohte.

»Ich verstehe nicht … Eine Psychologin? Kennst du jemanden in diesem Haus? Hast du ihn besucht?« Julie umschlang die braune Papiertüte enger, die sie an ihre Brust drückte. Einzelne Stoffbahnen schauten daraus hervor. Hin und wieder machte sie für ihre Mum, die nicht nur die Boutique hatte, sondern selbst auch schneiderte, Besorgungsgänge. Wahrscheinlich hatte einer sie genau in dieses Viertel geführt. *Danke, Schicksal. Zum zweiten Mal hast du dir einen Spaß aus meinem Leben gemacht.*

Ich spürte das Gewicht auf meinen Schultern, das mich näher Richtung Boden drückte, und ließ sie kreisen. Doch es brachte nichts. Die Verspannungen lockerten sich einfach nicht.

»Julie, ich muss dir etwas sagen. Aber nicht hier«, erwiderte ich nur und deutete auf das Café auf der anderen Straßenseite. Sie nickte und ich spürte ihre Unsicherheit.

Wir überquerten die Straße und suchten uns einen Platz im Inneren. Auch heute war es warm, die Sonne strahlte hell und kräftig vom Himmel und die meisten Menschen saßen vor dem Café anstatt drinnen. Vielleicht hätte ich es Julie in Ruhe bei einem von uns zu Hause sagen sollen, aber vielleicht wählte ich auch gezielt diesen Ort aus, weil wir hier nicht zusammenbrechen konnten. Das zumindest war meine Hoffnung.

Julie bestellte einen Milchkaffee und ich einen Pfefferminztee. Wir sprachen kein einziges Wort, bis die Kellnerin die Getränke brachte und unseren Tisch wieder verließ.

»Ist etwas mit deinen Eltern nicht in Ordnung?«, fragte Julie und tastete nach meinen Händen. Ihre fühlten sich wie immer kalt an. Selbst im heißesten Sommer. Ich drückte ihre Finger fest zurück. Die Berührung war tröstlich.

»Nein, mit meinen Eltern ist alles in Ordnung. Sie haben damit nichts zu tun.«

»Ist etwas auf der Party passiert, das du mir nicht erzählt hast?« Sie runzelte die Stirn so stark, dass eine steile Falte zwischen ihren Augenbrauen erschien. Normalerweise war Julie immer der pure Sonnenschein. Ich hatte sie nur in den seltenen Momenten mit ihrem Dad ernst, traurig oder zurückhaltend erlebt.

»Nein, auch nicht.« Ich löste meine Hände von ihren und lehnte mich zurück. Es auszusprechen war schwer. So verdammt schwer. Meine Kehle begann zu brennen und wollte die Worte einfach nicht herauslassen. »Vor einigen Wochen war ich bei einem Arzt. Einem Spezialisten für Augenheilkunde.« Ich atmete tief ein.

»Weil du eine neue Brille brauchtest?«

Ich atmete aus. »Das dachte ich zuerst, aber das war nicht alles.« Fest presste ich meine Lider zusammen und für einen winzigen Moment verlor ich mich in der Dunkelheit, in der ich Julies geschocktes und ängstliches Gesicht nicht sehen konnte. Ich öffnete die Augen und prägte mir jeden ihrer Gesichtszüge ein. Ihre lockigen, roten Haare, die sie heute offen trug. Die Sommersprossen auf ihrer Nase, die sich bis hoch zu ihrer Stirn zogen. Ihre blauen Augen, die ich so angsterfüllt ganz bestimmt nicht in Erinnerung behalten wollte. »Ich habe eine erbliche Augenkrankheit, die sich Retinitis pigmentosa nennt.«

»Und die man heilen kann?«, fragte Julie und ihre Stimme zitterte. Sie räusperte sich und ich schüttelte langsam den Kopf.

»Ich werde blind.« Die Worte verließen meinen Mund und verbrannten meine Zunge. Mein Herz setzte einen Schlag aus. Und noch einen, bis es bedächtig weiterschlug und ich fast bereute, dass es das tat. Es fühlte sich an, als würde die Zeit stillstehen. Ich roch den frischen Kuchen hinter der Auslage, hörte die Stimme der Kellnerin, als sie sich bei dem Mann hinter der Theke über einige Gäste beschwerte, draußen bellte ein Hund.

»Das ist ein Scherz?«

»Es wäre schön, wenn das so wäre.«

»Wann?«, stellte sie diese eine Frage, die ich ihr nicht beantworten konnte. Gänsehaut kroch meine Arme hinauf und auf einmal fror ich trotz der sommerlichen Außentemperaturen.

»Keine Ahnung. Die Ärzte sagen, es schreitet unterschiedlich voran.«

»Dann kann es sein, dass es erst so weit ist, wenn du richtig alt bist?«

»Monate, vielleicht ein paar Jahre. Länger nicht. Ich sehe jetzt schon mies in der Dunkelheit und es wird immer schlechter. Ich glaube nicht, dass es noch so lange dauern wird.«

Julie schluckte. Aus ihren Augen rannen stumme Tränen, während sie mein Gesicht mit ihren Blicken absuchte, als würde sie dort eine Antwort finden. Aber die hatte ich selbst nicht.

»Was kann man dagegen tun?«

»Meine Mum schlägt mir alle möglichen Therapien vor, doch alle Ärzte, bei denen wir waren, sagten, es gebe nicht viel, was man tun könne. Es sei unheilbar.«

»Und dein Studium?«, flüsterte sie, weil sie wusste, was mir dieses bedeutete.

»Ich werde es trotzdem anfangen, vielleicht schaffe ich ja, es zu beenden. Mir fällt schon ein Plan B ein.« Ich sah nach unten und erst dann bemerkte ich, dass Tränen den Jeansstoff meiner Hose fast komplett durchnässt hatten. Mit dem Handrücken strich ich mir die Feuchtigkeit aus dem Gesicht. »Ich hab Angst«, wisperte ich ehrlich. »Was soll ich tun, wenn ich die Farben verliere? Was bleibt mir dann?«

Julie erhob sich ruckartig und zog mich an sich. Minutenlang standen wir vor unserem Tisch und umarmten uns fest. In diesem Moment war nicht wichtig, was irgendjemand anderes darüber dachte. »Kay und ich bleiben dir und deine Familie«, flüsterte sie in mein Ohr. »Wir lassen dich nicht im Stich. Wir helfen dir, so gut es geht!«

»Danke«, schluchzte ich und drückte sie noch ein wenig fester an mich. Jetzt war es raus und auf eine komische Art fühlte es sich befreiend an, es endlich gesagt zu haben. Es änderte nichts an der Diagnose, aber das tat es auch nicht, wenn man es in sich hineinfraß. Im Gegenteil. So etwas mit sich selbst auszumachen, zerbrach ein Stück der Seele, das man nie wieder reparieren konnte.

11

WÄRE STERBEN *leichter*, ALS DIESE GANZE SCHEISSE DURCHZUMACHEN?

Blake

Ich kam nach Hause und schmiss meinen Schlüssel auf die Ablage im Flur. Es roch nach Putz- und Desinfektionsmitteln. Der Steinboden glänzte im Licht der Sonne, die ihre Strahlen durch lange, schmale Scheiben neben der Eingangstür schickte. Die Garderobenhaken waren leer. Meine Mum hatte sicherlich alle Jacken in den Wandschrank neben dem Gästebad gehängt. Akkurat. Wie alles in diesem verdammten Haus. Sie hatte schon immer einen Sauberkeitstick gehabt, aber seitdem Grace nicht mehr da war, verlor sie sich darin.

Ich sagte mir, dass jeder anders mit der Lücke umging, die Grace in unseren Herzen hinterließ. Wer wäre ich, wenn ich meine Mum von ihrer Art abhielte?

Ich fand sie in der Küche, wo sie mit rosafarbenen Gummihandschuhen, die ihr bis zu den Ellenbogen reichten, mit einem Topfschwamm den Backofen schrubbte. Sie hörte mich und drehte sich um.

»Blake! Du hast mich erschreckt!«

Ich zuckte mit den Schultern und nickte ihr daraufhin zu, um in mein Zimmer zu gehen. Es war der einzige Ort, an dem mich niemand belästigte.

»Blake! Wie war es?« Meine Mum kam mir nach, während ich die Treppen weiter nach oben stieg. Ich spürte sie in meinem Rücken.

»Sprich mit mir!« Mums Stimme zitterte. »Das geht so nicht weiter! Bestrafe uns nicht, indem du nicht mit uns redest! Wir können nichts dafür!«

Ich blieb stehen. Meine Brust hob und senkte sich und ich konzentrierte mich auf das Gefühl der Luft, die tief in meinen Brustkorb strömte. Und wieder hinaus. Was würde passieren, wenn ich einfach die Luft anhielt? Aufhörte zu atmen? Wäre Sterben leichter, als diese ganze Scheiße durchzumachen?

Meine Mum packte mich am Oberarm. Die Nässe ihrer Handschuhe durchfeuchtete mein Shirt. »Bitte! Nur ein Wort! Sag nur eines zu mir!« Tränen rannen über ihre Wangen und sie riss panisch die Augen auf. Ich senkte den Kopf und öffnete den Mund. Es ging nicht. Die teure Therapiesitzung war für den Arsch gewesen! Ich hatte eine Dreiviertelstunde lang geschwiegen und aus dem Fenster gestarrt, während Dr. Lambert vor mir saß und mich wenigstens in Ruhe ließ. Psychiater zu sein, war ein harter Job und irgendwie hatte sie mir auch leidgetan, aber … Es. Ging. Einfach. Nicht!

Ich sah meine Mum an, erkannte den Schmerz, der in ihren blauen Augen wütete. Ihr ganzes Geld hatte nichts genutzt. Teure Therapien, Krankenhäuser, private Kliniken, all das hatte nichts genutzt! Es war alles umsonst gewesen … Grace war tot. Sie würde nie wieder zurückkommen.

Meine Mum senkte den Blick und ließ mich los. Als ich mein Zimmer erreichte, lehnte ich mich mit dem Rücken gegen die Tür. Das Handy in meiner Tasche vibrierte erneut. Trainer Parker. Der wie alle anderen wieder mal fragte, wie es mir ging. Verdammte Scheiße, wie sollte es mir schon gehen? Wollten sie das wirklich hören oder nur ihr Soll erfüllen, damit sie so tun konnten, als ob sie das alles tatsächlich interessierte?

Ich schleuderte mein Handy mit all meiner Kraft, die mir Frust und Trauer gaben, gegen die nächste Wand. Mit einem dumpfen Knall kam es auf dem Teppich auf, und ich starrte auf die Einzelteile, raufte mir die Haare. Das Zimmer wurde immer kleiner, das Gefühl beklemmender. Enger. Mit dem Finger zog ich an dem Ausschnitt meines Shirts, das mir die Luft abschnürte! Mein Atem ging schneller. In meinem Kopf begann es zu kreisen und ich schloss die Augen.

Ich musste raus! Raus! Irgendwohin, nur nicht hierbleiben! Ruckartig drehte ich mich um und stürzte die Treppe wieder nach unten. Als die frische Luft vor der Haustür in meine Lungen strömte, hatte ich wieder das Gefühl, atmen zu können. Ein bisschen nur. Und ich rannte los. Über unsere Auffahrt, der Kies knirschte unter meinen Sohlen. Die Straße hinunter. An unseren Nachbarn vorbei. Immer geradeaus. Ohne nachzudenken. Ich rannte, bis mir die Beine wehtaten, und noch ein Stückchen weiter.

12

» ICH KANN ABER AUCH NICHT DIE GANZE *Zeit* DARÜBER NACHDENKEN. «

Sutton

Am Abend hatte ich bei Julie übernachtet. Wir hatten Kay angerufen, und keine halbe Stunde später stand er vor der Tür. Ich dachte, wenn ich es einmal ausgesprochen hatte, würde es einfacher werden, aber das war ein Trugschluss. Es Kay zu sagen, fühlte sich genauso erdrückend an wie bei Julie. Auch er hatte mit mir geweint und wir drei hatten fast die ganze Nacht darüber gesprochen, was wir jetzt noch bis zu unserem Abschluss und den Sommerferien tun wollten. Es gab so viel zu erleben, so viel zu sehen, das ich mir nicht mehr entgehen lassen wollte. Mit meinen Freunden an meiner Seite, die mich darin unterstützten und mir halfen, war mein Ziel gesetzt. Ich wollte alles sehen, was in dieser kurzen Zeit möglich war! Vielleicht blieben mir tatsächlich noch Jahre. Zuversicht war nun mein bester Freund und schob die Verdrängung stückchenweise zur Seite.

Aber auch wenn ich mein Leben ab diesem Moment selbst in die Hand nehmen und endlich etwas erleben wollte, hatte ich nicht vor, alles einfach hinzuschmeißen. Es war mir wichtig, weiter zur Highschool zu gehen, obwohl der Blick auf die Tafel irgendwann schwieriger wurde. Ich arbeitete weiter bei *Yo Burger*, um genug Geld für die Reise zu meiner Tante zu verdienen, denn auch das hatte ich immer noch geplant. Los Angeles war voll von Farben, ich konnte mir keine einzige davon entgehen lassen. Jetzt nicht mehr.

»Bist du dir sicher, dass ich nicht mitkommen soll?«, fragte Julie und klappte ihre Spindtür zu. Wir standen am nächsten Tag im Flur der Highschool und ich hatte ihr gestern Abend auch noch von der Reise zu meiner Tante erzählt.

»Du darfst das Praktikum nicht schmeißen, es geht um deine Zukunft.«

Ich drückte den Stapel Bücher enger gegen meine Brust. »Nein, aber das ist eine ganz andere Situation.«

»Ich würde auch mitkommen«, sagte Kay, der den Arm um meine Schultern schlang, während wir zu dritt nebeneinander zu dem Klassenraum schlenderten.

»Auf gar keinen Fall! Ihr sollt wegen mir nicht alle eure Planungen über den Haufen werfen!«

»Und wenn du Hilfe brauchst?«, fragte Julie. Sie wirkte fast schon wie meine Eltern, die mir seit der Diagnose nichts mehr zutrauten. »Du kannst nicht so tun, als hätte sich nichts verändert!«

»Ich kann aber auch nicht die ganze Zeit darüber nachdenken.«

Julie blieb stehen und verschränkte die Arme vor der Brust. Es war keine Abwehrhaltung gegen mich. Sie verhinderte, dass die Gefühle aus ihrem Inneren platzten und weiter auf mich einprasselten. So lieb, wie ich Julie hatte, sie war ein impulsiver Mensch. Sie tanzte im Regen und sang laut im Supermarkt, wenn dort ein Song gespielt wurde, den sie mochte. Sie war sie. Und ich war eben ich. Ich ging anders mit Situationen um. Ich wollte nicht ständig darüber sprechen.

»Wirklich?«, fragte sie und presste danach die Lippen aufeinander.

»Ich komme klar, ich verspreche es.« Natürlich erzählte ich ihnen nichts von den Nächten, in denen ich wach lag und die Panik zuließ. Die Verzweiflung spürte. In denen das Bedauern meinen Körper lähmte. Die Angst vor der Zukunft meine Luft abschnürte.

Kay entzog der Situation die Spannung und wuschelte durch mein Haar, das ich heute zur Abwechslung einmal offen trug. »Okay, Su. Wir haben verstanden. Wenn du Redebedarf hast oder etwas brauchst, kommst du zu uns.« Er sah mir tief in die Augen und senkte seinen Kopf ein kleines Stück zu mir herab. »Aber tu das dann auch!«

»Garantiert. Danke.« Ich atmete erleichtert durch. Wir hatten die letzte Nacht geweint, Pläne geschmiedet und über alles gesprochen, was uns belastete, heute sollte es weitergehen.

Ich deutete mit dem Daumen hinter mich Richtung Toilettenräume. »Und jetzt muss ich mal aufs Klo und wäre euch sehr verbunden, wenn ich das allein erledigen dürfte. Das kriege ich noch hin.« Kay nickte grinsend und auch Julie wirkte wieder entspannter.

»Dann sehen wir uns gleich in der Klasse«, erwiderte sie. Während die beiden den Flur hinuntergingen, betrat ich die Waschräume und verschwand in einer Kabine. Als ich die Tür hinter mir geschlossen hatte, hörte ich, wie jemand in den Raum kam.

»Und er hat dich einfach weggeschickt?«, vernahm ich die Stimme von Bee Goldmann, der zweitgrößten Oberzicke der Schule.

»Er hat noch nicht mal mit mir gesprochen«, sagte Trish und wusch sich anscheinend die Hände, denn der Wasserhahn wurde betätigt. Ging es dabei um Blake? Selbstverständlich.

»Er ist so ein Idiot! Denkt er denn mal an deine Gefühle?«, fragte Nadia Jones. Die drei waren immer zusammen unterwegs. Fast so wie Julie, Kay und ich. Mit dem Unterschied, dass sie zu dritt alle anderen terrorisierten und wir einfach nur unsere Ruhe haben wollten.

»Nein, ihr kennt ihn doch! Er war schon immer ein Egoist. Wieso, denkt ihr, habe ich mich das letzte Mal von ihm getrennt?«

»Aber ich dachte, er hätte sich von dir …«

»Nadia!«, schrillte Bee, als würde sich Nadia mit ihrer Aussage auf der Loyalitätsskala einige Stufen nach unten bewegen.

»Nein! Alles nur wegen seiner bescheuerten Schwester«, erwiderte Trish stöhnend. »Ständig hat er sie mir vorgezogen.«

Blake hatte eine Schwester? Wieso ging sie nicht auf unsere Schule?

»Grace hier, Grace da, Grace über alle«, äffte Trish mit nerviger Stimme.

Ich würde meine Geschwister auch immer an erste Stelle heben, wenn ich denn welche hätte. Dafür war Familie doch da, oder nicht?

»Und dass wir nicht über das sprechen dürfen, was ihr passiert ist … idiotisch! Jeder weiß doch mittlerweile von ihrer Krankheit!«

Ich atmete flacher und bewegte mich keinen Millimeter, denn sie sollten mich unter keinen Umständen hören. Trishs Aussagen irritierten mich. Blake hatte eine Schwester, die krank war? Und deshalb nicht auf unsere Schule ging?

»Wurdest du auch nicht zu der Beerdigung eingeladen?«, fragte Bee und mir stockte der Atem.

»Das ganze Schwimmteam war da und mir hat niemand etwas gesagt. Aber ist auch egal, ich würde Blake nicht mal mehr zurücknehmen, wenn er auf Knien angekrochen käme.«

»Auf gar keinen Fall«, bestätigte Nadia und wollte sich anscheinend so wieder bei ihr einschleimen. Der Schulgong ertönte und ich hörte Reißverschlüsse, die sich schlossen, und Geraschel. Wahrscheinlich hatten sie ihr tonnenschweres Make-up nun endlich grunderneuert und konnten wieder gehen und die Leute auf unserer Schule mit ihrer bloßen Anwesenheit nerven. Was war Trish für ein kalter Mensch, wenn sie so über den Tod von Blakes Schwester sprach? Eigentlich wusste ich schon, wie schlecht sie war, aber das hätte ich selbst ihr nicht zugetraut. Verletzter Stolz hin oder her. Das war keine Berechtigung, sich wie ein Arschloch zu verhalten.

»Schauen wir nachher den Jungs wieder beim Training zu?«, fragte Bee voller Vorfreude, dann wurden ihre Stimmen leiser, bis sich die Tür endlich schloss und ich aufatmete. Scheiße, was hatte das zu bedeuten?

Immer noch verwirrt verrichtete ich mein Geschäft, wusch mir die Hände und wollte hinausgehen, aber auf einmal wurde die Tür aufgedrückt und wäre fast gegen mich geknallt.

Trish stand vor mir und ihr Gesicht wurde plötzlich bleich. »Hast du uns etwa belauscht, Brillenschlange?«

»Belauscht, ich? Nein!«

Sie trat einen Schritt auf mich zu und ich einen zurück. Bee und Nadia kamen hinter ihr zum Vorschein.

»Ich war zuerst hier, was kann ich dafür, dass ihr nachgekommen seid?«

Trish schubste mich gegen die nächste Wand und pikste ihren pink lackierten Fingernagel gegen meine Stirn. »Egal, was du gehört hast, wenn du irgendjemandem ein Wörtchen erzählst, wirst du das bereuen! Sehr! Ist das klar?«

Ich nickte, denn egal, ob Trish mich erwischt hätte oder nicht, ich hätte sowieso niemandem etwas davon erzählt. Vielleicht Julie und Kay, aber die beiden konnten dichthalten.

Trish ließ mich nicht aus den Augen, als sie zurücktrat, einen Lipgloss von dem Waschtisch nahm und Richtung Tür ging. »Wir kriegen alles raus, und das willst du ganz bestimmt nicht! Denk an meine Worte!«, sagte sie und ich atmete erleichtert aus, als sie zu dritt den Raum verließen.

Wieso wollte Trish nicht, dass irgendjemand von Blakes Schwester wusste, wenn sie ihn sowieso nicht mehr mochte? Das alles war ein riesengroßes Rätsel.

13

SIE MUSSTE DENKEN, ICH WÄRE EIN *Freak*.

Blake

Ich hatte keine Ahnung, wieso ich hier schon wieder saß. Und ich hatte auch keine Ahnung, was mir das alles bringen sollte. Aber irgendwie war es der einzige Ankerpunkt, die einzig feste Konstante, die mir blieb. Dieser eine Termin.

Bis vor einigen Wochen hatte ich jeden Tag in meinem bisherigen Leben etwas anderes vorgehabt. Schwimmtrainings wurden abgelöst durch Arzt- und Physiotermine mit meiner Schwester, später Besuche im Krankenhaus. Darauf folgten Treffen mit Freunden, Lernen für die Highschool, damit ich das Stipendium für die Columbia University behielt. Fitnesstrainings im Studio neben den Abendessen mit meiner Familie, auf die alle sehr großen Wert legten. Mein Leben war durchgetaktet gewesen, voll geplant, und jetzt? Jetzt hing ich in einer schwarzen Spirale, die mich immer weiter nach unten in die Leere zog.

Wie beim letzten Mal öffnete sich die Tür und ich steckte mein Buch in die Tasche. Und genau wie beim letzten Mal kam das Mädchen herein. Diesmal sah sie sich allerdings neugierig im Raum um, und als sie mich erfasste, wirkte sie fast so etwas wie zufrieden.

Wusste sie etwa, wieso ich hier war? Oder kannte sie mich einfach nur aus der Schule und hatte den neusten Tratsch geglaubt? Denn wenn mein Vater eines als Anwalt konnte, dann andere Menschen einzuschüchtern. Niemanden ging unser Privatleben etwas an und schon gar nicht sollte das, was unserer Familie passiert war, in irgendeiner Art ausgebreitet werden. Natürlich dachte mein Dad an meine Mum oder mich, aber auch in gewisser Weise an sich selbst. Denn ihm war schon immer daran gelegen, dass keine privaten Informationen aus unserer Familie nach draußen drangen. Er wollte seinen Gegnern vor Gericht keinen Angriffspunkt bieten, die in den Kreisen, in denen er sich bewegte, manchmal vor nichts zurückschreckten. Deshalb hatte er uns schon als kleine Kinder eingebläut, so gut wie nichts via Social Media zu posten und schon gar keine privaten Bilder. Ich fand das in Ordnung. Heutzutage war dieser ganze Internet-Schnickschnack sowieso völlig überzogen. Es war niemand im wirklichen Leben, wie er es in Facebook und Co. mit zahlreichen Filtern und Bildbearbeitungsprogrammen darzustellen versuchte.

Ich richtete meine Aufmerksamkeit wieder auf das Mädchen vor mir. Sie packte ihren Zeichenblock und Stifte aus, diesmal saß sie allerdings nicht ganz so weit von mir weg wie beim letzten Mal. Irgendetwas zog meine Aufmerksamkeit auf sich. Vielleicht fühlten sich gebrochene

Menschen auch nur in Gegenwart anderer Gleichgesinnter annähernd wohl, denn es musste einen Grund geben, dass sie ebenfalls hier war.

Unauffällig reckte ich den Hals und spähte auf ihre heutige Zeichnung. Den Papageien hatte sie anscheinend fertiggestellt, denn heute erkannte ich bunte Korallen innerhalb eines riesigen versunkenen Schiffs. Wow. Sie hatte wirklich Talent.

Sie hob den Kopf, weil sie wohl bemerkte, dass ich sie anstarrte, und für einen kurzen Moment verlor ich mich in ihren ungewöhnlichen Augen. Türkisgrün. Mit einem noch helleren Ring um ihre dunkle Pupille. Sie waren strahlend. Vereinnahmten mich völlig. Ich hatte noch nie zuvor so eine Farbe gesehen. Wobei … Nur dunkel drangen Erinnerungsfetzen in meinen Geist. Es gab da diese Party und dieses Mädchen … Ich wollte sie nicht direkt küssen … Aber als sie mich angesehen hatte … Der gleiche verletzliche Ausdruck. Das gleiche Glimmen.

Ich schluckte und wandte mich ab. Viel zu lange hatte ich sie angestarrt, sie musste denken, ich wäre ein Freak. Normalerweise hätte ich jetzt zur Ablenkung mit meinem Handy herumgespielt und einen neuen Candy-Crush-Highscore aufgestellt, aber mein Telefon hatte ich an der Wand meines Zimmers zerschmettert und ich hatte nicht vor, es wieder reparieren zu lassen oder ein neues zu kaufen. Zu sehr genoss ich es, nicht ständig erreichbar sein zu müssen für Menschen, mit denen ich im Moment sowieso nicht sprechen konnte. Oder wollte. Ach, was auch immer.

Stattdessen starrte ich wieder das Bild von Dr. Lambert in Abu Dhabi an. Sie hatte mir bei der letzten Sitzung davon erzählt, auch wenn ich ihr nicht antwortete.

»Blake?« In genau diesem Moment öffnete die Therapeutin die Tür und lud mich mit einer Geste ein. Ich stand auf und sah noch einmal zu dem Mädchen, das mir diesmal mit Blicken folgte, bis ich in dem Zimmer verschwunden war und die Tür hinter mir schloss.

14

»ES TUT MIR WIRKLICH *sehr* LEID.«

Sutton

Mir selbst redete ich ein, dass ich früher zu Dr. Lambert gefahren war, um in Ruhe zeichnen zu können. In Wahrheit wusste ich, dass das eine dicke, fette Lüge war. Ich wollte sehen, ob Blake da war. Mein Herz hüpfte auf der Stelle, als ich ihn im Wartezimmer antraf. Und die Krönung waren die Blicke, die er mir zuwarf, als würde er mich erkennen. Erinnerte er sich an die Party? Bei der er mich geküsst hatte? Eventuell dachte er auch nur an die zahlreichen Momente in der Schule, in denen mich Trish in seinem Beisein gepiesackt hatte, oder hatte er das nie wirklich mitbekommen? Trish sagte, er sei ein Egoist. Stimmte das? Dachte er nur an sich selbst und hatte deswegen nie darüber nachgedacht, wer ich war oder wie es mir ging, wenn Trish und ihre Freunde Julie, Kay und mich aufzogen? Sogar mehr als das … Oder hatte er womöglich ganz andere Probleme, als sich mit so etwas zu beschäftigen?

Die gesamten vierzig Minuten, in denen Blake bei Dr. Lambert war, konnte ich keinen einzigen Strich auf meinem Zeichenblock setzen. Mein Bein wackelte unruhig hin und her und meine Hände waren feucht. Wenn das mit seiner Schwester stimmte, was Sinn machte, denn er war hier, dann tat mir das unbeschreiblich leid.

Endlich öffnete sich die Tür und Blake kam heraus. Er hatte die Hände in seine Jeanstaschen gesteckt und den Kopf gesenkt. Dr. Lambert verabschiedete sich von ihm und lächelte mich freundlich an. Als Blake stumm an mir vorbeiging, stand ich auf und wollte mich bereits abwenden, hielt dann doch inne.

»Blake?«, fragte ich schüchtern und sah ihn an. In Zeitlupe drehte er sich zu mir um und blickte mir fest in die Augen. Ich erinnerte mich augenblicklich wieder an die Nähe, die zwischen uns für einen kurzen Moment geherrscht hatte. An das Gefühl seines Körpers dicht an meinem. An seinen Kuss. Seinen Duft. »Es tut mir leid. Das …« Ich zögerte, aber ich war bereits zu weit gegangen, als dass ich jetzt noch einen Rückzieher machen konnte. »Das mit deiner Schwester. Es tut mir wirklich sehr leid.« Ich musste es einfach sagen. Irgendjemand sollte ihm zeigen, dass nicht alle Mädchen wie Trish McAdams waren. Fies und gemein und schlichtweg nur widerwärtig.

Blake zog die Augenbrauen zusammen und schob die Hände tiefer in die Taschen, aber er erwiderte nichts. Stattdessen drehte er sich um und knallte die Tür hinter sich zu. Ich zuckte zusammen und wandte mich an Dr. Lambert, die alles aufmerksam beobachtet hatte. Wahrscheinlich würde sie mich nun fragen, ob ich Blake kannte, und vielleicht würde ich es ihr diesmal sogar erzählen.

***

»Hast du ihn jetzt endlich mal angeschrieben?«, fragte Kay und beschmiss Julie mit einem Eiswürfel, der auf ihrem nackten Bauch landete. Sie kreischte kurz auf und warf ihn zurück zu Kay, der sich in Badehose vor ihrem Pool auf einer Liege bräunte. Sie verfehlte ihn ziemlich eindeutig. Werfen war noch nie ihr Ding gewesen. Ich saß im Schatten unter einem Schirm und hatte den Zeichenblock auf meinen angewinkelten Beinen abgelegt. Von zu viel Sonne bekam ich schnell einen Sonnenbrand, außerdem war es schwer für mich, in der Helligkeit etwas zu sehen. Auch das hatte ich bemerkt. Selbst mit der stärksten Sonnenbrille blendete mich grelles Licht schmerzhaft in den Augen. Irgendwie ironisch. Mit der Dunkelheit konnte ich nicht, aber mit der Helligkeit auch nicht. Viel blieb mir da nicht.

Ich schloss kurz die Lider und erholte meine Augen, die heftig brannten.

»Also, hast du jetzt oder nicht?«, fragte Kay erneut.

Julie stand von ihrer Liege auf, streckte Kay die Zunge raus und sprang mit einem Satz ins Wasser. Ich rettete meinen Block mit einem Handtuch vor den Spritzern. Sie schwamm an den Rand und legte ihre Unterarme darauf ab. »Muss ich nicht, wenn Levi Interesse hat, wird er schon kommen.«

»Das ist so was von überholt«, stöhnte Kay. »Ihr Frauen tut immer so emanzipiert, aber wenn es darum geht, einen süßen Jungen anzuquatschen, zieht ihr euren imaginären Schwanz ein.«

»Na und, dann sind wir in der Beziehung eben noch oldschool. Die Männer erzählen doch immer, dass sie erobern wollen.«

»Bin ich froh, dass es in meinen Beziehungen nur direkte Gleichberechtigung gibt«, erwiderte Kay und ich musste lachen.

»Wie geht es eigentlich Josh?«, fragte ich und nippte an meinem Eistee, der neben mir auf einem kleinen Tischchen gestanden hatte. Julies Mum hatte den wirklich drauf. Immerhin, wenn sie schon nicht kochen konnte.

»Sehr gut!« Kays Grinsen sprach Bände.

»Wann lernen wir ihn endlich kennen?«, nörgelte Julie und paddelte mit ihren Beinen im Wasser. Das Sonnenlicht wurde von der Oberfläche reflektiert, sodass es aussah, als würde sie funkeln.

»Ich wollte ihn zu deiner Geburtstagsparty mitbringen, wenn das okay ist.«

»Wenn das okay ist? Mehr als das, das ist fantastisch!«

»Wird Levi auch da sein?«, fragte ich und Julie zuckte lächelnd mit den Schultern.

»Mal sehen. Vielleicht bringt er dann auch Blake mit. Ich hab gehört, er wurde irgendwo hier auf der Straße gesehen, also ist er definitiv nicht in Kanada.«

Meine Gesichtszüge froren für einen kurzen Moment ein. Ich hatte ihnen nicht erzählt, dass ich Blake bei meiner Therapeutin getroffen hatte. Irgendwie kam mir das falsch vor, denn es ging niemanden etwas an, dass er Hilfe brauchte. Und mich sowieso nicht.

»Es wird seinen Grund haben, wenn er nicht in der Schule ist und keiner weiß, wo er sich wirklich befindet«, erwiderte ich nur und tat so, als würde ich meine Zeichnung wieder aufnehmen. Dabei konnte ich mich jetzt darauf überhaupt nicht konzentrieren. »Wie hast du dir eigentlich deine Feier vorgestellt?«, versuchte ich, Julie von dem Thema *Blake* abzulenken. Und es funktionierte. Wenn es um Partys ging, war meine beste Freundin Feuer und Flamme. Vor allem, wenn es sich dabei um ihren achtzehnten Geburtstag handelte, der kurz nach unserem Abschluss war. Über meinen wollte ich nicht mal ansatzweise nachdenken, denn mir war nicht gerade zum Feiern zumute.

»Wenn meine Mum Spencer zu dem Zeitpunkt noch als ihren Freund bezeichnen kann, übernachtet sie bei ihm und wir haben das Haus für uns. Ich dachte an eine Hausparty und werde ein paar Leute von der Schule einladen. Vielleicht so was wie ein After-Abschlussball in cool.«

Auch wenn wir drei als Streber bezeichnet wurden, war ich mir sicher, dass Julie diesen Spitznamen nur wegen Kay und mir hatte. Eigentlich war sie ein ziemlich aufgeschlossener Mensch und kannte einige Leute mehr, die sie zu so etwas einladen konnte. Meine Party wäre dagegen mickrig geworden.

»Habt ihr schon ein Geschenk?«, fragte sie und grinste breit.

Kay zog seine Sonnenbrille ein Stück herunter und sah sie an. »Ich glaube nicht, dass du dir ein Geschenk verdient hast.«

»Hey!« Sie spritzte Wasser auf Kay und der sprang ruckartig auf.

»Na warte!« Er holte Anlauf und hechtete mit einer Arschbombe neben Julie in den Pool. Kays massiger Körper verursachte eine riesige Fontäne Richtung

Himmel, und während sich meine beiden Freunde gegenseitig nass spritzten, lehnte ich den Kopf gegen die Liege und erholte meine brennenden Augen. Tränen stiegen darin hinauf und ich strich sie unauffällig unter meiner Sonnenbrille mit den Fingern weg. Scheiße. Es frustrierte mich, dass ich die Krankheit immer öfter spürte und es mir jeden Tag schwerer fiel, sie zu ignorieren. Die Mauer, die ich darum gezogen hatte, löste sich auf und ich konnte rein gar nichts dagegen ausrichten.

»Hey, was ist los?«, fragte Julie auf einmal sanft, kletterte über die kleine Leiter am Rand aus dem Wasser und kam eilig auf mich zu. Ich machte eine abweisende Handbewegung, aber konnte das kurze Schniefen nicht unterdrücken, als sie sich zu mir setzte.

»Ist schon okay, meine Augen tränen nur von der Sonne«, sagte ich hastig und auch Kay nahm auf der Liege neben meiner Platz und fasste nach meinen Händen, die er fest drückte.

»Du musst uns nicht belügen. Wenn du Schmerzen hast, dann sag es unbedingt!«

»Ich hab keine Schmerzen.«

»Du gehst so stark mit alldem um, dass wir es manchmal einfach vergessen«, sagte Julie, schlang einen Arm um meine Schultern und zog mich an sich. Ihre Haut war kalt und nass aufgrund des Wassers, und eine Gänsehaut breitete sich auf meinem aufgeheizten Körper auf.

»Ihr sollt auch nicht die ganze Zeit daran denken, ich möchte nicht ständig darüber sprechen. Es reicht, wenn meine Mum das tut.«

»Aber meinen Geburtstag zu planen, wenn du richtige Probleme hast, ist taktlos.«

»Nein!«, wehrte ich mich, zog die Brille ab und kniff die Augen zusammen, als ich zwischen Julie und Kay hin und her sah. »Ich will weiter an euren Leben teilhaben! Ich möchte sehen wie du, Julie, dich an deinem achtzehnten über dein Geschenk freust, und deinen Freund kennenlernen, Kay! Das ist nicht taktlos, im Gegenteil! Ich brauche das, um nicht vollständig durchzudrehen! Ich ertrage es nicht, wenn ihr euch auch noch ändert. Es reicht, wenn das mein Leben tut.«

Julie warf Kay einen kurzen Blick zu, der daraufhin nickte, als hätten sie soeben eine stumme Vereinbarung getroffen.

»Okay, dein Sommer ist hiermit besiegelt! Du wirst die beste, wildeste und bunteste Zeit kriegen, die du haben kannst! Das schwören wir dir bei unserer Freundschaft«, sagte Julie und drückte mir einen Kuss auf die Schläfe. Ich musste lachen, während mir schon wieder Tränen aus den Augen flossen. Diesmal waren es allerdings keine aus Trauer, sondern vor Rührung.

»Danke.«

»Bedank dich nicht zu früh, du weißt nicht, was da auf dich zukommt«, sagte Kay und wuschelte grinsend durch meine Haare. »Und jetzt wird es Zeit, dass du eine kleine Abkühlung bekommst!« Er stand auf, hob mich hoch, ignorierte meine Schreie und sprang, ohne zu zögern, mit mir in den Pool. Ich hielt den Atem an, als ich in dem kühlen Wasser komplett untertauchte. Für einen kurzen Moment genoss ich die Stille unter der Oberfläche und verharrte, bis ich mich vom Boden abdrückte und nach oben schwamm, wo Kay mich bereits erwartete und mir zum Rand half.

»Meine Rache wird grausam sein!«

»Klar.« Kay verdrehte die Augen. »Mir schlottern jetzt schon die Knie.«

15

»ES HAT NICHTS MIT *dir* ZU TUN.«

Blake

Ich zog meine Baseballcap auf und drehte das Schild nach hinten, bevor ich nach meinem Schlüsselbund auf der Flurkommode griff und die Haustür öffnete. Levi erstarrte in der Bewegung. Sein Finger verharrte vor dem Klingelknopf.

»Alter, du hast mich zu Tode erschreckt!« Seine Augen waren aufgerissen, bis er mich vorsichtig anlächelte und sich mit den Fingern beschämt durch die dunkelblonden Haare fuhr. »Ich dachte schon, du wärst ausgewandert oder so was!«

Ich seufzte. Levi war mein längster und bester Freund, aber selbst auf ihn hatte ich im Moment keinen Bock. Vor allem nicht auf seine bescheuerten Sprüche. Also nickte ich nur und zog die Haustür hinter mir zu, während ich an ihm vorbei zu meinem Truck ging.

»Hey! Redest du jetzt überhaupt nicht mehr mit mir?« Levi packte meinen Oberarm, und als ich ihn ansah, erkannte ich in seinen Augen, dass ich ihn mit meiner Zurückhaltung verletzte. Sehr sogar.

Ich räusperte mich. »Ich brauch noch Zeit, es hat nichts mit dir zu tun.« Die Worte brannten in meiner Kehle und meine Stimme klang fremd in meinen Ohren. Es fühlte sich so an, als hätte ich sie Jahre und nicht nur einige Wochen nicht mehr benutzt.

Levi ließ mich zwar los, fixierte mich jedoch immer noch mit einem hilflosen Gesichtsausdruck. »Ich vermisse Grace auch, Mann, aber wie lange willst du das mit dir allein ausmachen?«

»Was vermisst du denn an ihr? Dass du sie heiß gefunden hast und es bedauerlich war, dass sie die meiste Zeit ihres verdammten Lebens im Rollstuhl saß?«, keifte ich ihn an und er zuckte erschrocken zurück. Es tat mir leid und meine Aussage war unfair, das wusste ich, aber ich konnte die Worte, die meinen Mund verließen, nicht kontrollieren. Deshalb war es besser, überhaupt nichts zu sagen als das Falsche. Also schloss ich meine Lippen, drehte mich um und stürmte zu meinem Auto. Es war so, wie ich es gesagt hatte, ich brauchte Zeit! Wieso verstand das niemand?

Als ich anfuhr, warf ich Levi einen flüchtigen Blick zu. Er stand immer noch vor unserem Hauseingang und starrte mir hinterher. Scheiße! Ich bog um die erste Ecke und schlug gegen das Lenkrad. Noch mal. Und noch einmal. Bis ich rechts ranfahren musste und meine Fäuste immer wieder das Leder trafen. Meine Schläge prallten ab, fühlten sich an, als wären sie sinnlos, was sie auch irgendwie waren. Trotzdem konnte ich diese angestaute Wut in mir damit lindern. Ein winziges bisschen nur.

Schwer atmend stoppte ich und schloss die Augen. Würde es jemals aufhören, wehzutun, wenn ich an meine Schwester dachte? Oder würde ich mich irgendwann wieder an die schönen Momente mit ihr erinnern können, ohne in Wut oder Tränen auszubrechen?

Jetzt gerade fühlte es sich nicht so an.

Ich fuhr weiter, stellte das Radio so laut, dass mir die Ohren schmerzten, und noch ein Stückchen lauter, und bog nach zehn Minuten auf den Parkplatz hinter dem Gebäude der Therapeutin ein. Was machte ich hier? Es brachte doch nichts, jede Woche eine Stunde lang in diesem verdammten Zimmer bei dieser fremden Frau zu sitzen und zu schweigen. Aber eigentlich war auch nicht Dr. Lambert der Grund, weshalb ich noch hierherfuhr … Es war dieses Mädchen, das jede Woche ein anderes Bild zeichnete. Sieben Tage lang fragte ich mich, was es wohl diesmal für eines war. Alle waren wunderschön und während sie sich in ihren Zeichnungen verlor, konnte ich nur auf ihr konzentriertes Gesicht starren.

Sie hatte mich das letzte Mal auf Grace angesprochen. Woher wusste sie das? Wahrscheinlich ging der Grund meiner Abwesenheit sowieso schon in der Schule herum. Spätestens als Trish davon erfahren hatte, war mir klar, dass es nicht lange dauern würde, bis jeder darüber Bescheid wusste. Die Einschüchterungen meines Dads hin oder her. Trish war eben das größte Klatschmaul, das ich je kennengelernt hatte, und außerdem nur auf ihren eigenen Vorteil bedacht. Sie sah gut aus, keine Frage, und es hatte eine Zeit gegeben, in der mir das in meinem jugendlichen Kopf völlig ausgereicht hatte, aber seit über einem Jahr wurde es merkwürdig zwischen uns. Ich wollte mehr … Etwas anderes … Doch ich hatte erst an Grace' Todestag wirklich begriffen, dass das Leben zu kurz war, um Kompromisse einzugehen.

Ich stieg aus und zögerte vor der Eingangstür, bis ich klingelte und mir die Empfangsdame öffnete. Als ich mich anmeldete und in das Wartezimmer ging, sackten meine Schultern nach unten. Sie war nicht da. Wieso sollte sie auch jede Woche eine Stunde hier rumsitzen, wenn sie überhaupt noch nicht dran war? Ich schloss die Tür hinter mir und wollte mich gerade abwenden, um mich hinzusetzen, da wurde sie schwunghaft wieder aufgerissen und prallte an meiner Schulter ab.

»Oh, Scheiße!«, fluchte das Mädchen und sah mich mit großen Augen an. Diese Augen … »Ich meine … ähm … Es tut mir leid?«

War das eine Frage oder hatte sie sich entschuldigt? Sie war irgendwie ungewöhnlich. Aber auf eine süße Art. Ich nickte ihr zu und behielt meinen eisernen Gesichtsausdruck. Was hätte ich auch sagen sollen? Mir fehlten die Worte. Sie waren einfach weg. Als hätte ich nie welche gehabt.

Also ging ich zu dem Sitz, auf dem ich jedes Mal saß. Das Mädchen nahm auf dem Stuhl schräg gegenüber von mir Platz und sah mich immer wieder an. Ihre Augen flackerten wie die eines nervösen Eichhörnchens ständig zu mir und richteten sich dann erneut auf ihre Tasche, aus der sie ihren Zeichenblock herauszog. Hatte sie erwartet, dass ich nach unserer letzten Begegnung irgendetwas zu ihr sagte? Wahrscheinlich. Die meisten Menschen schenkten einem nur ihr Mitgefühl in ausführlichen Beileidsbekundungen, weil sie sich dann selbst besser fühlten. Der Satz »Mein herzliches Beileid« brachte kein Stückchen Linderung für den Betroffenen. Was sollte sich an der Situation ändern, wenn es jemand anderem, der überhaupt nichts mit der Person zu tun hatte, leidtat? Nichts.

Unauffällig verfolgte ich ihre Bewegungen. Sie schüttelte den Kopf, als müsste sie sich neu sortieren, dann setzte sie den Stift an und schloss die Lider. Stellte sie sich vor ihrem geistigen Auge nun das vor, was sie zeichnen wollte? Ich fand es höchst faszinierend, sie dabei zu beobachten.

Sie fixierte erneut das Blatt und begann, den Stift über das Papier zu ziehen, stoppte aber nach einigen Sekunden und schloss die Lider wieder. Das machte sie bestimmt fünfmal, bis sie ihre Augen komplett geschlossen ließ und den Kopf erschöpft gegen die Wand lehnte.

»Ist alles …« Ich räusperte mich. »Ist alles in Ordnung mit dir?«

Überrascht schaute sie mich an. »Ja, danke.« Sie blinzelte einige Male schnell, dann sah sie erneut hinunter. Ihr Blick wirkte fast sehnsüchtig, so als hinderte sie irgendetwas daran, weiter zu zeichnen.

Auf eine merkwürdige Art vermisste ich das Kratzen des Stiftes auf dem Papier, wenn sie zeichnete, das etwas Beruhigendes für mich hatte. Es erinnerte mich an das Geräusch, wenn ich schrieb. Blockaden waren Mist und konnten einen ganz schön runterziehen.

»Was wäre es heute geworden?«

Wieder sah sie mich an, als hätte sie nicht damit gerechnet, dass ich etwas zu ihr sagte. Hätte ich ja selbst nicht.

»Was meinst du?«

»Dein Bild.« Ich nickte zu ihr und rutschte ein Stückchen höher auf dem Stuhl nach oben. »Was hättest du heute gezeichnet?«

»Ähm, ich weiß es ehrlich gesagt noch nicht so genau. Ich fange meistens einfach an und dann ergibt sich ein Bild. Vielleicht …« Sie legte den Kopf ein wenig schief und betrachtete den Block auf ihren Beinen. »Ein Monarchfalter. Ich mag ihre orangenen Flügel und hab gestern einen in unserem Garten beobachtet.« Sie lächelte schüchtern und suchte in meinem Blick anscheinend so etwas wie Hohn. Dachte sie, ich machte mich über sie lustig?

Und in diesem Moment dämmerte es mir. Diese Augen! Dieser unsichere Ausdruck! Das Mädchen von der Party! Es gab einen Kuss! Sie war es eindeutig! Sie musste es sein! Auch wenn ich wahnsinnig blau gewesen war. Wenn ich mich nicht total irrte, ging sie sogar auf unsere Schule. Schon an dem Montagmorgen nach der Party hatte ich sie an dem Treppenaufgang gesehen und darüber nachgedacht, ob ich sie kannte. Aufgrund ihres abweisenden Blickes und weil keinerlei Reaktion von ihr kam, hatte ich das Thema wieder verworfen. Ein Tag danach gab es dann andere Probleme in meinem Leben, mit denen ich mich auseinandersetzen musste.

Aber jetzt war ich mir sicher. Mein Herz raste und dieses Gefühl war mir völlig unbekannt, wenn ich einmal von dem Adrenalinrausch vor einem Wettkampf absah.

»Sag mal, warst du vor ein paar Wochen auf einer Party auf der Clayton?«

Ihre roten Wangen verrieten sie definitiv! Und ich Idiot saß jede Woche mit ihr zusammen in diesem Zimmer!

Hatte sie Hoffnung, dass ich mich an sie erinnerte, oder weshalb war sie jedes Mal so früh hier gewesen? Gab es einen anderen Grund? Hatte ich an dem Abend irgendetwas Bestimmtes zu ihr gesagt? Verdammt, ich wusste kaum noch etwas von dieser Begegnung.

»Blake?« Dr. Lamberts Stimme riss mich aus meiner Frage, aber ich sah das Mädchen, dessen Namen ich immer noch nicht kannte, weiterhin an und wartete auf eine Antwort. Doch sie kam nicht. Sie wirkte wie versteinert. Aufgerissene Augen, schneller Atem. Als ich Dr. Lamberts Blicke viel zu präsent auf meinem Profil bemerkte, stand ich auf und betrat den Therapieraum. Heute würde die Therapeutin zum ersten Mal meine Stimme hören, und zwar, wenn ich sie fragte, wie das Mädchen hieß.

16

»IST ALLES IN *Ordnung* BEI DIR?«

Sutton

»Feigling! Feigling! Du bist wirklich ein verdammter Feigling!«, beschimpfte ich mich selbst und stürmte die Straße in Richtung der Bushaltestelle, von wo aus mich der Bus hoffentlich schnellstmöglich heimbrachte. Es musste mir doch klar gewesen sein, dass das irgendwann passieren würde. Blake hatte mich erkannt, toll! Er hatte sich an den Kuss erinnert. Wahrscheinlich war er für ihn unglaublich mies gewesen und er hatte mich deswegen so entgeistert angesehen.

Aber hey, immerhin hatte er mit mir gesprochen, oder? Und ich war anscheinend doch in seinem Gedächtnis geblieben, auch wenn ich mit sicherer Wahrscheinlichkeit die schlimmste Niete in seiner Kusslaufbahn war! Und die war garantiert recht lang …

Also tat ich das einzig Richtige in diesem Moment. Ich haute ab.

Denn was hätte ich sagen sollen?

Ja, Blake, ich war auf der Party, und genau richtig geraten, ich war das Mädchen, das seinen ersten Kuss mit dir hatte! Hast du gemerkt, oder? Sorry, wird nie wieder vorkommen!

»Du bist so bescheuert«, murmelte ich, bis ich plötzlich zur Seite gestoßen wurde und schmerzhaft mit den Knien auf dem Bordstein aufkam. Meine Tasche rutschte mir von den Schultern, klappte auf und meine gesamten Stifte rollten in Richtung Straße. Meine Handflächen, mit denen ich den Fall aufgefangen hatten, rissen durch den rauen Asphalt auf und brannten wie die Hölle.

»Oh Gott, tut mir leid, ich dachte, Sie hätten mich gesehen!«, erwiderte ein Mann, der sich neben mich kniete und mir half, meine Dinge wieder einzusammeln. Nein. Ich hatte ihn nicht gesehen … *Tunnelblick* nannten die Ärzte das. Mein Herz klopfte mir bis zum Hals, und Tränen brannten heftig in meinen Augen. Ich würde jetzt nicht hier anfangen, zu weinen! Das fehlte noch am heutigen Tag! *Ladys and Gentleman, vor ihnen steht Feigling und Weichei in einem … Sutton Thompson!*

»Danke«, murmelte ich mit erstickter Stimme. Der Mann half mir, mich aufzurichten, und ich bedankte mich ein weiteres Mal, bevor ich, diesmal vorsichtiger, loslief. Auf einmal fühlte ich mich hilflos und irgendwie einsam. Ich hatte unsere Stadt nie als zu groß oder unsicher empfunden, aber in diesem Moment, in dem ich allein auf der Bank der Bushaltestelle saß und mich auf meine Sicht konzentrierte, fiel mir auf, dass es Dinge gab, die ich erst beim erneuten Hinsehen sah. Und das war mies. So richtig mies. Um es gelinde auszudrücken. Und wenn ich ehrlich war, machte mir das eine Wahnsinnsangst!

Ich atmete langsam und bewusst ein und aus, um die Panik niederzuringen, die sich in mir breit machen wollte und mich zu ersticken drohte. Als ich mein Handy aus der Tasche zog, verschleierten mir heiße Tränen die Sicht auf das Display. Nein! Ich würde jetzt nicht anfangen, hier auf offener Straße zu weinen! Ich wählte Kays Nummer, weil ich wusste, er hatte heute nichts vor und war mit seinem Auto außerdem am schnellsten hier.

Als er zwanzig Minuten später am Straßenrand hielt und mich aus dem Seitenfenster traurig anlächelte, konnte ich die Tränen einfach nicht mehr aufhalten.

***

Ich war nicht nur ein kleiner Feigling. Ich war so ein riesiges Weichei, dass ich die letzten zwei Therapiestunden mit Dr. Lambert abgesagt hatte und die ausgefallene, als ich abgehauen war, aus eigener Tasche bezahlte, damit meine Eltern nichts mitbekamen. Es waren jetzt noch drei Wochen bis zu unserem Abschluss und ich musste zugeben, ich freute mich mittlerweile nicht mehr so darauf wie zu Anfang dieses Schuljahres. Denn natürlich war ich unsicher, ob ich das Kunststudium in einer Stadt wie New York wirklich unter diesen Umständen beginnen sollte. Was, wenn meine Augen in kürzester Zeit so schlecht wurden, dass ich nach nur einem Semester abbrechen musste, und es nicht erst in Jahren so weit war? Was würde ich dann tun? Alle Anzeichen der letzten Wochen standen gegen mich. Den Plan, den ich mir in akribischer Kleinstarbeit zusammengelegt hatte, verschwamm in meinem Kopf, und meine Zukunft wurde mit ihm erbarmungslos das Abflussrohr hinuntergespült. Und ich stand zum ersten Mal in meinem Leben planlos vor einem Haufen, dessen scharfe Scherben mich bei jedem Versuch, dagegen anzukämpfen, verletzten.

Kay und Julie taten ihr Bestes, mich abzulenken. Wir unternahmen viel, gingen in der Natur spazieren, besuchten das Einkaufszentrum oder das Kino, zahlreiche Kunstausstellungen in der Umgebung oder hingen an Julies Pool herum, und ich bekam mit, dass die beiden noch einiges für die kommenden Ferien planten. Kay würde zwei Wochen später zu seinem Dad fahren, auch wenn ich das erst nicht gewollt hatte, aber er war nicht davon abzubringen gewesen. Da Julie das Praktikum in Atlanta absolvieren musste, wollten wir alle gemeinsam diese zwei Wochen dort verbringen und eben von da die Welt erkunden. Die Reise zu meiner Tante hatte ich erst mal nach hinten geschoben. Denn mittlerweile hatte ich irgendwie Angst vor dem Trip und wer wusste, wie lange ich meine Freunde noch so um mich haben konnte? Sehend.

»Hast du zugehört, Su?« Ich hörte auf, mit der Gabel in dem geschmacklosen Kartoffelbrei der Schulkantine herumzustochern, und sah Julie an.

»Sorry, kannst du es noch mal wiederholen?«

»Ist alles in Ordnung bei dir? Du wirkst den ganzen Tag schon so abwesend.«

Nur einen Hauch stand ich davon entfernt, Julie und Kay wenigstens von meinem Treffen mit Blake zu berichten. Ich hatte die Worte schon in meinem Mund zurechtgelegt, aber es fühlte sich falsch an, sie auszusprechen. »Geht gleich wieder, ihr wisst doch, dass die Arzttermine mich runterziehen, und heute steht wieder einer an. Es wird sich nichts verbessern, keine Ahnung, wieso ich überhaupt noch hingehe. Wahrscheinlich weil meine Mum sonst völlig durchdreht.«

Kay schob mir seinen Schokoladenpudding zu und klimperte mich aus Hundeaugen an. »Aufmunterung gefällig?«

Ich musste lachen und nahm das Dessert gerne entgegen. »Ich kann nicht glauben, dass Zucker so schlecht sein soll, denn ohne ihn wäre die Welt ziemlich traurig, oder?«

»Ja, aber alle würden problemlos in eine Sechsunddreißig passen«, erwiderte Kay und schaute sehnsüchtig, wie ich seinen Pudding löffelte. Ich schob den Becher mit einem Grinsen zu ihm zurück und er lächelte mich dankbar an.

»Wie langweilig, wenn alle gleich wären. Eine Trish-McAdams-Armee. Kotz!«, sagte Julie und tauchte ihren Löffel neben Kays ein.

Nachdem wir uns den Pudding geteilt und die Tabletts weggebracht hatten, liefen wir in Richtung des Klassenraumes für die nächste Stunde. Wir mussten dazu das Gebäude wechseln und ein Stück am Rand des Baseballfeldes entlanggehen. Als wir nach draußen traten, schirmte ich zuerst mein Gesicht vor der blendenden Sonne ab, zog dann meine Sonnenbrille aus der Tasche und tauschte sie gegen meine übliche Brille aus.

Wir unterhielten uns über Julies Party und den anstehenden Sommer, bis Kay auf einmal stehen blieb und plötzlich fest meinen Oberarm umfasste.

»Hey, aua! Was ist denn?«

»Da!« Er deutete in eine Richtung, und Julie und ich drehten uns sofort danach um.

»Das kann nicht sein!«, sagte Julie und ihr klappte wortwörtlich der Mund auf.

»Wahrscheinlich muss er die letzten Wochen kommen, um seinen Abschluss zu kriegen.«

»Oder der Entzug ist vorbei.«

Ich blendete die Stimmen meiner Freunde aus und starrte nur zu dem Jungen auf der anderen Seite des Feldes hinüber, der dort allein auf einer Bank saß und etwas in ein schwarzes Buch schrieb, das ich bereits bei Dr. Lambert gesehen hatte. Mir wurde heiß und mein Herz tanzte zu einem ziemlich miesen Takt Samba in meiner Brust. Blake war zurück. Sollte ich nun irgendetwas tun? Hallo sagen? Aber ich war vor ihm und seinen Fragen davongelaufen, hatte ich das denn vergessen? Wir waren keine Freunde, eigentlich kannten wir uns überhaupt nicht. Wieso sollte ich also mit ihm sprechen? Ich war ihm nichts schuldig. Genauso wenig wie er mir.

Er hob den Kopf und natürlich fiel ihm auf, wie wir ihn anstarrten. Wir waren ganz bestimmt nicht die Einzigen, die das heute getan hatten. Peinlich!

Ich konnte sein Gesicht nicht komplett ausmachen, aber ich merkte definitiv, dass er mich erkannte und vor allem ansah. Er richtete seinen Oberkörper auf und ich hielt den Atem an. Unfreundlich sein und weggehen? So tun, als hätten wir uns nie irgendwo getroffen?

Das war nicht meine Art.

Ganz langsam hob ich die Hand und hörte, wie meine Freunde neben mir laut die Luft einsogen. Blake erwiderte meine Geste, aber er rührte sich nicht von der Stelle, also nahm ich an, dass er kein Interesse an einer Unterhaltung hatte. Andererseits ging ich ja auch nicht zu ihm … Verdammte Zwickmühle.

»Kommt!«, sagte ich schnell und rannte fast zu unserem Ziel. Millionen Fragen prasselten auf mich ein, aber ich beantwortete keine einzige von ihnen. Vielleicht würde Blake jetzt bei seiner Rückkehr jedem erzählen, wieso er weg gewesen war, und alle Fragen meiner Freunde würden sich von selbst auflösen, ohne dass ich etwas dazu sagen musste.

»Hattet ihr Kontakt, als er nicht in der Schule war?«

»Wieso hat er dich gegrüßt, als würde er dich kennen?«

»Su, habt ihr heimlich was miteinander?«

»Was ist mit Trish?«

»War er wirklich bei einem Entzug?«

Ruckartig blieb ich stehen, als wir das Gebäude erreichten und das Baseballfeld und Blake nicht mehr in Sicht waren. Ich drehte mich zu Kay und Julie um und holte Luft.

»Ich … wir … Ach, keine Ahnung, was das war, ich hatte das Gefühl, jemand müsste ihn wieder willkommen heißen. Er saß da so allein! Blake war vorher niemals allein. Das war nichts. Ihr interpretiert viel zu viel da rein.«

Beide zogen wie miteinander abgesprochen eine Augenbraue nach oben. Kay stemmte die Faust in seine rechte Seite.

»Das ist jetzt deine Begründung? Ernsthaft?«

»Glaub es oder nicht«, seufzte ich und drehte mich um. Es hatte vor der Diagnose noch nie etwas gegeben, das ich meinen Freunden verheimlicht hatte, aber diesmal ging es auch gar nicht um mich.

»Sutton?« Ich blieb stehen. Das war nicht die Stimme von Kay oder Julie. Es war eine andere. Eine, die sich mit ihrer Rauheit so anhörte, als wäre sie längere Zeit nicht mehr zum Einsatz gekommen. Eine, die mir durch Mark und Bein schoss und meine sowieso schon chaotische Welt in Stücke riss.

»Wir warten in der Klasse auf dich«, flüsterte mir Julie zu und lief mit Kay vor. Erst als sie durch die Tür ins Innere des Gebäudes gegangen waren, drehte ich mich langsam um und sah in Blakes Gesicht. In seiner linken Hand hielt er das kleine schwarze Buch. Er trug wie so oft dunkle Jeans und ein helles Shirt, das perfekt saß und seinen trainierten Oberkörper betonte. Seine dunkelbraunen Haare wirkten durcheinander, als hätte er sie sich gerade gerauft oder würde sie nach dem Aufstehen einfach so lassen.

»Wieso bist du weggelaufen?«

Ich umfasste fest den Gurt meiner Umhängetasche und wechselte mein Gewicht von einem Bein aufs andere.

»Wieso sollte ich weggelaufen sein?«, fragte ich und meine Stimme hörte sich viel zu piepsig an.

Blake legte den Kopf schief und betrachtete mein Gesicht. Ich hatte mich noch nie so unwohl in der Gegenwart eines anderen Menschen gefühlt wie jetzt. »Du bist es. Das Mädchen von der Party. Es tut mir leid, wenn ich dich verletzt haben sollte. Der Abend … Ich wollte dich suchen, aber … Du weißt ja, wie solche Partys sind«, stotterte er. War er ebenso unsicher wie ich?

Aber nein, ich wusste nicht, wie solche Partys waren, doch das konnte ich ihm nicht erzählen. Wahrscheinlich würde er mir als Nächstes sagen, dass es nichts bedeutet hatte und ich mir nichts drauf einbilden sollte, genauso wenig wie auf unsere Begegnungen bei Dr. Lambert. War ja klar. Was anderes hatte ich sowieso nicht gedacht. Oder gehofft.

»Keine Sorge, wenn du denkst, dass …«

»Gibst du mir deine Nummer?«, unterbrach er mich. »Nur für den Fall, dass du wieder eine Stunde bei Dr. Lambert verpasst. Ich könnte dich daran erinnern.« Zuckte sein Mundwinkel gerade wirklich? Sollte das ein Grinsen sein? Verarschte er mich? Ich hatte keine verdammte Ahnung!

»Ähm, ja klar?«

Diesmal grinste er ganz eindeutig. »Du fragst schon wieder, anstatt zu antworten.«

»Was meinst du?«

»Als du dich beim letzten Mal wegen der Tür entschuldigt hast, da hast du das auch getan. Hat deine Unsicherheit einen bestimmten Grund?« Seine Gesichtszüge wirkten wieder ernst. Dachte er vielleicht, ich war bei Dr. Lambert, weil mir etwas zugestoßen war oder mir jemand was angetan hatte? Genau genommen ging ihn das genauso wenig etwas an wie mich sein Schicksal.

»Nein, deine etwa?«

Er lachte kurz, dann nickte er. »Touché. Das hab ich wohl verdient.« Plötzlich ging er einen Schritt auf mich zu und meine Knie wurden weich. Ich war durch die Gene meines Dads groß, aber Blake überragte mich um einiges. Was hatte er vor?

Sein Blick glitt über mein Gesicht und meine Lippen, bis er mir wieder in die Augen sah, die glücklicherweise noch von der Sonnenbrille verdeckt wurden. Es war der einzige Schutzschild, den ich gegen ihn hatte. Auch wenn es bescheuert war, zu denken, dass so etwas ausreichte. Zumindest redete ich es mir ein. Mit der rechten Hand zog er sein Handy aus der Hosentasche und hielt es mir hin. »Bekomme ich deine Nummer nun oder nicht?«

»Wieso?« Ich verstand es wirklich nicht.

Er zögerte und schluckte, als wollte er den wahren Grund verbergen, dann zuckte er mit den Schultern. »Ich könnte einen Freund gebrauchen.« Seine Stimme war kaum ein Flüstern. Als schämte er sich für seine Worte.

Ich verstand allerdings immer noch nichts. Er hatte doch Freunde, genug sogar! Viel mehr als ich!

Auf einmal zog er das Handy zurück und presste die Lippen aufeinander. Er baute die Mauer, die ihn bei unseren ersten Treffen bei Dr. Lambert umgeben hatte, wieder auf. Als hätte ich ihm eine Abfuhr gegeben. Dabei war genau das Gegenteil der Fall. Ich wollte nichts lieber, als ihn kennenzulernen. Hinter diese Fassade zu sehen, wo er so völlig anders wirkte als das Bild, das ich sonst von ihm hatte. Sportass. Beliebtester männlicher Schüler an der Highschool. Scherte sich um unscheinbare Brillenschlangen wie mich einen Dreck.

»Gib schon her!«, sagte ich und seufzte. Wieder schaute er mir so tief in die Augen, dass ich das Gefühl hatte, er sähe direkt durch die dunklen Gläser in meinen Kopf und erkannte es. Alles, was mich ausmachte. Alles, was mich brandmarkte. Alles, was mich veränderte.

Ich senkte den Blick und nahm ihm das Handy aus der Hand, das er mir erneut hingehalten hatte. Nervös tippte ich meine Nummer in sein Adressbuch. Was tat ich hier eigentlich?

»Danke.« Wieder dieses halbe Grinsen, das ausreichte, um meinen Verstand durch den Fleischwolf zu drehen. »Bis demnächst, Sutton.«

Ich konnte nur nicken und ihm hinterhersehen, als sich Blake umdrehte und den Weg hinunterlief, bis er an der Hausecke verschwunden war.

Was. War. Das. Denn?

17

» ICH LÄCHELTE. OBWOHL MIR EIGENTLICH GANZ *anders* ZUMUTE WAR. «

Blake

Ich konnte das Grinsen nicht verhindern, das sich auf meine Lippen gestohlen hatte, während ich dabei zusah, wie Sutton ihre Nummer in mein neues Handy tippte. Das ich mir glücklicherweise auf Drängen meiner Mum doch besorgt hatte.

Das Lächeln hielt auch dann noch an, als ich zurück am Rand des Baseballfeldes war, auf dem ich mich versteckte. Levi und die anderen hatten mich noch nicht gefunden. Wie auch, ich nahm an keiner einzigen Stunde teil. Was ich allerdings musste, um meinen Abschluss noch zu kriegen. Der Rektor hatte Verständnis für meine Situation, trotzdem konnte selbst ich nicht alle Stunden sausen lassen. Auch wenn mein Dad sehr wahrscheinlich sogar das hinbiegen würde. Aber das war nicht mein Ziel. Dass mein Vater alle meine Probleme regelte.

Also zögerte ich, ob ich tatsächlich wieder zurück zu der Bank gehen sollte und den Tag hier verbrachte oder meinen Arsch zusammenkniff und mich der Angst stellte, meinen Freunden gegenüberzutreten. Es lag nicht an ihnen oder an ihrem Verhalten. Vor allem Levi hatte sich in den letzten Wochen mehrmals gemeldet und mir klarmachen wollen, dass er für mich da war. Aber ich hatte abgeblockt und nun war mein schlechtes Gewissen ihnen gegenüber meterhoch.

Ich war bereit, wieder in den Ring zu steigen, und wollte mir gleichzeitig nicht erneut die Nase brechen lassen.

Trotzdem raffte ich all meinen Mut zusammen und lief los. Ich spürte neugierige Blicke und hörte Getuschel, als ich an meinen Mitschülern vorbeiging, ignorierte sie aber. Stattdessen hob ich den Kopf noch ein Stückchen höher. Ich war mir sicher, dass keiner von ihnen mich auf meine Abwesenheit ansprechen würde, also hatte ich erst mal nichts zu befürchten. Bis ich Milo, Joel und Levi an ihren Spinden lehnen sah. Joel war der Erste, der mich erblickte und seine braunen Augen aufriss, sodass Levi und Milo sich verwundert in meine Richtung drehten.

»Blake?«, fragte Milo, als hätte er gerade ein Einhorn gesehen.

»Hey, wie geht es dir?« Levi beobachtete mich unsicher, als ich vor den dreien zum Stehen kam.

»Gut. Was hab ich verpasst?«, antwortete ich und hoffte, sie spürten nicht, dass ich ihnen etwas vorspielte. Milo und Joel fielen aus ihrer Starre und klopften mir lachend auf den Rücken, überschütteten mich mit Komplimenten und sagten mir, wie froh sie seien, dass ich wieder da war. Levi war still und fixierte mich misstrauisch aus seinen grünen Augen. Die Freundschaft unserer Eltern reichte schon weit vor unsere Geburt zurück und Levi kannte mich oft besser als ich mich selbst. Allen anderen konnte ich etwas vormachen. Ihm nicht. Das war mir klar und davor hatte ich am meisten Angst gehabt.

Trotzdem nickte er mir vor den anderen zu, als würde er mir meinen Sinneswandel abnehmen. »Schön, dass du wieder hier bist«, sagte er und schenkte mir ein vorsichtiges Lächeln.

Wir liefen los und Joel und Milo brachten mich auf den neusten Stand. Kurz vor unserem Klassenraum hielt mich Levi mit seiner Hand an meiner Schulter auf.

»Können wir noch mal eine Minute reden?« Ich sah unsicher zu den anderen beiden. Sie nickten und liefen vor.

»Geht es dir wirklich gut, Blake?«

»Nein, aber ich hab mich lange genug versteckt, oder?« Ich lächelte. Obwohl mir eigentlich ganz anders zumute war. Levi verzog keine Miene, also würde er mein Schauspiel garantiert nicht mitspielen. »Ich wollte dir nur sagen, es tut mir leid, was ich dir an den Kopf geknallt habe. Das mit Grace. Du kanntest sie genauso ewig, und ich wusste, dass ihr eine besondere Verbindung hattet. Es …« Ich holte tief Luft. Es war immer noch viel zu schwer, darüber zu sprechen. Wahrscheinlich würde es niemals einfach werden.

»Ist schon okay. Ich verstehe, wie du dich fühlst.« Ich nickte, denn ich glaubte ihm. Er war vielleicht sogar der Einzige, dem ich diesen Spruch tatsächlich abnahm.

»Danke, Mann.«

»Dafür brauchst du mir nicht zu danken.« Er legte seine Hand auf meine Schulter und diesmal nahm ich ihm sein

Lächeln ab. »Aber wenn es dir schlecht geht, rennst du nicht einfach wieder davon. Du sprichst mit mir darüber, okay? Dafür sind Freunde da!«

Mit Mühe schluckte ich den dicken Kloß in meinem Hals herunter. Es tat mir immer noch leid, dass ich Levi so ausgeschlossen hatte.

Vielleicht sah es nach außen hin so aus, als hätte ich viele Freunde. Das gesamte Schwimmteam stand hinter mir. Ich kannte die halbe Schule, wusste, wie ich bei den Mädchen ankam. Doch wenn ich ehrlich zu mir war, war mir das nie wichtig gewesen. Ich wollte schwimmen, weil ich mich dabei gut fühlte, und natürlich auch, um zu siegen. Ich mochte jedes Mitglied unseres Teams, aber ein richtiger Freund war nur Levi für mich. Immer schon gewesen. Und ihn hatte ich mit meiner Art verletzt, das sah ich ihm an.

Doch manchmal ließ es sich nicht verhindern, Freunde vor den Kopf zu stoßen, um sie in die Dunkelheit, die einen umgab, nicht mit hineinzuziehen. Denn das wäre noch schlimmer gewesen. Und um ehrlich zu sein, würde ich jedes Mal wieder so handeln, um meine Freunde genau davor zu schützen.

18

» NATÜRLICH. SIE GEHÖRT *dir*. «

Sutton

Mein Handy neben mir auf dem Zeichentisch vibrierte. Ich legte den Stift zur Seite und griff danach.

Hier ist deine automatische Erinnerung. Bitte denke morgen an deinen Termin. Dr. Lambert sieht Absagen nicht gerne, das hat sie mir selbst erzählt! Mach sie nicht sauer.

Mit einem Grinsen sah ich auf mein Handydisplay. Er hatte mir tatsächlich geschrieben. Mein Finger schwebte über der Tastatur. Sollte ich ihm antworten? Erwartete er das oder wollte er mich wirklich nur erinnern? Ich war so unsicher in Bezug auf Jungs. Julie wüsste genau, was ich schreiben sollte, aber ich hatte ihr oder Kay immer noch nicht erzählt, woher ich Blake etwas besser kannte.

Oder dass er nun meine Handynummer hatte. Großer Gott, ich konnte es ja selbst nicht fassen!

Stattdessen machte ich ein Foto von meiner aktuellen Zeichnung und schickte es ihm ohne Kommentar. Es hatte ihn beim letzten Mal schon interessiert, was ich zeichnen würde, und irgendwie hatte er mich inspiriert. Eigentlich wollte ich es bis morgen fertig haben, sodass ich es ihm zeigen konnte, aber jetzt war meine Ungeduld viel zu groß.

Oh wow, das ist unglaublich!

Ich musste lächeln. Mit dem Finger strich ich über die feinen Bleistiftlinien und schloss die Augen. Ich spürte die Erhebungen auf dem rauen Zeichenpapier. Diesmal hatte ich nicht wie sonst den Drang gehabt, das Bild bunt zu malen. In meinem Kopf hatte ich es genau so gesehen, wie es war.

Wieder gab mein Handy einen Ton von sich und ich öffnete die Augen.

Bringst du es morgen mit?

Wieder die Frage nach morgen. Konnte es sein, dass er mich wirklich sehen *wollte?* Oder war ich nur eine neue Ablenkung für ihn?

Natürlich, es muss doch fertig werden. ;-)

Meine Antwort war unverfänglich. Ich hoffte, dass ich ihm in Wirklichkeit damit nicht verriet, wie sehr ich ihn wiedersehen wollte.

Ich freu mich drauf. :-) Bis morgen, Sutton.

Kurz überlegte ich, Julie anzurufen, aber ich drückte ihre Nummer wieder weg. Ich wollte ihr alles über Blake, seine Nachrichten, meine Zeichnung und so vieles mehr erzählen, doch es war auf eine Art immer noch nicht richtig, darüber zu sprechen. Oder? Ich kannte Blakes Geheimnisse ja selbst nicht. Wäre es wirklich so falsch, mit meiner besten Freundin unverfänglich über einen Jungen zu quatschen, den ich gerade begann zu mögen?

Irgendwie schon. Ich wollte Blakes Vertrauen nicht missbrauchen. Egal, auf welche Weise.

***

Als ich den Warteraum betrat, saß er an seinem üblichen Platz. Wie schon einmal hatte er eine Baseballcap der Atlanta Hawks falsch herum aufgezogen und wirkte damit unglaublich lässig. Viel lässiger, als ich mich gerade fühlte.

»Hi«, sagte er und lächelte ein wenig. Gott. Dieser Ausdruck in seinem Gesicht war zu viel für mich.

»Hi«, erwiderte ich schüchtern und nahm gegenüber von ihm Platz.

»Hast du die Zeichnung dabei?« Seine Augen bekamen einen unfassbar attraktiven Glanz. Selbst meine Freunde interessieren sich nicht so für meine Kunst. Sie fanden sie gut, keine Frage, aber Blake war wie ein Verbündeter. Jemand, der anscheinend verstand, was mir das Zeichnen bedeutete. Ich hatte noch nicht raus, was die Sache mit dem kleinen schwarzen Buch war, aber es war eindeutig, dass er etwas schrieb.

Ich zog das eingerollte Papier aus meinem Rucksack. Während ich es ihm hinstreckte, kaute ich nervös auf meiner Unterlippe, weil ich Angst vor seinem Urteil hatte.

»Darf ich?«, fragte er und deutete darauf.

»Natürlich. Sie gehört dir.«

Er nahm es vorsichtig entgegen, als wäre es das Kostbarste auf der Welt und nicht nur irgendeine Zeichnung von einem langweiligen Mädchen.

»Mir?« Wieder sah er mich auf diese Art an, die ich kaum beschreiben konnte, aber verursachte, dass mir der Atem stockte.

»Ich schenke es dir. Genau genommen hast du mich dazu inspiriert«, erwiderte ich und atmete zitternd aus. War es idiotisch, nach so kurzer Zeit ein Bild für ihn zu zeichnen? Irgendwie schon. Andererseits sahen wir uns nun regelmäßig seit Wochen, auch wenn wir erst vor Kurzem wirklich miteinander ein Wort gewechselt hatten.

Auf seinen schönen Lippen lag ein zartes Lächeln, während er das Papier ausrollte und es gefühlt einige Minuten einfach nur betrachtete. Fand er es doof? Zu direkt? Schlecht? Was dachte er? Unruhig rutschte ich auf meinem

Stuhl herum und schob die Hände unter meine Oberschenkel.

»Es ist … wow, es ist noch besser als auf dem Foto gestern«, sagte er und sah mich endlich wieder an. Das begeisterte Glänzen in seinen Augen wirkte tatsächlich echt.

Irgendwie hatte ich das Bild ganz genau vor mir gesehen. Ein Löwe, der unter dem Schatten einer Schirmakazie lag und sich seine Pfote leckte. Er war in diesem Moment zwar verwundet, aber trotzdem stark und kräftig genug, jederzeit aufzuspringen und für sich zu kämpfen. Oder für die Dinge, die er liebte. Ich hatte alles mit meinem feinsten Bleistift gezeichnet. Farbe wäre für dieses Bild völlig unpassend gewesen.

»Findest du es nicht irgendwie … kitschig?«

»Überhaupt nicht! Es ist toll! Und ich darf es wirklich behalten?«

»Ja.«

»Danke.« Er legte so viel in dieses eine Wort, dass ich nicht wusste, wie ich damit umgehen sollte. Seine Gesichtszüge wurden ernst und er lehnte sich ein Stück näher zu mir.

»Du weißt es nicht, oder?«

»Was?«, fragte ich verwirrt, weil ich tatsächlich keine Ahnung hatte, worauf er hinauswollte.

»Wie gut du bist. Aber das muss dir doch klar sein!« Wieder wollte ich den Kopf senken, da hielt mich seine Stimme davon ab. »Nicht! Sei stolz auf das, was du kannst, denn deine Zeichnungen sind wirklich großartig. Du hast Aufmerksamkeit verdient, sie muss dir nicht unangenehm sein.«

Diesmal lächelte ich. Trotzdem war es immer noch merkwürdig, solche Worte von Blake Cross zu hören. Anscheinend deutete er mein leicht unsicheres Schnauben falsch.

»Lachst du mich etwa aus?«, fragte er, als könnte er es nicht fassen, hatte jedoch ein Schmunzeln auf den Lippen.

»Nein! Oh Gott, auf gar keinen Fall!« Wieder musste ich lachen, was zu einem eindeutig kindischen Kichern wurde. Aber anstatt, dass Blake sich genervt abwandte, wurde sein Grinsen nur breiter. Und unser Lachen wurde zu einem Moment zwischen uns, den ich nie wieder vergessen würde. Auf einmal herrschte Stille in dem kleinen Raum, und während Blake mich ansah, genau wie ich ihn, wurde mir bewusst, dass ich ihn völlig falsch eingeschätzt hatte. Vielleicht ging es ihm gerade mit mir auch so. Äußerlichkeiten waren eben manchmal nicht ausreichend, auch wenn es das Erste war, was wir vom anderen wahrnahmen. Zumindest für die meisten von uns.

Als die Tür geöffnet wurde und Dr. Lambert herauskam, um Blake zu seiner Stunde aufzurufen, trennten wir uns mit der Zuversicht, uns wiederzusehen, und nicht mit der Frage, ob das alles zwischen uns war. Denn ich war mir diesmal sicher, das war es noch lange nicht.

19

» DU SCHAFFST *das.* «

Blake

Der Tag des Abschlusses kam schneller als gedacht. Die Zeugnisausgabe fand auf einer Bühne statt, die auf dem Footballfeld aufgebaut war. Davor standen Hunderte von Stühlen für Angehörige, Schüler und Lehrer. Ich saß mit meinen Eltern in der ersten Reihe. Selbst wenn wir nicht darum gebeten hatten, der Direktor kannte meinen Vater mittlerweile zu gut und würde sich nicht wagen, uns weiter hinten zu platzieren.

Levi saß mit seiner Mum direkt hinter uns. Unauffällig hatte ich mich nach Sutton umgesehen, aber sie in der Masse der Menschen noch nicht entdeckt. Ich wollte ihr unbedingt später zum Abschluss gratulieren, auch wenn das vielleicht ein Vorwand war, überhaupt mit ihr zu sprechen. Langsam, aber sicher reichten mir die wenigen Minuten pro Woche nicht mehr aus, um mich mit ihr zu unterhalten. In der Schule, zwischen Unterricht und merkwürdigen Blicken der anderen, hatte ich diesen immer präsenteren Wunsch weit zur Seite geschoben.

Während der gesamten Rede fixierte mich Trish aus verengten Augen. Ich spürte ihre Blicke auf meinem Profil. Sie sah wie immer selbst in dem unförmigen Talar gut aus, aber sie konnte ausschauen, wie sie wollte, es reichte nicht, um noch ein Wort an sie zu verschwenden. Dafür hatte sie mich zu lange verarscht, denn ich hatte herausgefunden, dass ich nicht der einzige Typ war, der ihre Aufmerksamkeit bekam.

»Blake«, wisperte Levi über meine Schulter in mein Ohr und ich machte eine abweisende Handbewegung in seine Richtung. Mein Dad tat so, als hätte er die Störung nicht bemerkt, spähte jedoch mit seinem ganz bestimmten Blick kurz zu mir herüber. Eigentlich war er kein verkehrter Mensch, ein wenig zu ehrgeizig, und die Freundlichkeit hatte er ebenfalls nicht mit Löffeln gefressen, aber jeder, der meinen Großvater gekannt hatte, würde sagen, dass mein Dad sich gut gemacht hatte. Sobald man seine Regeln einhielt und genug für das arbeitete, was man wollte, war alles in Ordnung.

»Blake!«, flüsterte Levi erneut, diesmal eindringlicher, und tippte mir auf die Schultern.

»Jetzt nicht«, zischte ich zurück, doch Levi ließ sich nicht davon abhalten. Er beugte sich nach vorne und brachte sein Gesicht nah an mein Ohr.

»Schau auf dein Handy.«

Damit lehnte er sich zurück und ich seufzte. Er würde nicht eher lockerlassen, bis ich das getan hatte, was er wollte. Also zog ich so unauffällig, wie es ging, mein

Handy aus der Anzughosentasche unter meinem Talar und sah auf das Display.

Levi:
Nach der offiziellen Feier Party bei Julie Priestley!

Ich hatte keinen blassen Schimmer, wer das sein sollte. Wieso gingen wir nicht wie schon vor Monaten geplant zu Milo? Stand Levi vielleicht auf diese Julie und wollte sie klarmachen?

Blake:
Wer soll das sein?

Levi:
Na, die Freundin von der Brillenschlange und dem bunten Bruder. Du kennst sie, die sind nur zu dritt unterwegs.

Meinte er tatsächlich Sutton mit Brillenschlange? Hatte er sie noch alle? Ich wollte mich gerade zu ihm umdrehen und etwas sagen, als sich meine Aufmerksamkeit auf das Mädchen richtete, das die Bühne betrat. Ihr hübsches Gesicht war knallrot und ihr Blick wanderte nervös von unserem Direktor, der am anderen Ende der Bühne mit einer Auszeichnung stand, und den Zuschauern hin und her. Im Publikum vernahm ich laute Jubelrufe und Ermutigungen von einem Mädchen und einem Jungen, die einige Reihen weiter hinten saßen, woraufhin Sutton leicht lächelte. Das dicke Brillengestell verdeckte fast ihr halbes Gesicht und durch ihren hohen Pferdeschwanz wirkte sie wie Klischee-Streberin Nummer eins. Doch ich wusste nun, dass das nicht alles war, was in ihr steckte. Es gab so viel mehr. So viel noch zu entdecken. Die Zeit würde dafür niemals ausreichen.

»Herzlichen Glückwunsch, Miss Thompson, zum besten Notendurchschnitt dieses Jahrgangs!«, sagte der Direktor durch das Mikrofon und schob Sutton förmlich zum Rednerpult. Sie kniff die Augen zusammen und für einen kurzen Moment hörte man nur ihren schnellen Atem in den Lautsprecherboxen am Rand der Stuhlreihen.

»Du schaffst das«, flüsterte ich leise, als könnte sie mich verstehen. Stattdessen bekam ich nur einen verwunderten Blick von meiner Mum, die nach meiner Hand tastete und sie drückte, während sie mich von der Seite anlächelte. Doch ich war viel zu gebannt von dem Schauspiel vor mir, als dass ich darauf reagieren konnte.

Die roten Flecken zogen sich nun sogar über Suttons ganzen Hals bis nach unten zu ihrem Dekolleté und verschwanden in dem weiten Stoff des schwarzen Talars. Sie war groß, aber ziemlich schlank, deshalb wirkte sie in dem riesigen Stück Kleidung fast so verloren wie auf dieser gigantischen Bühne.

»Streber«, rief jemand von den Zuschauern und ich war mir zu hundert Prozent sicher, dass die Stimme Bee Goldmann gehörte. Wahrscheinlich kam der Auftrag dazu allerdings von Trish, denn ihre hohlen Freundinnen wussten nicht mal, wie man allein auf den Pott ging.

Sutton zögerte immer noch, und so langsam räusperten sich und husteten einige Menschen in der Menge peinlich berührt, was ihre Nervosität noch zu steigern schien. Es war mir egal, was irgendjemand hier dachte. Niemand war wichtig in diesem Moment bis auf ein Mädchen, das verloren und unsicher auf einer Bühne stand und die Worte, die sie sagen wollte, nicht herausbrachte. Ich wollte ihr einfach nur da raushelfen. So wie sie mir mit ihrer bloßen Anwesenheit geholfen hatte. Also stand ich auf und sie schaute zu mir, genauso wie alle anderen.

Ich schenkte ihr ein aufmunterndes Lächeln und sie erwiderte es zaghaft. Ihr Blick blieb bei mir, die ganze Zeit über, in der sie sprach, ihren Eltern und ihren Freunden dankte, sogar eine Anekdote darüber zum Besten gab, dass man von jemandem wie ihr nichts anderes erwartete als gute Noten, denn schließlich sei sie in Sport eine Niete und hätte genug Zeit zum Lernen. Die Menge lachte vereinzelt. Ich ebenso. Während ich meine Augen nicht von ihr nehmen konnte. Danach formte sie ein Danke mit ihrem schönen Mund, der mir nicht zum ersten Mal so bewusst wurde wie nichts anderes auf der Welt. Für einen winzigen Moment beneidete ich den tiefen Atemzug, den sie tat, als sie sich vom Rednerpult abwandte, nur weil er ihre Lippen streifte.

Sie verließ die Bühne mit gesenktem Kopf und ich setzte mich wieder auf meinen Platz.

»Anscheinend hast du die Brillenschlange schon kennengelernt«, wisperte Levi hinter mir, als würde dieser Auftritt alles erklären. Doch eigentlich wusste er nichts. Genauso wenig wie ich selbst.

Nur dass wir ganz bestimmt auf diese verdammte Party gehen würden, wenn Sutton da war.

20

» ÖFTER MAL WAS *Neues.* «

Sutton

Nachdem ich meinen Eltern heute Mittag endlich hatte klarmachen können, dass Julies Party kein Sicherheitsrisiko für mich darstellte, war ich früh genug zu ihr gefahren und hatte bei den Vorbereitungen geholfen.

Nach Blakes Auftritt konnte ich Kay und sie nicht mehr davon überzeugen, dass Blake und ich uns überhaupt nicht kannten. Das taten wir auf gewisse Weise, doch auf eine ganz andere, als alle annahmen, da war ich mir sicher.

Also hatte ich mich dem Kreuzverhör meiner Freunde ausgeliefert und gestanden, dass Blake bei der gleichen Therapeutin war wie ich. Aber ich hatte auch gesagt, ich wisse nicht, weshalb er überhaupt dort war, und es ging uns alle auch nichts an. Ich erzählte, dass er Zeichnungen von mir kannte, doch nicht, dass ich eine extra für ihn angefertigt hatte.

Das wars. »Ganz schön unspektakulär« nannte Kay das, und ich musste daraufhin lachen. Was erwarteten sie? Dass Blake und ich eine heimliche Affäre hatten? Ausgerechnet ich?

Wer wollte überhaupt mit mir ein Verhältnis, wenn er jemanden wie Trish gehabt hatte? Mal nur vom Körperlichen ausgehend, worauf er augenscheinlich einigen Wert legte, da sie so oft zusammen waren. Und auch wenn ich Blakes Aufmerksamkeit im Moment genoss, war ich mir bewusst, dass dies alles nur für eine bestimmte Zeit andauerte. Eine geliehene Zuwendung sozusagen. Denn entweder mein Kartenhaus würde irgendwann einstürzen und mich unter sich begraben oder Blakes. Und niemand hatte eine Ahnung, welches es zuerst sein würde.

Aber heute Abend wollte ich nicht mehr darüber nachdenken. Julie wurde um Mitternacht achtzehn und Kay und ich hatten uns etwas wirklich Großes für sie überlegt. Abgesehen davon, dass Kay sich voll ins Zeug gelegt hatte und schon Wochen vorher selbst gefertigte grandiose Flyer in der ganzen Schule verteilt und außerdem eine Facebookpartygruppe eröffnet hatte. Auch jegliche Dekorationsideen stammten von ihm. Das mit der Planung und der Grafik-Geschichte hatte er wirklich drauf.

Die Party war bereits in vollem Gange. Die Musik dröhnte aus der Anlage im Wohnzimmer, überall von den Decken hingen silberne Glitzergirlanden und allerlei anderer Kram. In der Küche gab es ein reichhaltiges Buffet, das Julies Mum bei einem Caterer bestellt hatte, sowie verboten viel Alkohol. Verantwortungsbewusstsein stand nicht gerade auf dem Plan von Julies Mum, aber ihre Tochter wurde schließlich nur einmal achtzehn. Solange die Party nicht ausartete und betrunkene Leute alles demolierten oder im Pool ertranken, konnte eigentlich gar nichts schiefgehen.

Ich kannte das Haus wie unser eigenes, deshalb fühlte ich mich relativ sicher in dem dämmrigen Licht. Außerdem hatte ich Kay an meiner Seite, der allerdings vor Aufregung fast durchdrehte und immer wieder auf seine rote Armbanduhr sah.

»Er kommt schon, keine Sorge.«

»Natürlich tut er das.« Kay nahm sich einen blauen Plastikbecher und füllte ihn mit einer ordentlichen Schöpfkelle aus dem Bowleglas. Ich beobachtete ihn dabei und nippte selbst an meinem Sektglas. Eins reichte mir völlig. Ich hatte jetzt schon fast den Überblick über alles verloren und konnte nicht riskieren, dass meine Unsicherheit mich gerade heute übermannte. Gefühlte hundert mir unbekannte Menschen tanzten im Wohnzimmer zur Musik, schwammen laut grölend im Pool oder standen in der Küche und unterhielten sich. Julie war nirgendwo und überall unterwegs und begrüßte ihre Gäste. Sie hatte sich auch heute mit einem dunkelblauen Jumpsuit, der ihren halben Rücken freigab, und pfirsichfarbenen, hochhackigen Schuhen ziemlich schick gemacht. Ich trug noch meine Klamotten von der Abschlussfeier. Ein mintgrünes trägerloses Kleid mit gerüschtem Mieder und einem locker fallenden Rock, der bis zu den Knien reichte. An meinen Füßen hatten sich heute Mittag exakt fünfzehn Minuten lang hohe silberne Riemchensandalen befunden, die ich mir von Julie ausgeliehen hatte und die mir schon in dieser kurzen Zeit fast die Zehen gebrochen hatten. Ohne zu zögern, hatte ich sie gegen meine Chucks ausgetauscht, die ich auch jetzt gerade trug. Ich würde mich nie an stundenlanges Gehen und Stehen auf hohen Schuhen gewöhnen können. Wie ich mit diesen Hacken heute Mittag die Bühne hochgekommen wäre, ohne zu fallen und mir das Genick zu brechen, war mir immer noch ein Rätsel. Eine Gänsehaut stellte sich auf meinem Körper auf, wenn ich an diesen Moment dachte. Und an Blake. Der tatsächlich vor der halben Schule wegen mir aufgestanden war, damit mich meine Panik, vor so vielen Leuten sprechen zu müssen, nicht in eine Ohnmacht stürzte. Aber Blake hatte gesehen, wie ich mich gefühlt hatte, und reagiert, ohne darüber nachzudenken, was nun alle anderen über ihn und mich annahmen. Nicht nur einmal wurde ich heute Abend darauf angesprochen, ob wir beide ein Paar waren. Natürlich waren wir das nicht.

»Du schaust schon wieder so«, sagte Kay und wedelte mit der Schöpfkelle in der Luft herum. Ein weiterer Becher? Wenn sein Freund Josh hier ankam, würde er nur noch schwanken.

»Wie denn?«

»So verträumt.« Er leerte seinen neu gefüllten Becher zur Hälfte und drückte mich an sich. »Du und Blake, Julie und Levi und ich und Josh, hach, wir beenden die Schule und sind alle unter der Haube!«

»Jetzt übertreib mal nicht«, nuschelte ich, weil er mein Gesicht seitlich an seine Brust presste. Ich löste mich aus seiner Umklammerung und deutete auf seinen halb leeren Becher, der mittlerweile auf der Küchenanrichte stand. »Und trink lieber zwischendurch mal ein Wasser, oder willst du Josh gleich mit der Diva erschrecken?« Julie und ich nannten Kay, wenn er betrunken war, immer *die Diva,* denn er war dann genau wie die Darsteller in der Snickerswerbung. Unausstehlich, total emotional und, okay, auch ein bisschen witzig.

Kay warf mir einen Luftkuss zu und nahm demonstrativ noch einen Schluck. »Ich bin mir sicher, Josh mag auch sie!«

Wenn man vom Teufel sprach. In dem Moment tauchte er in der Tür zur Küche auf und Kay begann wie ein verliebter Dackel zu grinsen. »Josh!«

»Hey.« Er wirkte ein wenig verlegen, als Kay ihm einen Kuss auf die Wange drückte. Laut Kay wussten seine Eltern immer noch nichts über seine Homosexualität. Vielleicht war ihm deswegen unangenehm, in der Öffentlichkeit als Kays Freund aufzutreten. Wenn das wirklich der Fall war, musste er Kay ziemlich mögen, wenn er trotzdem hier war, und er hatte meinen vollsten Respekt dafür.

»Hi, ich bin Sutton«, stellte ich mich vor und streckte ihm die Hand hin. Jemand, den Kay mochte, mochte ich ebenso. Abgesehen davon, dass er ohnehin einen wirklich netten Eindruck machte.

»Hi, Sutton.« Er ergriff meine Finger und drückte sie kurz. Sie waren deutlich weicher als meine. Ich musste ihn unbedingt fragen, was für eine Handcreme er benutzte.

»Josh, willkommen zu deinem Vorstellungsgespräch. Erzähl doch mal ein bisschen von dir, ich muss wissen, ob du gut genug für unseren besten Freund bist«, scherzte ich und für einen kurzen Moment sah er mich mit gerunzelter Stirn an, als wäre ihm nicht klar, ob ich ihn verarschte oder nicht. Bis Kay und ich zu lachen anfingen und Josh erleichtert ausatmete. Er fuhr sich durch die blonden Haare und grinste verlegen.

»Ich dachte gerade, du meinst das ernst. Aber irgendwie sind Freunde ja dafür da, die neuen Partner auszuspionieren, deswegen …« Kays Augen strahlten, als Josh das Wort *Partner* ausgesprochen hatte, und ich konnte mein Grinsen ebenso nicht verkneifen. »… Lieblingsfarbe grün, Lieblingsserie *Game of Thrones*, ich fahre einen schwarzen Volvo, höre eigentlich jede Musikrichtung und mache eine Ausbildung als Physiotherapeut in einer Praxis in Atlanta.«

»Ah! Das erklärt die weichen Hände«, sagte ich und Josh lachte.

»Ja, schuldig. Eine Folge des Massageöls.« Ich mochte ihn auf Anhieb und konnte verstehen, was Kay an ihm fand. Wir standen noch bestimmt zwanzig Minuten in der Küche und unterhielten uns, bis Julie hereingestürmt kam, Kay seinen Bowlebecher aus der Hand riss und ihn leerte. Danach knallte sie ihn auf die Küchenanrichte und fächelte sich Luft zu. Schweiß stand auf ihrer Stirn und sie tupfte sich diesen mit einer silbernen Papierserviette ab.

»Was ist los?«, fragte Kay, nachdem er auch ihr Josh vorgestellt hatte, doch ihre Gedanken schienen komplett woanders zu sein.

»Also erstens, das Eis ist leer. Jemand müsste zu Walmart und neues holen. Wer kann noch fahren?« Julie sah zwischen mir und Kay hin und her.

»Das mache dann mal ich«, sagte Josh und klimperte mit seinem Schlüssel. »Bleibt ihr hier und helft eurer Freundin bei Problem zwei, was auch immer das ist.«

»Oh, vielen Dank! Du bist ein Schatz! Und genau, da kommen wir zum Thema … Levi ist da!« Sie schöpfte sich Bowle nach und kippte einen weiteren Becher hinunter.

Undamenhaft strich sie sich den Rest des Getränks mit dem Handrücken von den Lippen.

»Dann erst mal stopp«, sagte ich und nahm ihr den Becher aus der Hand. Ihre großen blauen Augen wirkten völlig verstört. »Du willst Levi doch nicht mit einer Alkoholfahne begrüßen, oder? Er ist hier und das sehr wahrscheinlich nur wegen dir, weil du den Mut hattest, ihn einzuladen, und eine großartige Frau bist!«

»Genau!«, bestätigte Kay meine Aussage.

»Du hast recht! Es gibt einen Grund, weshalb er hier ist«, sagte Julie schließlich und wirkte nicht mehr ganz so unsicher.

»Na dann geh zu ihm und sprich mit ihm. Du kannst das!« Ich packte sie an den Schultern und drückte sie leicht, während ich ihr tief in die Augen sah. »Du bist Julie, du kannst alles.«

Sie lächelte mich warm an. »Danke, Su.«

»Ist nur die Wahrheit. Und jetzt geh!« Ich ließ sie los und meine beste Freundin lief mit großen Schritten zur Tür, dann drehte sie sich noch mal zu Kay und mir um und zwinkerte uns zu. »Ach ja, und Blake ist bei ihm.«

Mit diesem Satz, der mich völlig unvorbereitet traf, verschwand sie im angrenzenden Flur und ließ mich einfach so zurück. Als Häufchen Elend. Nun konnte ich ihre kleine Panikattacke von eben total verstehen. Nur meine war gefühlt um ein Vielfaches größer.

»Hey, was hast du gerade zu Julie gesagt?«, wollte Kay wissen, und ich machte eine abweisende Handbewegung.

»Ach, das waren doch nur hohle Phrasen.«

Mein bester Freund lachte. »Waren es nicht und das weißt du! Los, hol ihn dir, Tiger.«

»Nein, tu das nicht«, erwiderte ich und zog die Nase kraus, während Kay eine Bewegung mit seiner Hand machte, die eine Pranke imitieren sollte. Dabei gab er ein Geräusch von sich, das einem Knurren glich. »Etwas noch Schwuleres hättest du gar nicht machen können.«

»Na gut, wir wollen mal nicht die Klischeetüte rausholen.« Er grinste, schubste mich in Richtung der Tür und schlug mir mit der flachen Hand auf den Hintern. »Hopp, hopp, Schätzchen, oder soll ihn dir eine andere wegschnappen?«

Ich schrie bei seinem Klaps kurz überrascht auf, dann verdrehte ich grinsend die Augen. Kay zwinkerte mir zu, bevor ich mich erneut umdrehte und Richtung Flur lief. Oder eher schlich. Mein Herz klopfte mir mal wieder bis zum Hals und die Unsicherheit war mit voller Härte zurück.

Hier war es nicht mehr ganz so hell wie in der Küche und ich zögerte kurz, bevor ich weiterging. Auch wenn mein Orientierungssinn in Julies Haus sehr gut war, standen an jeder Ecke irgendwelche Leute im Weg, die mich ebenso übersehen und wie bei der letzten Party einfach über den Haufen rennen könnten. Erleichtert stellte ich fest, das Julie, Levi und Blake auf der Terrasse standen und sich unterhielten. Genau genommen sah sich Blake nur um, aber er war tatsächlich da. Ich musste nur das volle Wohnzimmer durchqueren, und da es draußen durch die Strahler im Garten hell erleuchtet war, fand ich mein Ziel verletzungsfrei und zügig.

Blakes Lippen formten sich zu einem Lächeln, als ich die Schwelle nach draußen überschritt und in die frische Abendluft trat.

»Hi«, sagte er. Seine raue, dunkle Stimme brachte alles in mir in Aufruhr. Wilde Endorphine hüpften mit bunten Blinkschildern in meinem Kopf herum und machten mich leicht schwindelig.

»Hi.«

»Wo ist deine Brille?«, fragte er überrascht und ich zuckte mit den Schultern. Es war sowieso fast egal, ob ich sie trug, und mit Kontaktlinsen hatte ich so meine Probleme. »Und das?« Plötzlich hob er die Hand und fuhr mit den Fingerspitzen eine meiner offenen Haarsträhnen entlang. Ein Schauer kroch durch meinen Nacken. Ich spürte die Wärme seiner Haut knapp über meinem Ausschnitt, als er mich sanft streifte, während er den Arm wieder senkte.

»Öfter mal was Neues«, sagte ich und schenkte ihm ein Lächeln.

»Sieht gut aus.« Allein aufgrund dieser drei Worte hatte es sich gelohnt, Julie freie Hand mit meinem heutigen Styling zu geben. »Wobei du das alles eigentlich nicht nötig hast.« Gott, wusste dieser Typ, wie er auf die gesamte Frauenwelt, einschließlich mich, wirkte? Seit ich ihn besser kannte, war er noch attraktiver für mich. Nicht nur sein heißes Äußeres oder dieser typische Bad-Boy-Look. Mein Fokus hatte sich vollständig auf ihn verlagert. Mit einem Mal merkte ich, dass wir nicht allein hier standen, und ich zog meine Aufmerksamkeit von ihm und sah zu meiner Linken. Julie und Levi unterhielten sich zum Glück weiter über irgendetwas, aber als ich Levi ansah, hörte auch er auf zu sprechen und hielt mir die Hand hin.

»Hi, wie gehts«, sagte er mit einem verschmitzten Grinsen.

»Gut und selbst?«

»Danke, wie immer sehr gut!« Er wirkte überraschend freundlich, auch wenn ich immer gedacht hatte, dass Levi nicht wirklich viel für Kay oder mich übrighatte. Er schien ehrliches Interesse an Julie zu haben und ich hoffte für ihn, dass es ernsthaftes war und er sie nicht nur ins Bett bekommen wollte.

Denn sonst konnte auch eine Brillenschlange ganz andere Seiten zeigen.

21

»UND *du* BIST EHER DER DEFTIGTYP.«

Blake

Während sich Levi und Sutton gegenseitig vorstellten, beobachtete ich sie. Ich konnte einfach nicht meine verdammten Augen von ihr nehmen. Was hatte sie, was mich so anzog? War es diese ehrliche Schüchternheit, diese Zurückhaltung, die meinen männlichen Beschützerinstinkt ansprach, oder war es mehr?

Ihre Vielfältigkeit, wie sie sich mit ihren Freunden gab oder dass ich in ihren türkisfarbenen Augen die gleiche Verzweiflung gesehen hatte, die auch in meinem Inneren herrschte? Ich hatte keine Ahnung, was es schlussendlich war, aber ich genoss jede Sekunde ihrer Gegenwart.

Auch wenn ich für heute Abend etwas ganz anderes geplant hatte, denn Nähe bedeutete auch, verletzt zu werden, und ich hatte keine Ahnung, ob ich bereit war, dieses Risiko wieder einzugehen. Das Lächeln verschwand aus meinem Gesicht, doch ich hatte keine Lust, jetzt über die Zukunft nachzudenken. Ich wollte den Abend genießen. Mit Sutton. So lange, wie es möglich war.

Aus dem Haus kam ein Typ, gekleidet in ein blau-rot gemustertes Button-Down-Hemd. Seine blonden Haare waren akkurat gestylt und er war fast so groß wie ich, vielleicht ein wenig untersetzter. Das war dann wohl Kay. Mir reichte einzig Levis Beschreibung und ja, jetzt erinnerte ich mich, ihn hin und wieder auf den Fluren unserer Schule gesehen zu haben. Wie hätte er mir nicht auffallen können?

»Hi!« Er streckte Levi die Hand hin und begrüßte daraufhin mich. »Ich bin Kay.« Bingo.

Ich musste schmunzeln, als ich seine abschätzenden Blicke auf uns sah, aber es war ihm nicht zu verdenken, schließlich hatte selbst Levi ihn vor nicht mal vier Stunden noch *bunten Bruder* genannt. Und Sutton *Brillenschlange*, was er definitiv bereute, denn ich hatte ihm eindringlich klargemacht, was ich davon hielt.

Also konnte ich verstehen, dass wir Kays Respekt erst einmal verdienen mussten.

»Hey, coole Uhr.« Ich deutete auf seine Armbanduhr und er streckte sie stolz in die Höhe.

»Nicht wahr? Hat mich nur einen Zehner gekostet. Sieht teurer aus, oder?« Er grinste und ich hatte das Gefühl, das Eis war nicht gebrochen aber zumindest angekratzt.

»Wollt ihr etwas trinken?«, fragte ich in die Runde und alle nickten. »Sutton, würdest du mir zeigen, wo es steht?« Natürlich war das der lahmste Trick in der Geschichte der Anmachen, aber ich konnte es kaum abwarten, Zeit allein mit ihr zu verbringen.

»Natürlich. Komm mit.«

Sie strich sich eine braune Strähne hinter das Ohr, bevor sie in Richtung Wohnzimmer deutete und loslief. Ich bemerkte zum ersten Mal, dass sie vorsichtige Schritte machte und kurz zögerte, als sie die Schwelle in das Haus übertrat, aber vielleicht lag das nur daran, weil sie ihre Brille heute Abend nicht trug.

Im Wohnzimmer dröhnte die Musik laut aus riesigen Boxen und das Haus hatte sich in den letzten zwanzig Minuten noch einmal um mehr als fünfzig Leute gefüllt. Dafür, dass Levi erzählt hatte, Julie und ihre Freunde seien eher Außenseiter auf der Schule gewesen, waren wirklich viele hierhergekommen. Dabei gab es zahlreiche Abschlussfeten überall in der Stadt.

Sutton wurde langsamer und tastete mit ihren Händen Richtung Wand, an der sie entlangging. Ich legte meine Finger auf ihren unteren Rücken, weil ich das Gefühl hatte, sie wurde noch unsicherer. Was war auf einmal los?

»Du hättest deine Brille aufsetzen sollen«, sagte ich laut in ihr Ohr, damit sie mich verstand. Dabei bemerkte ich den süßen Duft nach Blumen und Vanille, der von ihrer Haut ausging. Sie blieb kurz stehen und drehte den Kopf so, dass sie mich ansehen konnte. Ich presste meine Hand dichter auf ihren Körper, fuhr ein Stück zu ihrer Hüfte, und meine Finger gruben sich tiefer in ihre Haut. Ihr Kleid hatte ein enges Oberteil, und der Rock verlief ab ihrer Taille locker bis zu ihren Knien, trotzdem konnte ich jede Rundung ihres entzückenden Körpers bei ihren Bewegungen ausmachen.

Sie zog mich unglaublich an.

Sutton lehnte sich noch weiter zu mir, ihr Po streifte ganz sachte meinen Oberschenkel und ich hielt die Luft an. »Julie hat es mir verboten«, sagte sie in mein Ohr, und ich musste mich kurz darauf besinnen, worüber sie sprach.

»Sie verbietet dir, deine Brille aufzusetzen?«, fragte ich skeptisch.

Sutton lachte gequält. »Sie sagt, ich sähe besser ohne aus, und es ist schließlich heute ihre Party.«

»Sie hat keine Ahnung«, erwiderte ich und schaute ihr in die Augen. Der Beat der Musik wechselte, aber wurde nicht weniger schnell. Genauso wie mein Herzschlag, der heftig in meiner Brust wummerte und sie zu durchbrechen drohte.

»Die Getränke«, sagte sie plötzlich und entzog sich meiner Berührung. War ihr meine Nähe unangenehm? Sie lief weiter und meine Finger glitten von ihrer Taille, trotzdem folgte ich ihr und schüttelte den Kopf. Was war das für eine Freundin, die Sutton ihre Brille wegnahm und sie quasi blind durch ein Wohnzimmer voller Menschen schickte?

Kurzerhand griff ich nach Suttons Hand und schob mich vor sie. Ich teilte die Menge mit meinem Körper und schirmte sie von den wogenden Massen ab, die sich immer schneller zu der Musik bewegten, bis wir einen Flur erreichten. Doch selbst dort ließ ich sie nicht los.

»Da ist die Küche«, sagte sie und deutete an mir vorbei. Ihre Finger schlossen sich kurz fester um meine, vielleicht wollte sie verhindern, dass ich sie jetzt losließ. Ich musste lächeln. Also war es nicht meine Nähe, die sie ablehnte. Ihre Schüchternheit zog mich gleichzeitig so sehr an, wie sie mich verunsicherte. Bisher hatte ich nur mit Frauen zu tun gehabt, die wussten, was sie wollten. Die selbstbewusst und wahrscheinlich auch ein Stück weit zu egoistisch waren. Sutton war erfrischend anders. Vielleicht lenkte mich gerade das von allem ab. Dass ich das Gefühl oder eher den Drang hatte, sie ganz ergründen zu müssen.

Wir erreichten die Küche und ich sah bereits die Getränke und das viele Essen auf der Anrichte. »Wow, Julie hat Zeug für fünfhundert Leute organisiert.«

»Das war ihre Mum«, sagte Sutton, als wäre es etwas Schlimmes.

»Sie muss eine wirklich nette Mum haben, wenn sie so eine große Party feiern darf und dazu noch Essen und Alkohol bekommt.«

»Ja, manchmal.« Ich verstand nicht ganz, was sie damit ausdrücken wollte, aber noch bevor ich mir Gedanken darüber machen konnte, zog mich Sutton zu einem Tablett voller Oreo-Cupcakes. »Die musst du probieren! Sie sind Kays ganzer Stolz, er kann backen wie Martha Stewart!«

Sie drückte mir einen in die Hand und ich beäugte ihn kritisch. Normalerweise konnte ich mit Süßem, Kuchen und Keksen nicht viel anfangen, ich war eher der Chips- und Nachos-Typ, doch bei Suttons strahlenden Augen konnte ich ihr nichts abschlagen.

»Oh, wow, die sind echt gut«, erwiderte ich mit vollem Mund, nachdem ich abgebissen hatte. Und ich log nicht! Es war zwar wahnsinnig süß, aber es schmeckte tatsächlich ziemlich lecker.

»Sag ich doch.« Sie griff selbst nach einem und nahm grinsend einen Bissen.

»Du stehst also auf so ein Zeug?«, fragte ich und schob mir den letzten Rest in den Mund.

»Oh ja, Süßigkeiten und vor allem Minzschokolade werden irgendwann mein Untergang sein.« Sie rieb sich lächelnd den schlanken Bauch. »Und du bist eher der Deftigtyp. Das hab ich dir gleich angesehen.«

»Was hat mich verraten?«

»Dein Blick, als ich dir den Cupcake in die Hand gedrückt habe.« Ihr Kichern ließ mich ebenfalls grinsen.

»Okay, erwischt. Aber selbst für einen Deftigtypen wie mich waren sie verdammt gut, das kannst du Kay ausrichten.«

»Schön, das wird ihn freuen.« Sie lehnte sich seitlich gegen die Anrichte und ordnete die Cupcakes der Reihe nach an, sodass sie akkurat auf dem Tablett standen. Dann zog sie die Finger weg, als hätte sie sich verbrannt, und lächelte mich schüchtern an.

»Was war das?«

»Was?«

Ich deutete auf das Tablett. »Das.« Neugierig zog ich eine Augenbraue hoch.

»Ich mag es gerne ordentlich und sortiert. Ein Chaos herrscht nur in meinem Kopf«, erwiderte sie leise und ich konnte es gut nachvollziehen.

»Du meinst, wenn du zeichnest?«

Sie senkte den Blick, drehte sich um und griff nach einem Stapel Becher. »Hier, du wolltest doch Getränke holen. Die anderen fragen sich sicherlich schon, wo wir bleiben.«

Ich nickte. Wenn jemand verstand, dass man einem bestimmten Thema aus dem Weg gehen wollte, dann ich. Also wer wäre ich, wenn ich nachbohren würde? Trotzdem ließ mir ihre Aussage keine Ruhe, auch nicht, als wir bereits wieder draußen bei den anderen waren und Sutton so tat, als hätte sie nie etwas in diese Richtung gesagt.

/5.

22

» SIE WIRD ausrasten! «

Sutton

Der Abend schritt immer weiter voran und wir hatten wirklich einen wahnsinnigen Spaß. Es war kurz vor zwölf Uhr und Josh, Kay und ich bereiteten Julies Überraschung heimlich im Wohnzimmer vor, während Levi und Blake sie draußen ablenkten.

Wir gaben allen Bescheid, die da waren, damit sie sich bereit machten. Kay zauberte seinen selbst gebackenen Geburtstagskuchen aus dem Kühlschrank im Keller hervor und stellte ihn neben das hübsch verpackte Geschenk auf dem Wohnzimmertisch, den wir weiter in die Mitte des Raumes geschoben hatten. Wir öffneten einige Flaschen Sekt und drückten jedem eine Wunderkerze und ein Glas in die Hand, der sich eines bei uns abholte. Noch ein paar Minuten! Wir waren fast so aufgeregt wie Julie selbst!

»Sie wird ausrasten!«

»Oh ja, das hoffe ich«, antwortete Kay und rieb sich die Hände. Dann zog er ein pinkes Seidentuch aus seiner hinteren Gesäßtasche und wedelte damit in der Luft. »Und jetzt holen wir das Geburtstagskind!«

Wir gingen nach draußen, und bevor Julie verstand, was nun geschah, verband ihr Kay die Augen und führte sie zurück in das Wohnzimmer. Wir hatten dort die Musik leiser gestellt und alle waren mucksmäuschenstill. Kurz vor dem Tisch, auf dem wir alles platziert hatten und mittlerweile noch mehr Geschenke von anderen lagen, drehte sie Kay einige Male im Kreis.

»Was habt ihr vor?«, fragte sie kichernd. Kay stand hinter ihr und hielt sie an den Schultern fest, sodass sie gleich einen direkten Blick auf ihr Geschenk und die wild flackernden Kerzen auf ihrem Lieblingsschokoladenkuchen hatte.

»5!«, begann die Menge und ich spürte, wie sich Blake hinter mich stellte.

»4!«

Der Abend war sehr schön gewesen und ich fühlte wie nichts anderes die Wärme, die von ihm ausging.

»3!«

Ich schloss die Augen, lauschte den Menschen und Julies aufgeregtem Lachen, roch das Wachs der Kerzen und den süßen Kuchen, spürte den Lufthauch, der sanft aus der geöffneten Terrassentür nach drinnen wehte.

»2!« Für einen winzigen Moment streifte Blake meine Hand. Die Berührung war so kurz, dass ich mir nicht sicher war, ob es durch Zufall geschehen oder volle Absicht war. Doch allein dieser Hauch hatte ausgereicht, das Kribbeln in mir noch weiter anzufeuern.

»1!«

Ich öffnete die Lider wieder, und als es endlich Mitternacht war, klatschte ich mit allen anderen in die Hände. Kay riss Julie das Tuch von den Augen und wir jubelten und feierten den Geburtstag unserer Freundin. Levi überreichte ihr ein Sektglas. Ich bewunderte die Vielzahl der Wunderkerzen in der Dunkelheit des Wohnzimmers. Es war unglaublich schön.

Wir stießen an und Julie bedankte sich bei allen, dass sie hier waren und mit ihr feierten.

»Unseres musst du zuerst auspacken«, sagte Kay. Er deutete auf das riesige Geschenk inmitten des Tisches.

Levi nahm ihr den Sekt ab und Julie wollte das Päckchen hochheben, aber es war viel zu schwer dafür. »Oh wow, was ist das denn?«

Sie runzelte die Stirn und warf Kay und mir einen Luftkuss zu. »Ihr seid so süß!«

»Sag erst was, wenn du es ausgepackt hast«, scherzte Kay. Wir mussten lachen.

Julie riss das Papier von dem Karton und gab einen Freudenschrei von sich. Jubelnd hüpfte sie auf der Stelle, warf sich erst Kay um den Hals und anschließend mir. »Danke, danke, danke! Ihr seid die besten Freunde, die man sich vorstellen kann!«

Sie riss den Karton auf und holte vorsichtig mit Levis Hilfe die schwere Nähmaschine aus der Verpackung.

»Julie näht schon seit ihrer Kindheit selbst und hat bisher auf einer uralten Maschine ihrer Oma gearbeitet. Sie wünscht sich dieses Modell seit Ewigkeiten und spricht ständig darüber. Kay und ich haben unseren Lohn gespart und fanden sie vor ein paar Wochen günstiger bei eBay«, erklärte ich Blake. Es lag nicht am Geld, dass Julie die Maschine bisher noch nicht gekauft hatte. An der ihrer Oma hing ein emotionaler Wert, aber wir wussten, sie könnte auf einer neueren Nähmaschine deutlich einfacher arbeiten. Vielleicht reichte ihr die Bedeutung unserer Freundschaft, um nun diese zu benutzen.

»Die Überraschung ist definitiv gelungen.«

Ich beobachtete Julie, versuchte, mir diesen wunderbaren und glücklichen Ausdruck in ihrem Gesicht genau einzuprägen. Den Glanz in ihren Augen. Man sah ihr an, dass sie es kaum abwarten konnte, die Nähmaschine endlich auszuprobieren. Ich kannte sie gut genug, um zu wissen, dass sie diese am liebsten sofort in ihr Zimmer getragen hätte, um direkt loszulegen und sich ein neues Sommerkleid zu nähen. Sie sagte irgendetwas zu Levi. Er schien jedes ihrer Worte aufzusaugen.

Mein Blick glitt rüber zu Kay, der mir lächelnd zunickte und mir ein imaginäres Luft-High-Five schenkte. Er schlang den Arm um Joshs Taille, und der erwiderte diese Geste.

Meine Freunde, deren Anblick ich niemals vergessen würde.

Langsam drehte ich mich zu Blake um, der mich ansah. Ich lächelte, aber er lächelte diesmal nicht zurück. Stattdessen wirkte er traurig. Was war los?

»Können wir mal kurz miteinander sprechen?«, fragte er leise und ich nickte. Julie war nun sowieso mit ihren anderen Geschenken beschäftigt. Also folgte ich Blake nach draußen. Der Garten war wie leer gefegt, denn alle befanden sich drinnen bei Julie. Wir liefen bis an den Rand des Rasens. Dort stand eine Hollywoodschaukel mit Blick

Richtung Haus. Wir nahmen Platz und drückten uns mit den Füßen vom Boden ab, sodass wir einen gemeinsamen Rhythmus fanden.

Wollte Blake mir erzählen, weshalb er bei Dr. Lambert eine Therapie machte? Ich war gleichzeitig supernervös und gespannt.

Wir saßen so nah nebeneinander, dass sich unsere Schultern berührten und ich jede Bewegung seines Oberkörpers, jeden tiefen Atemzug, den er machte, spürte.

»Ich hab die letzte Zeit mit dir sehr genossen, Sutton.« Er drehte den Kopf, und auch wenn ich in der dunklen Abgeschiedenheit, in der wir uns befanden, seine einzelnen Züge nicht erkannte, nahm ich doch die Anspannung wahr, die in seinen Körper fuhr. Würde er mich wieder küssen? Hatte es ihm vielleicht sogar gefallen? War das der Grund, weshalb er mit mir sprechen wollte? Ein Vorwand, um mit mir allein zu sein, weil er diese Anziehung genauso sehr fühlte wie ich?

Ich schluckte hart und ein Lächeln zupfte ganz leicht an meinen Mundwinkeln. »Ich auch.« Wieder schloss ich die Augen. In letzter Zeit ertappte ich mich immer häufiger dabei, wie ich meinen anderen Sinnen erlaubte, die Zügel zu übernehmen. Einfach, weil es mich interessierte, wie es war.

»Du bist unglaublich«, wisperte Blake rau und mein Herz klopfte in wildem Tempo um die Wette mit dem Pochen überall in meinem restlichen Körper. Mein Atem ging stoßweise, wenn ich mir vorstellte, Blake gleich erneut zu küssen.

Ich spürte seine Finger zart über meine Wange streichen und neigte den Kopf, schob mich seiner sanften Berührung entgegen. Sein harter Oberschenkel presste sich enger gegen meinen und in mir explodierte ein Feuerwerk, dessen Zündschnur den gesamten Abend bereits gebrannt hatte. »Ich hab die letzten Wochen so oft darüber nachgedacht und jetzt kann ich keinen Rückzieher mehr machen«, sagte er leise. Ich hob das Kinn ein Stück und wartete auf das Gefühl seiner weichen Lippen auf meinen. »Ich würde so gerne bleiben, aber es geht nicht«, flüsterte er und ich öffnete schlagartig die Augen.

»Bleiben?« Meine Stimme brach. »Was meinst du damit?«

Er senkte seine Hand. Mir fehlte augenblicklich die warme Berührung auf meiner Haut. Ich schlang die Arme um meinen Oberkörper.

»Es gibt da etwas, das ...« Er verstummte und wandte den Kopf von mir ab. Unser Schaukeln hatte schon lange aufgehört. Im Hintergrund vernahm man wieder die Musik, die aufgedreht wurde, sowie Lachen und Jubeln im Inneren des Hauses. Der Beat dröhnte in meinem Kopf, prallte ab und hüpfte wie ein Flummi von links nach rechts, um mir wummernde Kopfschmerzen zu bereiten. Bleiben?

»Ich hab mir lange Gedanken darüber gemacht, aber ich muss es durchziehen. Ich muss gehen. Es gibt da einige Dinge, die ihre Zeit brauchen und die nicht einfach so verschwinden.«

Zeit? Ich hatte keine Zeit mehr, nicht genug zumindest! Was meinte er damit? Panik übernahm meine Gedanken.

»Wann?«

»Ich hatte geplant, heute Nacht aufzubrechen. Aber wollte dich noch mal sehen.«

»Und wohin gehst du?«

»Keine Ahnung, vielleicht an die Ostküste, vielleicht ein Stückchen in den Süden.« Er rieb die Hände aneinander und lehnte sich wieder zurück. »Ich wünschte, wir hätten uns zu einem anderen Zeitpunkt kennengelernt. Dann wäre vielleicht alles anders verlaufen«, sagte er leise und sah mich an. Das Bedauern tropfte aus jedem einzelnen seiner Worte und ich spürte die riesige Enttäuschung, die sich in mir ausbreitete.

»Das wünschte ich auch«, flüsterte ich. Blake legte die Hand an meine Wange und zog mich an sich. Sanft drückte er einen Kuss auf meine Stirn und hielt so einen Moment inne. Ich hätte ewig in dieser Position verharren können, aber er löste seine Lippen und seine Hände viel zu schnell von mir und stand auf. »Du bist ein wunderbares Mädchen, Sutton Thompson, und ich hoffe, du findest all das, was du verdienst. Es tut mir leid.«

Meine Kehle brannte und ich drehte immer wieder den Ring an meinem Daumen im Kreis. Einsam. Wieder fühlte ich mich so verloren und hilflos, dabei hatte ich dieses Empfinden für kurze Zeit vergessen. Als ich für einen kleinen Augenblick die Aufmerksamkeit von Blake Cross nur für mich hatte.

Mit einem tiefen Seufzer wandte er sich ab und lief Richtung Haus. Wusste Levi davon? Oder die anderen? Dass er verschwand? Diesmal wirklich?

Auf eine Art hasste ich ihn dafür, dass er mir so etwas antat, andererseits war mir klar, es hatte nichts mit mir zu tun. Er suchte etwas, das er verloren hatte. Halt, Sicherheit, ein Ziel oder eine Bestimmung. Egal, was es war, er dachte, er könnte es auf keinen Fall hier finden, an einem

Ort, an dem ihn anscheinend zu viel an etwas erinnerte, das ihn immer noch verbrannte.

In gewisser Weise ging es mir ähnlich, aber ich besaß einfach nicht so viel Mut wie Blake. Oder wie überhaupt irgendjemand auf dieser verdammten Welt.

23

» DAS KANNST DU *nicht* … «

Blake

Es war mir noch nie etwas so schwer gefallen, wie Sutton auf dieser Hollywoodschaukel in dem dunklen Garten allein zu lassen. Ihr überhaupt zu sagen, dass ich verschwand, obwohl ich es eigentlich schon vor Wochen durchziehen wollte. Das Einzige, was mich davon abgehalten hatte, war sie. Aber der Gedanke daran, all dem Schmerz und den Dingen, die mich niederdrückten, zu entkommen, kam ständig wieder. Immer, wenn ich allein war, und das war ich die meiste Zeit. Zumindest psychisch. Dr. Lambert hatte mir wie vermutet nichts gebracht. Vielleicht gab ich ihr keine Chance dazu, vielleicht war es mir auch einfach egal gewesen. Wie so viele Dinge in der letzten Zeit.

Doch Sutton hatte es für einen kurzen Moment geschafft, dass ich alles hinter mir lassen konnte. Bis mir klar wurde, dass ich sie nicht ewig an mich binden durfte.

Sie hatte sicherlich Ziele, Pläne, und die schlossen mich bisher nicht ein. Wieso sollte ich sie mit dem großen Verlust, der immer noch in meiner Brust saß und allen anderen Gefühlen den Platz raubte, runterziehen? Immerhin wusste ich selbst nicht, wann es mir besser gehen würde. Oder ob überhaupt.

»Ich komm mit!« Ihre Stimme ließ mich innehalten. Hatte ich mich gerade verhört?

Langsam drehte ich mich um. Sutton war aufgestanden, die Hände ballte sie zu Fäusten, und sie starrte mich so selbstsicher an, wie ich sie vorher selten gesehen hatte.

»Was?«, fragte ich eigentlich viel zu leise, als dass sie mich hören konnte.

»Ich komme mit!«

»Das kannst du nicht …«

»Wieso?«

»Weil …« Mir fiel kein richtiger Grund ein.

Ihre feste Haltung sackte ein wenig in sich zusammen. »Aber wenn du mich nicht mitnehmen möchtest und lieber allein sein willst, kann ich das natürlich verstehen«, erwiderte sie wieder deutlich zurückhaltender und schüchterner. War es tatsächlich möglich, dass sie genauso vor Dingen davonlaufen wollte, die sie nicht verarbeiten konnte? Zumindest nicht auf die Art, wie wir es die letzten Wochen versucht hatten. Die Art unserer Eltern.

Ich war schon immer ein spontaner, impulsiver Mensch gewesen, aber Sutton war anders. Und gerade fühlte es sich zu gut an, um wahr zu sein, dass sie nach so kurzer Bedenkzeit mit mir kommen wollte. Auch wenn es die unbedachteste Idee aller Zeiten war.

»Ich wollte gleich los«, sagte ich und steckte die Hände in meine Hosentaschen.

»Sofort?« Sie knabberte an ihrer Unterlippe und wirkte, als würde sie es sich doch noch mal anders überlegen. »Brauchst du keinen Schlaf?«

Konnte es sein, dass sie in Wirklichkeit nicht darüber nachdachte, ob sie mitkam, sondern wie es mir dabei ging?

Ich trat einen Schritt auf sie zu und legte meine Hände auf ihre nackten Schultern. Sanft strich ich nach oben über ihre Haut und spürte die Gänsehaut, die sich aufstellte, als ich meine Finger seitlich an ihren Hals legte. Ich fühlte das heftige Wummern ihrer Halsschlagader. »Willst du das wirklich? Losfahren ohne Ziel, mit jemandem, den du eigentlich überhaupt nicht kennst? Weg von deinen Freunden? Von deinen Eltern? Ich habe keine Ahnung, wann ich zurückfahre.« *Oder ob*, vervollständigte ich meinen Satz im Geiste. »Willst du mit jemandem unterwegs sein, der vor etwas davonläuft, vor dem er eigentlich überhaupt nicht davonlaufen kann?«, fragte ich leise und sah tief in ihre Augen, die ich nur ansatzweise durch das dämmrige Licht erkannte.

»Ich möchte«, erwiderte sie und hob ihre Hände, schlang sie um meine Unterarme. Ihre Finger waren warm und ihr Griff erstaunlich fest. »Möchtest du ein Mädchen mitnehmen, dass so viel Angst vor der Zukunft hat, dass es kaum atmen kann?«

»Ich möchte«, nutzte ich ihre Worte. Der Gedanke, sie weiter an meiner Seite zu haben, überwältigte mich. In unseren Blicken lag eine stumme Übereinkunft, bevor ich sie losließ und mit ihr zurück zum Haus ging. Ihre

Freunde und Levi fanden wir in der Küche, wo sie Kuchen aßen und Bowle tranken, lachten und sich unterhielten. Julie saß auf der Anrichte und Levi stand knapp neben ihr und hatte seine Hand auf ihr Bein gelegt. Ich freute mich für die beiden und hoffte, dass es diesmal etwas Ernstes würde. Levi hatte es nach dem Tod seines Dads verdient, einmal mit einem Mädchen glücklich zu sein.

Ich nickte ihm zu und er verlor sein Lachen, kam zu mir und sah mich mit ernster Miene an. »Was ist los?«

»Kommst du mal kurz mit mir nach draußen?«

»Wenn du mich dort anmachen möchtest, nein danke«, versuchte er, die Situation aufzulockern, aber er spürte ganz genau, dass etwas nicht stimmte.

Ich warf Sutton noch einen Blick zu, die ihren Freunden nun ebenfalls sagen musste, dass sie mit mir ins Unbestimmte aufbrach. Mit einem Jungen, den keiner von ihnen kannte, der ihre Freundin für die nächsten Wochen entführte und ihre gemeinsamen Pläne zunichtemachte. Sie würden mich hassen.

Als ich mit Levi vor der Eingangstür ankam, übermannte mich die Nervosität. Ich sah auf meinen Pick-up, der am Straßenrand stand und auf dessen Ladefläche meine Reisetasche lag. Wieder steckte ich die Hände in die Hosentaschen und spielte darin mit meinem Schlüsselbund.

»Du fährst, oder?«, fragte Levi und ich nickte. »Ich hatte gehofft, du ziehst diese schwachsinnige Idee nicht durch.«

»Ich muss«, antwortete ich ihm.

»Du kannst nicht vor allem davonlaufen.«

»Nein, das ist mir klar, aber ich brauche die Zeit für mich.«

»Und Sutton? Was ist mit ihr? Sie wird bestimmt nicht begeistert sein, wenn sie weiß, dass du gehst. Ich dachte, da entwickelt sich gerade etwas zwischen euch.«

Ich holte tief Luft. »Sie kommt mit.«

Für einen kurzen Moment versteinerte sich seine Miene und er wich meinem Blick aus. »Sie nimmst du mit? Ein Mädchen, das du gerade mal ein paar Wochen kennst, und deinen besten Freund schließt du aus? Dann ist unsere Freundschaft ja wirklich was wert, Bro.«

Ich seufzte, denn ich hatte keine Ahnung, wie ich es erklären sollte. »Das hat überhaupt nichts mit uns zu tun, okay?«

»Grace wird nicht zurückkommen und dich trifft für das alles keine Schuld, nur weil du gesund bist! Find dich damit ab«, erwiderte er verächtlich und wandte sich um.

»Levi!«, rief ich ihm hinterher, aber er zeigte mir nur seinen Rücken und hob die Hand. Als er drinnen verschwunden war, überlegte ich kurz, ihm hinterherzugehen, doch er würde es verstehen. Wenn die Enttäuschung ihn nicht mehr blendete.

»Bist du so weit?« Sutton kam aus der Tür und ihr Lächeln entschädigte mich fast für den Streit mit Levi.

»Ist alles in Ordnung? Wenn du es dir noch mal überlegen möchtest, dann …«

»Okay, hör auf, daran zu zweifeln, dass ich das hier machen will! Lass uns losfahren, und vielleicht hab ich sogar das perfekte Ziel für uns, aber zuerst muss ich noch mal zu Hause vorbei.«

»Selbstverständlich.«

Wir liefen zu meinem Pick-up und ich öffnete ihr die Beifahrertür. Als ich mich neben sie setzte und sie ansah, konnte ich nicht fassen, was wir hier taten.

Was *ich* hier tat.

24

»ICH MÖCHTE *nicht* ABHAUEN.«

Sutton

Vor der Reise mit Blake hatte ich keine Angst, wohl aber vor der Reaktion meiner Eltern.

»Soll ich mit reinkommen?«

»Noch nicht. Ich muss ihnen das alles erst mal allein verklickern.«

Mum und Dad sollten Blake kennenlernen und sehen, dass ich bei ihm in guten Händen war, doch sie durften ihm wiederum nicht erzählen, weshalb ich diese Reise so unbedingt wollte. Wenn das jemand tat, war ich es selbst.

»Bin gleich wieder da.« Ich schenkte Blake noch einen letzten Blick, stieg aus und lief auf unsere Haustür zu. Natürlich brannte noch Licht, obwohl ich ihnen gesagt hatte, dass ich bei Julie übernachtete. Mindestens meine Mum wäre so lange wach, bis ihr im Sitzen die Augen zufielen. Es hätte ja sein können, dass ich anrief und Hilfe brauchte.

Mit einem unwohlen Magengrummeln steckte ich meinen Schlüssel in das Schloss und drückte vorsichtig die Haustür auf. Ich vernahm murmelnde Stimmen, die aus dem Wohnzimmer drangen. Sehr wahrscheinlich war meine Mum vor dem Fernseher eingeschlafen, denn es war weit nach ein Uhr.

Ich zog meine Chucks aus und stellte sie unter die Garderobe, denn Mum konnte es nicht leiden, wenn ich mit Schuhen durch das Haus lief. Leise schlich ich über den Teppich die Treppe nach oben in mein Zimmer und zog die kleine Reisetasche unter meinem Bett hervor. Ich schüttelte den Staub herunter und verkniff mir ein Niesen. Oft gereist war ich noch nicht, außer zu Klassenfahrten. Ich packte Anziehsachen, meine Stifte und drei Ersatzblöcke hinein, danach ging ich ins Badezimmer und schmiss alles, was ich brauchte, in meine Kulturtasche. Zurück in meinem Zimmer tauschte ich mein Kleid gegen eine Jeans, ein weißes Shirt und einen dunkelgrünen Kapuzenhoodie und schaute mich noch einmal um. Wer wusste, ob ich die Dinge hier nicht zum letzten Mal so betrachten konnte? Die Lichterkette über meinem Bett, die fast immer an war. Mein Zeichentisch unter dem Fenster, damit ich genug Licht hatte. Mein Laptop, der aufgeklappt auf meinem Schreibtisch stand, weil ich am Mittag noch etwas in Foren für Betroffene mit meiner Diagnose gestöbert hatte. Die nach Farben sortierten Stifte und Zettel, weil ich Unordnung einfach nicht ausstehen konnte.

Ich holte tief Luft und schloss die Augen, prägte mir alles ganz genau ein und ging wieder nach unten. Im Wohnzimmer fand ich wie vermutet meine Mum auf der

Couch, aber diesmal lag Dad in seinem Sessel daneben. Beide schliefen.

Zuerst ging ich zu meinem Vater und küsste ihn auf die Stirn, dann kniete ich mich zu Mum.

»Hey«, sagte ich leise, und sie schlug die Augen auf.

»Sutton?«, fragte sie verwirrt. »Ist alles in Ordnung?« Sie setzte sich langsam auf und schon wieder bildeten sich Falten auf ihrer Stirn. Es reichte, dass sie sich jede Sekunde ihres Lebens um mich sorgte. Das musste aufhören. Es tat ihr genauso wenig gut wie mir selbst.

»Ja, alles okay.«

»Gut.« Erleichtert atmete sie aus und strich sich mit der Hand durchs Gesicht, während sie gähnte. »Wie viel Uhr ist es?«

»Ungefähr eins.«

»Was, so spät? Wolltest du nicht bei Julie übernachten? Habt ihr euch gestritten?«

Ich setzte mich neben sie und schüttelte den Kopf. »Nein, alles gut. Ihr Geburtstag war sehr schön und sie hat sich wahnsinnig über unser Geschenk gefreut.«

»Das ist toll.« Mum gähnte noch mal und klopfte mir ein paarmal mit der Hand auf den Oberschenkel. »Wir unterhalten uns morgen darüber, schlaf gut, Schatz.«

Sie wollte gerade aufstehen, aber ich hielt sie sanft an ihrem Handgelenk fest.

»Moment. Mum, ich muss euch noch etwas sagen.« In ihren Augen erkannte ich Angst, und bevor sie weitersprechen und mich von irgendetwas abhalten konnte, redete ich schnell weiter. »Ich habe vor einigen Wochen einen Jungen kennengelernt. Er heißt Blake und sitzt draußen in seinem Wagen. Er hat vor, einige Zeit durch das Land zu reisen. Ich könnte mit ihm zu Tante Stella fahren und dort doch noch ein bisschen Zeit verbringen.«

»Ein Junge?«, fragte sie. War das das Einzige, was sie gehört hatte?

Mein Vater gab ein Ächzen von sich und streckte sich gähnend. Wahrscheinlich hatte Mums schrille Stimme oder mein Flüstern ihn geweckt. »Sutton?«, nuschelte er schläfrig. »Was machst du denn hier? Wir haben nicht vor morgen mit dir gerechnet.«

»Dad.«

»Sutton will abhauen! Mit einem Jungen!« Mums Stimme zitterte aufgebracht.

»Bist du wahnsinnig?« Nun war mein Dad schlagartig wach.

»Ich möchte nicht abhauen … Mum, Dad, ich will noch mal etwas sehen. Das Meer, Berge, Sonnenaufgänge und -untergänge, verschiedene Menschen, Orte, einfach mehr, als hier vor der Haustür auf mich wartet.«

»Du kannst nicht allein im ganzen Land rumreisen!«, schrie meine Mum aufgebracht. »Michael, sag doch etwas!« Sie wandte sich an meinen Vater. In ihren Augenwinkeln tauchten Tränen der Verzweiflung und der Angst auf. Doch mein Dad blieb still. Stattdessen sah er mich einfach nur stumm an. Ich wusste, am liebsten würde er sich jetzt in seine Werkstatt flüchten und dort arbeiten, bis sich mein komischer Wunsch und der Gedanke daran, ich könnte für längere Zeit weg sein, in Luft auflösten. Aber das würde nicht geschehen. Nicht diesmal.

»Mum, du musst keine Angst um mich haben, Blake wird …«

»Blake! Diesen Namen höre ich zum ersten Mal! Wer ist das denn? Weiß er nicht, dass du regelmäßig zu deinen Ärzten musst?«

»Ich muss überhaupt nicht dorthin, ich habe schließlich nichts, was man mit Medikamenten heilen könnte!«

Meine Eltern hielten die Luft an, doch das, was nun auf meiner Zunge lag, wollte schon so lange heraus. Die Worte kratzten in meiner Kehle, aber diesmal schluckte ich das Brennen nicht hinunter. Ich gab ihm nach. Ließ es zu. »Ich bin fast achtzehn, und auch wenn das Schicksal es beschissen mit mir meint, habe ich noch so viel vor mir! Ich weiß eure Fürsorge zu schätzen und kann eure Angst verstehen, aber glaubt mir, wenn ich euch sage, dass mir nichts passiert. Ich werde die ganze Zeit über eure Tochter sein und heil wieder nach Hause kommen. Ihr müsst mir vertrauen. Ich will leben. Sehen, solange ich noch kann!«

Meine Mum schniefte und strich sich die Tränen von den Wangen, die wie Rinnsale hinabliefen und von ihrem Kinn auf die Oberschenkel tropften. Dad war der Erste, der sich nach meiner Ansprache wieder rühren konnte.

»Hast du dir das gut überlegt?«

Ich zuckte mit den Schultern. »Eigentlich nicht. Aber habe ich jemals irgendetwas Verrücktes getan? Sollte man das mit siebzehn nicht mal gemacht haben?«

»Doch nicht jemand in deiner Situation!«, rief Mum und ich musste schlucken.

»In was für einer Situation stecke ich denn? Ändert sie sich, wenn ich hierbleibe und mein Leben an mir vorbeirauscht? Wenn ich das nicht gemacht hätte, wäre ich mit Julie und Kay nach Atlanta gegangen.«

»Das wird ja immer schöner«, murmelte meine Mum und warf meinem Dad einen hilflosen Blick zu. Ich hatte gewusst, dass sie es nicht verstehen würden. Aber das war mein Kampf. Diesmal würde ich es mir nicht ausreden lassen.

»Ich bin fast achtzehn, ich wollte euch nicht um eure Erlaubnis bitten, sondern Bescheid geben«, sagte ich fest und blickte meinen Dad genauso reglos an wie er mich. Das Licht des Fernsehers flackerte in seinen erstarrten Gesichtszügen. »Weil ich euch liebe.«

Dads Blick wurde weicher und Mums Schluchzer lauter.

»Er sitzt draußen?«, fragte er und ich nickte. »Hol ihn rein. So viel Zeit muss sein«, fuhr er fort, und ein vorsichtiges Lächeln breitete sich auf meinen Lippen aus. Als ich realisierte, dass mir mein Dad damit seine Zustimmung gab, sprang ich auf und warf mich in seine Arme. Unbeholfen tätschelte er mir den Rücken. »Ist ja gut«, murmelte er, doch auch ich konnte die Tränen nicht mehr zurückhalten.

»Aber, Michael …«, vernahm ich die Proteste meiner Mum und löste mich von Dad.

»Du hast es gehört. Sie wollte nur Bescheid geben«, sagte er zu ihr, als wäre es eine Selbstverständlichkeit. »Deine Tochter hat deinen Dickkopf geerbt, was wollen wir machen?«

Ich drehte mich um und zog auch meine Mum an mich. »Es wird alles gut«, flüsterte ich. »Ich melde mich jeden Tag und schicke ganz viele Bilder.«

»Du musst uns versprechen, dass du anrufst, wenn du in Schwierigkeiten steckst. Wir sind sofort da!«

»Natürlich.«

Sie drückte mich noch ein wenig fester, als wollte sie sich an mir festklammern, damit ich nicht gehen konnte.

»Ich hab euch lieb«, sagte ich und löste mich von Mum. »Aber bitte tut mir einen Gefallen ... erzählt nichts von der Erkrankung ...«

»Der Junge weiß es nicht?«, fragte mein Vater nun vorwurfsvoll und ich schüttelte den Kopf.

»Ich werde es ihm noch sagen, aber jetzt geht es gerade um etwas völlig anderes. Versteht ihr?«

Sie nickten, auch wenn ich ihnen ansah, dass sie damit nicht einverstanden waren. Mit einem letzten wehmütigen Lächeln lief ich nach draußen und klopfte an die Scheibe der Fahrerseite. Meine Wimperntusche musste völlig verlaufen sein, denn Blake sah mich nur mitleidig an, als würde ich es mir anders überlegt haben oder als hätten meine Eltern es mir verboten.

»Alles in Ordnung?«

»Wie man es nimmt.« Ich atmete geräuschvoll aus. »Du musst meine Eltern kennenlernen. Jetzt. Und dann lass uns endlich losfahren!«

25

»Ja, klar, verarsch mich nur.«

Blake

Nach dem Gespräch mit Suttons Eltern, was eher wie ein Verhör und nicht gerade einfach gewesen war, hatte Sutton von ihrer Tante in Long Beach erzählt. Da ich selbst noch nie in Kalifornien gewesen war und kein bestimmtes Ziel hatte, stimmte ich zu, mit ihr dorthin zu fahren, und Sutton wollte direkt am nächsten Morgen bei ihrer Tante anrufen und sie fragen, ob unser Besuch in Ordnung wäre.

Die Strecke war etwa zweitausend Meilen lang, also stand uns ein ganz schöner Trip bevor. Realistisch gesehen, könnten wir in vier Tagen dort sein. Doch Zeit spielte sowieso keine Rolle und wir hatten nichts zu befürchten. Für die Ladefläche meines Pick-ups hatte ich ein Zelt als Überdachung und eine breite Luftmatratze als Unterlage besorgt, die sich selbst aufblies. Außerdem gab es an jeder Ecke Supermärkte, Restaurants und natürlich zahlreiche Hotels. Was sollte uns also passieren? Auf der Party hatte ich keinen Alkohol getrunken und war so aufgekratzt gewesen, dass ich keinen Schlaf gebraucht hatte. Sutton war bereits nach einer halben Stunde auf der Höhe von Winston eingeschlafen. Sie gab keinen Laut von sich außer hin und wieder ein tiefes Seufzen. Den Kopf lehnte sie mit einem dicken Pullover als Kissen, den ich ihr gegeben hatte, gegen das Fenster. Ab und zu warf ich ihr einen kurzen Blick aus dem Augenwinkel zu. Ihr Gesicht wurde einzig durch die Lichter im Armaturenbrett und die aufgehende Sonne angestrahlt. Ich konnte immer noch nicht fassen, dass sie hier war. Bei mir. Dieser Umstand fühlte sich genauso unwirklich an wie die Zeit, die vor uns lag. Denn Levi hatte recht. Wir kannten uns überhaupt nicht. Doch ausgerechnet das machte mir keine Angst.

Als wir nach sechs Stunden Memphis erreichten, holte mich die Müdigkeit ein und ich musste immer wieder gähnen und mir die juckenden Augen reiben. Also fuhr ich bei der nächsten Ausfahrt raus und suchte mir einen Platz außerhalb der Stadt mit direktem Blick auf den Mississippi River.

Endlich regte sich Sutton wieder, ich hatte schon gedacht, sie wäre vor Aufregung ohnmächtig geworden. Flatternd öffnete sie die Lider und sah sich schläfrig um.

»Hey«, sagte ich sanft. »Gut geschlafen?«

»Wie ein Stein.« Sie streckte die Arme in die Luft, so weit es innerhalb des Wagens ging. »Wo sind wir?«

»Kurz hinter Memphis.«

»Oh wow, bist du die gesamte Strecke durchgefahren?« Sie drehte sich ein Stück zu mir und ich legte den Kopf gegen die Stütze und schloss die Augen.

»Nein, zwischendurch ist mein Wagen im Autopilot gelaufen und ich konnte ein kurzes Nickerchen machen.«

»Ja, klar, verarsch mich nur«, erwiderte sie mit einem Lächeln auf den Lippen, das ich ihrer Stimme entnahm. Ich lächelte ebenfalls, und noch bevor ich den Sitz ganz nach hinten gefahren hatte, driftete mein Geist bereits weg.

26

»EIN *winziger* TEIL REICHT MIR.«

Sutton

Als Blake eingeschlafen war, stieg ich aus und schloss leise die Tür hinter mir. Ich umrundete den Wagen, nahm meinen Rucksack von der Ladefläche unter der Plane hervor und lief zurück zur Front. Aus der Tasche kramte ich meine Sonnenbrille und sah über das glitzernde, weite Wasser, das vor uns lag. Durch die Strömung schlug es sanfte Wellen. Die Wärme der Sonne fuhr in meinen Körper und ich hatte das Gefühl, endlich nach langer Zeit wieder durchatmen zu können. Fühlte sich so Freiheit an? Es musste so sein.

Noch nie zuvor war ich hier gewesen, aber das war bei meiner Reisegeschichte auch nicht sehr schwer. In der Stadt des Blues, Souls und Rock 'n' Rolls. Blake hatte so geparkt, dass ich direkt auf die Mississippi River Bridge schauen konnte, die auf die andere Seite des Ufers führte.

Die Aussicht, das blaue Wasser, die frische Luft und die strahlende Sonne beflügelten mich und ich war mir in diesem Moment zu hundert Prozent sicher, gestern Nacht richtig entschieden zu haben, mit Blake mitzukommen. Auch wenn mich Julie und Kay anfänglich für verrückt erklärt hatten. Natürlich waren sie enttäuscht gewesen, dass ich unseren Trip nach Atlanta abgesagt hatte, aber als ich ihnen verdeutlichte, dass ich dadurch so viel sehen könnte, waren sie einverstanden gewesen. Natürlich nur unter der Bedingung, ihnen viele Bilder zu schicken und sie täglich anzurufen und zu berichten.

Mit einem zufriedenen Lächeln auf den Lippen setzte ich mich in das Gras vor dem Auto, schickte erst meinen Eltern und meinen Freunden ein Foto von dem Ausblick und nahm dann meine Stifte und meinen Zeichenblock aus der Tasche. Meine linke Hand flog nur so über das Papier, verwischte hier ein wenig, zeichnete sanfte oder harte Linien. Ich war so vertieft in meine Arbeit, dass ich zuerst gar nicht merkte, wie Blake zu meiner Linken am Wagen lehnte und mich beobachtete. Erst als er sich bewegte, nahm ich ihn am Rand meines Sichtfeldes wahr und drehte mich zu ihm. Mein Nacken knackte einige Male und in diesem Moment spürte ich, wie sehr sich meine Muskeln durch die Haltung beim Zeichnen verspannt hatten.

»Hey, schon ausgeschlafen?«

»Schon? Es waren immerhin zwei Stunden.«

»Wow, ich hab die Zeit gar nicht wirklich mitbekommen.« Ich tippte mit dem Ende des Bleistiftes auf meinen Zeichenblock und Blake nahm neben mir Platz. Seine Schulter streifte kurz meine und wieder hielt ich wie automatisch die Luft an, mein Herzschlag wurde schneller. Er lehnte sich über mich und ich inhalierte unauffällig seinen Duft, der zu mir herüberwanderte.

»Du hast die Aussicht richtig gut getroffen.«

»Danke. Vielleicht schaffe ich es, einige Dinge, die wir auf der Fahrt sehen, so in Erinnerung zu behalten.«

Er lehnte sich zurück und zog eine Stofftasche heran, die mir gar nicht aufgefallen war, holte ein Tetrapäckchen Kakao und ein in durchsichtiger Folie eingeschweißtes Brötchen hervor und hielt es mir hin.

»Frühstück?«

»Kannst du Gedanken lesen, ich hab einen Bärenhunger!« Dankbar nahm ich das Essen entgegen, packte das Brötchen aus und biss ab. Mein Magen gab wie zur Bestätigung ein zufriedenes Gluckern von sich.

»Was hast du eigentlich nach diesem Sommer geplant? Du musst doch auf ein College gehen wollen«, fragte ich. Blake zögerte einen kleinen Moment und kaute langsamer, dann schluckte er und lehnte sich gegen die Kühlerhaube seines Autos.

»Ich hab ein Stipendium für die Columbia.«

»Oh wow, wer ist hier von uns der Streber?«, scherzte ich und er lachte kurz auf.

»Es ist hauptsächlich ein Sportstipendium durch das Schwimmen.«

»Aber deswegen nicht weniger wert. Du brauchst trotzdem einen gewissen Notenschnitt dafür. Sie nehmen nicht jeden.«

»Kann sein.« War er etwa verlegen? »Und du?«

Ich zuckte mit den Schultern und legte den Block neben mich ins Gras. »Kunst, an der New York Academy of Art.«

»Ich hätte mich gewundert, wenn du etwas anderes studieren wolltest. Es wäre schade, wenn der Welt so eine großartige Künstlerin entgehen würde.«

»Ja«, erwiderte ich ihm genauso ausweichend, wie er es zuvor bei meiner Frage getan hatte. Was sollte ich ihm darauf auch antworten? Dass ich in Wirklichkeit nicht wusste, ob ich meine Leidenschaft tatsächlich noch weiter leben konnte? Ich hätte lieber meine Beine hergegeben als die Farben und das Licht, aber das Leben war nun mal kein Wunschkonzert. Es war eine Wundertüte und nicht immer zog man die guten Sachen daraus hervor. »Wo halten wir als Nächstes?«, fragte ich und konnte nicht verhindern, dass die Aufregung mich in Brand setzte, wenn ich an die weitere Fahrt mit Blake dachte. An das, was alles noch vor uns lag.

»Theoretisch können wir überall halten, wo es uns gefällt. Das ist das Gute am Reisen ohne einen Plan.« Er schenkte mir ein Lächeln und ich erwiderte es.

»Ich hatte noch nie keinen Plan.«

»Das hab ich mir fast gedacht.« Er hielt mir die Hand hin, damit ich ihm das leere Brötchenpapier und das Trinkpäckchen reichen konnte, dann stand er mit einem Satz auf und warf alles in einen nahe liegenden Mülleimer. Er kam zurück zu mir und hielt mir die Hand hin, die ich liebend gerne ergriff.

»Dann wollen wir dir mal einen winzigen Teil der Welt zeigen«, sagte er. Als er mich mit viel Schwung hochzog, stolperte ich und knallte mit meinem halben Gewicht gegen ihn. Er umfasste mich, als hätte er genau das vorgehabt. Ich hob den Kopf und registrierte, wie nah ich seinem Gesicht gerade war. So nah, dass ich seinen warmen Atem auf meiner Haut spürte.

»Ein winziger Teil reicht mir«, erwiderte ich atemlos. Blake lächelte ein wenig. Ich fuhr mit meinen Augen die sanften Grübchen und den dunklen Bartschatten um seinen Mund herum ab, bis ich wieder seinen Blick erreichte.

»Du hast unglaubliche Augen«, sagte er leise und seine Hände schlossen sich noch ein wenig enger um meinen Oberkörper. Meine Finger fanden seine Brust. Erinnerungsfetzen unseres Kusses stoben durch meinen Kopf. »Ich hab diese Farbe noch niemals zuvor bei jemandem gesehen.«

Nur schade, dass sie bald nutzlos sein würden. Ich senkte die Lider und wandte mich sanft aus Blakes Umarmung, auch wenn ich mich viel lieber noch enger hineingestürzt hätte. Aber wäre das ratsam, wenn die Zukunft ungewiss war und ich nicht wusste, wie Blake auf meine Offenbarung reagieren würde?

»Wollen wir weiter?«, fragte ich, als wäre gerade nichts zwischen uns gewesen, und lief zur Beifahrerseite.

»Klar«, vernahm ich Blakes knappe Antwort hinter mir. Er klang enttäuscht.

Nähe war eine verzwickte Sache. Ich und mein gesamter Körper dürsteten nach Blakes Nähe, aber wenn ich sie zuließe, würde mein Gewissen, ihm gegenüber nicht ehrlich zu sein, so schlecht, dass ich es kaum aushielt. Ich wollte ihn berühren. Ihn halten. Und von ihm gehalten werden. Doch im Moment war es besser, wenn wir als Freunde reisten, die sich gegenseitig dafür nutzten, ihre Schatten hinter sich zu lassen. Mir gefiel seine Sonne, die meine Dämmerung vertrieb, und andersherum musste es genauso sein. Wieso also nicht diese Tage mit ihm auskosten, bis die harte Realität uns mit ihren kalten Fingern packte und wir uns am Ende unserer Reise voneinander trennen würden.

27

» DAS WUSSTE ICH *nicht.* «

Blake

Der Highway führte uns ein Stück quer durch das Land. Durch Kleinstädte, vorbei an dichten Wäldern und weitreichenden Wiesen. Ich hatte vor, die Strecke bis nach Oklahoma so gut wie durchzufahren. Wir hielten nur, um auf die Toilette zu gehen oder eine Kleinigkeit zu essen. Stattdessen unterhielten wir uns unwahrscheinlich viel oder hörten schweigend Musik. Es war einfach mit Sutton. Sie war nicht wie die Mädchen, die ich vorher gedatet hatte, wobei ich sie genau genommen überhaupt nicht datete. Aber sie war witzig, entspannt, kein bisschen zickig, vielleicht manchmal ein wenig in sich gekehrt, doch das war ich ebenso in manchen Momenten. Gerade das war die Kunst. Zu spüren, wann der andere reden oder schweigen wollte, und es in dem gleichen Augenblick genauso sehr zu wollen.

»Wirklich? Du hast die Schule geschwänzt, um in den Freizeitpark zu gehen?«, fragte sie mich aufgeregt. Sie hatte sich auf dem breiten Sitz zu mir gedreht, sodass sie meinen Geschichten besser lauschen konnte. Mein Fenster war zur Hälfte unten und ließ die warme Sommerluft herein, die mein Haar zerzauste. Im Hintergrund lief leise ein Song von Kaleo. Eigentlich war es der perfekte Tag. Ich fühlte mich so unbeschwert und frei wie schon lange nicht mehr.

»Ja.« Ich lachte auf ihre Frage.

»Das hätte ich mich niemals getraut! Warst du mit Levi da?«

»Ähm, nein, nicht ganz.« Eine Regel war mir klar, man redete nicht mit einer Frau über eine andere.

Sie verstummte, als wüsste sie meine Antwort, und schnalzte mit der Zunge. »Darf ich ganz ehrlich sein?«

»Immer raus damit.«

»Jetzt, wo wir uns besser kennen … Wieso Trish? Ich meine, eigentlich passt ihr überhaupt nicht zusammen. Sie ist ein totales Biest.«

So richtig konnte ich ihr diese Frage selbst nicht beantworten, aber sie hatte recht. »Du kennst doch diese Pärchen, die seit Ewigkeiten zusammen sind und sich so aneinander gewöhnt haben, dass sie allein aus dem Grund nie wirklich Schluss machen. Weil sie vielleicht Angst haben, wie die Einsamkeit werden würde, auch wenn es idiotisch ist.« Ich fuhr die Seitenscheibe ganz nach unten und legte meinen Arm darauf ab. »Irgendwie war es bei uns so. Immer wenn ich Schluss gemacht habe, kam sie nach ein paar Tagen an, hat geweint, und wenn ich eins nicht ertrage, dann sind es weinende Frauen. Ich war ein

Idiot und dachte, das Thema erledigt sich nach unserem Abschluss sowieso. Trish bleibt in Riverdale, weil ihre Mum Hilfe bei der Pflege ihres Dads braucht, der vor ein paar Jahren einen Schlaganfall erlitten hatte. Sie hat vor, an einem Community College Rechnungswesen zu studieren, um ihrer Mum in ihrem Restaurant bei der Buchhaltung zu helfen. Außerdem hätte ihre Familie das Geld für ein anderes College sowieso nicht gehabt … Sie tat mir leid. Ich weiß, aus dem Grund mit ihr zusammenzubleiben, war noch fieser.« Ich seufzte. Dieser Satz hörte sich so falsch und herablassend an. Trish verhielt sich manchmal wie ein Biest, das stimmte. Aber eigentlich überspielte sie damit nur ihre eigene Unsicherheit. Ihren Schmerz. Auch wenn ihre Art nicht richtig war – jeder ging anders mit schweren Situationen um.

Suttons Euphorie war auf einmal wie weggeblasen. Natürlich. Man hörte nicht gerne Dinge über die Ex-Freundin eines Typen.

»Das wusste ich nicht, das mit ihrem Dad.«

»Es weiß auch keiner außer mir. Sie wollte nicht, dass die Schule über sie redet. Zumindest nicht, was dieses Thema betrifft.«

»Das tut mir leid.«

Ich spürte Suttons Mitleid und legte meine Hand auf ihren Oberschenkel, einfach weil ich den deutlichen Kummer, der aus ihren Worten sprach, in dem Moment lindern wollte. Und sie berühren. Sie ergriff meine Finger und hielt sie fest. Ich schaute kurz zu ihr und sah dieses schüchterne Lächeln, für das ich mittlerweile alles tun würde. Verdammt. Ich steckte tiefer in der ganzen Sache drin, als ich geplant hatte. Aber jetzt konnte ich unmöglich einen Rückzieher machen.

Denn Sutton war wie Treibsand für mich. Je mehr ich mich dagegen wehrte, umso tiefer zog sie mich in ihren Bann.

»Jeder hat sein Päckchen zu tragen und wir alle versuchen doch nur, nicht unter der Last zusammenzubrechen. Das muss dir nicht leidtun«, sagte ich, denn ich wusste, wie es sich anfühlte, bemitleidet zu werden. Total beschissen.

»Es gibt einen Unterschied im Leidtun. Für mich gibt es Mitleid und Verständnis. Mitleid ist von vielen Menschen nicht ernst gemeint oder zumindest schnell dahergesagt, aber Verständnis … ist unglaublich viel wert.« Sie drückte meine Finger. »Und die wenigsten können sich noch in jemand anderen hineinversetzen und wirklich mit ihm fühlen.«

Ich war mir sicher, dass Sutton nicht zu diesen Personen gehörte.

28

» Es war wunderschön. «

Sutton

Die erste Nacht stand an und ich war ehrlich gesagt ein wenig nervös. Wir wollten unser Geld sparen und hatten uns deswegen gegen ein Hotel und für das Schlaflager auf der Ladefläche entschieden.

Wir hatten bei einem Diner einen Burger gegessen und uns dann eine abgelegene Stelle in den Great Plains gesucht, ein weites Stück Prärie des amerikanischen Westens mit nichts mehr als trockenem Steppengras und einigen bewirtschafteten Feldern. Blake sagte, es sei langweilig und es tue ihm leid, dass er mir heute nicht mehr bieten konnte, aber ich fand es großartig! Schon allein, weil es unheimlich aufregend war, draußen zu übernachten.

Wäre da nicht die Sache mit dem gemeinsamen Schlafen auf der ein Meter vierzig kleinen Matratze gewesen. Allein Blakes Schwimmerkreuz war fast halb so breit und ich hatte keine Ahnung, wie wir nebeneinander dort übernachten konnten, ohne uns ständig zu berühren.

Es fiel mir schon am Tage schwer, ihn nicht anzufassen und an mich zu ziehen, aber diese Nacht stellte meine Selbstbeherrschung auf eine ziemlich große Probe. Dabei war ich ohnehin zwiegespalten, auf welche Stufe wir unsere Beziehung heben sollten. Zum einen fühlte ich mich sicherer, wenn wir es bei einer Freundschaft beließen, zum anderen konnte ich an nichts anderes denken, als Blake nahe zu sein. Richtig nahe. Ständig.

Wir putzten uns die Zähne mit Wasser aus einer Trinkflasche und ich zog mir meine Pyjamahose und ein weites Shirt unter dem Zelt der Ladefläche an, während Blake draußen wartete.

Mein Herz raste, als ich den Reißverschluss öffnete und die Stoffbahnen zur Seite drückte, um ihn hereinzulassen. Aber er war nirgendwo zu sehen. Wir hatten uns so lange in dem Diner herumgedrückt, bis die Sonne schon fast untergegangen war, und nun schickte sie ihre letzten Strahlen über die weite Steppe, die vor uns lag.

Und da entdeckte ich ihn. Er stand mit hüftbreit geöffneten Beinen einige Meter vom Truck entfernt, hatte die Hände in den Hosentaschen und sah auf den Sonnenuntergang. Seine Silhouette wurde von den Strahlen angeschienen und idiotischerweise musste ich an Superman denken. Auch wenn es fast zu kitschig war, ich konnte nicht verhindern, mir tatsächlich vorzustellen, er wäre es und er würde mich aus meiner ausweglosen Situation mit seinem Cape und engen blauen Strumpfhosen retten. Aber das Leben war leider kein Film.

Ich schlüpfte in meine Chucks, stellte mich neben ihn und sah ebenfalls nach vorne. »Es ist wunderschön.«

»Stimmt«, erwiderte er leise.

»Hier sehen die Farben viel kräftiger aus als zu Hause.« Ich verliebte mich in diesen Anblick aus flammendem Rot, das sich weit über den Himmel verteilte und in das satte Orange überging, das die Sonne ausstrahlte. In meinem Kopf würde ich diesen Anblick nie wieder vergessen.

»Das liegt an den Staubteilen in der Luft hier draußen. Wenn eine Lichtwelle auf einen Partikel trifft, wird sie gestreut und wirkt so viel großflächiger, weil sie das Blau des restlichen Himmels überdeckt.«

Ich zog die Augenbrauen nach oben und sah Blake völlig baff an. »Und du willst mir erzählen, ich wäre der Streber von uns beiden?«

Er lachte und drehte sich zu mir, dabei legte er seine große Hand auf meine Schulter und führte mich zurück zum Wagen. »Diese Bezeichnung für dich kam niemals aus meinem Mund, außerdem stehen dir Brille und Pferdeschwanz viel besser als mir.«

»Du Charmeur.«

»Dafür bin ich bekannt.«

Ich krabbelte auf die Ladefläche und in das Innere des Zeltes, das wie ein Dreieck darüber gespannt war. Kurz wurden meine Bewegungen langsamer. Obwohl der helle Stoff die restliche Helligkeit von außen hineinließ, erkannte ich nur Umrisse, während ich zum Kopfende und auf die rechte Seite krabbelte. Blake folgte mir, schaltete eine elektrische Lampe an, die am Dach hing und ausreichend Licht für mich spendete, dann schloss er den Reißverschluss des Zelteingangs. Während ich mich unter die leichte Wolldecke schob, fragte ich mich schon, ob Blake in seinen normalen Sachen schlafen wollte, da begann er auf Knien, die Knöpfe seiner Hose zu öffnen, und mir stockte der Atem.

»Was hast du vor?«, fragte ich und beobachtete seine langen, schlanken Fingern und wie der Stoff seiner dunkelblauen Boxershorts Knopf um Knopf mehr zum Vorschein kam. Ich wandte beschämt den Blick ab und mein Gesicht begann zu glühen. Wahrscheinlich lag das nur an der unfassbaren Wärme innerhalb des Zeltes, das die Sonne den Abend über aufgeheizt hatte.

»Ähm, schlafen?«, fragte er, aber anstatt innezuhalten, legte er sich neben mich, zog sich die Jeans und Socken von den kräftigen Beinen und daraufhin das Shirt über den Kopf. Er warf beides an das Fußende und rutschte ebenso unter die Decke. Ich hatte die gesamte Zeit geradeaus auf den Reißverschluss des Zeltes gestarrt, anstatt nur eine Sekunde Blakes trainieren Oberkörper zu betrachten. Na gut. Vielleicht hatte ich einen ganz kurzen Moment gelinst. Aber mehr definitiv nicht!

Steif und angespannt lag ich unter der Decke und versuchte, nicht so tief zu atmen, um Blakes Körper nicht aus Versehen zu berühren. Woran ich ständig denken musste. Verdammt. Diese Freundesache wurde schwieriger als gedacht.

Er drehte sich auf die Seite und ich spürte seinen heißen Blick auf meinem Profil. Langsam wandte ich mein Gesicht zu ihm und erkannte das breite Grinsen, das seine Züge vereinnahmte. Wir befanden uns unglaublich nah beieinander. Zu nah. Oder nicht genug. Ich hatte keine

Ahnung. Auf jeden Fall spürte ich jede kleine Bewegung auf der Luftmatratze unter uns.

»Was?«

»Nichts«, antwortete er auffällig schnell. Er stützte seinen Kopf mit der Handfläche ab. »Ist es dir etwa unangenehm, mit mir hier zu liegen, Sutton?« Seine Stimme hatte einen nervig amüsierten Unterton.

»Nein.«

»Wieso ziehst du die Decke dann bis unters Kinn und starrst die ganze Zeit nur nach oben, anstatt mich anzusehen? Oder ist dir etwa kalt?«

»Und weshalb sollte ich dich ansehen?«

»Hm, keine Ahnung, weil man Menschen ansieht, mit denen man sich unterhält. Alles andere ist unhöflich.«

»Es ist unhöflich, jemanden vollzuquatschen, wenn derjenige schlafen möchte.«

Blake begann zu lachen. Ein sattes, dunkles Lachen, tief aus seinem Inneren, das ich so noch nie bei ihm gehört hatte. Und ich konnte nicht anders, ich musste mit einstimmen. Die Anspannung fiel ein kleines Stück von mir ab und endlich traute ich mich, ihn länger als nur flüchtig anzusehen. Er hatte sich auf den Rücken geworfen und lachte immer noch. Dabei strich er sich sogar einige Lachtränen aus den Augenwinkeln.

Dann hob er die Hand, löschte das Licht mit einem lauten Klick und wir befanden uns in völliger Dunkelheit. Nichts um uns herum außer Stille, unser Atem und die hitzige Luft. »Ich mag dich, Sutton«, sagte Blake auf einmal und mein Herz stolperte einige Male in meiner Brust.

»Ich dich auch, Blake«, erwiderte ich, obwohl ich gerne so viel mehr als das gesagt hätte.

***

Mitten in der Nacht wachte ich auf, weil meine Blase so drückte, dass ich sie nicht mehr ignorieren konnte. Verdammt. Darauf, jetzt allein durch die dunkle Prärie zu laufen, hatte ich keine große Lust, aber es nützte nichts. Ich musste raus. Also schob ich die Decke beiseite und lauschte kurz auf Blakes ruhigen Atem. Zum Glück schnarchte er nicht, denn dann wäre dieser Trip eine Katastrophe für mich geworden. Kay schnarchte und ich konnte jedes Mal, wenn wir irgendwo gemeinsam übernachteten, keine Minute schlafen.

Ich tastete vorsichtig nach vorne, um den Ausgang zu finden. In dieser Dunkelheit war ich wirklich komplett blind und fühlte mich in der fremden Umgebung ein wenig verloren. Ich suchte mein Handy, das ich im Flugmodus unter mein Kissen geschoben hatte, und wollte mir damit Licht machen, aber selbst das nützte nicht genug. Trotzdem musste ich nun raus, und zwar ziemlich zügig. Ich hätte die Kanne Tee in dem Diner nicht trinken sollen, irgendwie war es mir klar gewesen, dass mir das zum Verhängnis würde.

Leise öffnete ich den Reißverschluss von unten nach oben. Kühlere Nachtluft drang ins Innere des Zeltes und Blake drehte sich von der Seite auf den Rücken, aber er schlief genauso tief weiter wie zuvor. Gut, denn auf Zuschauer bei meiner Mission *Pinkeln im Freien* hatte ich noch weniger Lust, als jetzt allein in der Wildnis umherzustolpern.

Ich zog mir meine Schuhe über, die neben dem Ausgang lagen, und sprang mit einem Satz von der Ladefläche. Mit den Händen tastete ich mich an dem dunklen Pick-up entlang, und das wenige Licht meines Handys deutete mir zumindest eine schemenhafte Richtung an.

Ich atmete tief ein und ließ das Auto los. Würde ich den Weg wieder zurückfinden? Vor allem, weil der Wagen mit seiner schwarzen Farbe sowieso schon schlecht zu sehen war? Doch eigentlich hatte ich nichts zu befürchten. Selbst wenn ich nicht auf Anhieb zurückfand – ich hatte nicht vor, so weit wegzugehen, dass Blake meine Rufe nicht hören könnte.

Also schlurfte ich langsam los. Ich wollte weit genug vom Truck weg sein, um nicht erwischt zu werden, aber natürlich nicht so weit, dass ich meine Orientierung verlor. Ich streckte die Arme aus, was völliger Blödsinn war, denn in dieser weiten, kargen Prärie war rein gar nichts, was ich hätte fühlen können. Keine Bäume, keine Felsen, glücklicherweise auch keine Kakteen. Mit den Fußspitzen tastete ich mich auf dem unebenen, sandigen Boden nach vorne, bis ich das Gefühl hatte, ich wäre weit genug von unserer Schlafstätte weg. Dann verrichtete ich zügig mein Geschäft und lief mit kleinen, langsamen Schritten zurück in die Richtung, in der ich den Truck vermutete.

Als meine Finger das blanke, kalte Metall berührten, hätte ich vor Erleichterung heulen können. Ich hatte es geschafft! Ich war in völliger Dunkelheit pinkeln gewesen!

Was für andere ein lächerlich normaler Umstand gewesen wäre, war für mich fast ein Meilenstein!

Bevor ich wieder zurück zum Zelteingang trottete, hielt ich einen kleinen Moment inne und genoss das Gefühl des

Triumphes, das durch meinen Körper rauschte. Ich lachte über mich selbst, legte den Kopf in den Nacken und plötzlich sah ich sie. Die kleinen Lichtpunkte über mir, die den gesamten Himmel bedeckten. Es waren so viele, deutlich mehr, als man zu Hause erkennen konnte. Ich war mir zwar sicher, jemand ohne meine Nachtblindheit würde noch einige mehr davon ausmachen, aber allein für diesen Anblick hatte sich mein mutiger Ausflug in die Dunkelheit gelohnt.

Es war wunderschön und ich genoss diese Aussicht, bis mein Körper in dem dünnen Shirt und der Schlafhose vor Kälte zitterte. Erst dann riss ich mich los und krabbelte zurück zu Blake in das Zelt. Zu seinem ruhigen und gleichmäßigen Atem und mit dem Bild der Sterne vor meinem inneren Auge fiel ich bald zurück in einen tiefen Schlaf.

29

»ALSO HAB ICH SOWIESO *keine* CHANCE GEGEN DICH?«

Blake

Ich wurde durch ein undefinierbares Geräusch geweckt und öffnete langsam die Augen.

Müde orientierte ich mich und erkannte den weißen Zeltstoff neben mir. Laut atmete ich aus und rieb mir dabei über das Gesicht. Die Nacht war okay gewesen, außer dass ich ewig nicht hatte einschlafen können.

Neben Sutton zu liegen, ihren leisen Atem zu hören und ihren Duft zu riechen, als sie sich mitten in der Nacht im Schlaf ein Stück zu weit auf meine Seite geschoben hatte, war fast eine Qual gewesen. Ihr Haar hatte sich auf meinem Kissen verteilt, und mir war nichts anderes eingefallen, als fest die Augen zu schließen und meinen gesamten Körper anzuspannen, damit ich mich nicht einfach an sie presste und sie mit Küssen weckte.

Natürlich erinnerte ich mich an den Geschmack ihrer Lippen auf meinen. An das Gefühl, sie in meinen Armen zu halten. So besoffen hätte ich gar nicht sein können, dass ich das vergaß.

Wieder vernahm ich dieses ploppende Geräusch, das nun immer häufiger vorkam. War das Regen, der auf das Zeltdach prasselte?

Ich sammelte mich und meine Gedanken, damit ich mich durch das Eigenleben, das sich heute Nacht in meinem Unterleib entwickelt hatte, nicht verriet. Dann drehte ich mich um und wollte sehen, ob Sutton vielleicht ebenfalls wach war. Aber ihre Seite war leer.

Der Regen nahm zu und trommelte nun immer lauter gegen den Stoff des Zeltes. Wasser rann an den Zeltseiten hinunter und in weniger als einer Minute wurde aus dem leichten Niederschlag ein ausgewachsener Guss.

Sutton musste doch irgendwo sein, langsam machte ich mir Sorgen. Ich setzte mich auf und öffnete den Reißverschluss. Die Hitze draußen war zu einer warmen Schwüle geworden, die sofort ins Innere des Zeltes drang. Etwas entfernt erkannte ich Suttons schlanken Körper. Sie stand inmitten des Regens und schaute in Richtung Himmel. Ihre braunen, offenen Haare waren komplett durchnässt und wirkten einige Nuancen dunkler als sonst. Ihren Kopf hatte sie in den Nacken gelegt und die Arme ausgestreckt. Ich erkannte nur ihren Rücken, aber ich konnte mir den lächelnden Ausdruck in ihrem Gesicht nur zu gut vorstellen.

»Sutton! Was machst du denn da?«, rief ich laut gegen das Geräusch des Regens an. Sie drehte sich überrascht um und hob ihre Arme noch weiter in die Luft.

»Blake! Es ist fantastisch! Sieh doch!« Sie deutete hinter sich und ich erkannte einen wunderschönen Regenbogen, der sich über die Weite der Prärie erstreckte. Die Sonne kämpfte mit einer dunklen Regenwolke und schaffte es gerade noch so, die Oberhand zu behalten, um Sutton diesen grandiosen Anblick zu schenken.

»Komm, du bist pitschnass!«, rief ich und deutete in das Zelt. Meine Bewegung gefror in dem Moment, in dem ich erkannte, wie nass Suttons weißes Shirt war. Und durchsichtig. Sodass sich jede einzelne ihrer Rundungen durch den Stoff abdrückte, der fest und eng an ihrer Haut klebte.

Shit.

In genau dieser Sekunde verlor ich die Kontrolle über meinen Körper und mein Herz schlug heftig gegen das Pochen in meinem Unterleib an. Keine Ahnung, wer das Rennen gewinnen würde, aber es war eindeutig ein harter Kampf.

Ich senkte den Blick, während Sutton immer noch da draußen stand. Durchnässt. Allein. Glücklich. Voller Endorphine.

»Komm schon, Blake! Sei kein Weichei!«, schrie sie lachend und ich schloss die Augen, konzentrierte mich auf meine Atmung. Ich konnte unmöglich jetzt da raus. Zumindest, wenn ich nicht verraten wollte, wie sehr sie mich anzog. Ich trug nur verdammte Boxershorts!

Wieder sah ich zu Sutton, die das Gesicht immer noch in Richtung Himmel streckte. Einzelne Regentropfen perlten an ihren geschlossenen Lidern ab. Na gut! Was solls! Beherrschung war mein zweiter Vorname! Wäre ja gelacht!

Ich tastete nach meiner Jeans und zog diese über. Dann nahm ich meine schwarzen Boots und sprang mit einem Satz von der Ladefläche. Der Regen prasselte auf meinen nackten Oberkörper und nicht nur Sutton war durch den dünnen Stoff anzusehen, dass ihr langsam doch kühl wurde.

Ich stellte mich neben sie und hob genau wie sie das Gesicht an. Das Gefühl war irgendwie toll. Befreiend. Hatte ich überhaupt schon mal so im Regen gestanden und ganz bewusst gespürt, wie sich Hunderte Regentropfen auf meiner Haut anfühlten?

Sicher nicht.

»Ist es nicht großartig?«, fragte Sutton leise mit immer noch geschlossenen Augen, während ich sie nun ansah. Ihre dunklen Wimpern, die man ohne ihre Brille viel besser erkannte. Die nassen Strähnen, die an ihrer Stirn klebten und ihr Gesicht umrahmten. Ihre Brust, die sich langsam unter ihren tiefen Atemzügen hob und senkte.

Dieser Trip war eine gute Entscheidung, und Sutton mitzunehmen war die beste meines Lebens.

***

Nachdem wir uns trockene Sachen angezogen und alles eingepackt hatten, fuhren wir zu einem *Waffle House* und schlugen uns den Bauch mit Waffeln voll. Sutton nahm eine mit viel Ahornsirup, ich blieb bei welchen mit Speck und einer Kanne Kaffee. Während wir aßen, erzählte sie, dass sie über Santa Fe und die Canyon Road gelesen habe. Der Ort und besonders diese Straße waren für seine Vielzahl an Galerien und Street-Art-Kunstwerken bekannt und wir beschlossen, dort einen Halt einzulegen.

Wir waren so voller Glück, dass ich fast den eigentlichen Grund meiner Reise vergaß, und vielleicht war das auch gut so. Ich wollte mich nicht ständig an Grace erinnern oder an die Krankheit, aber hin und wieder packte es mich, wenn mein Blick beim Autofahren über den Highway fest auf die Straße gerichtet war und ein ganz bestimmtes Lied im Radio lief, das Grace geliebt hatte. Die Trauer und das Bedauern über ein Leben, das meine Schwester niemals leben konnte, übermannten und verschlangen mich und spuckten mich danach völlig zerstört wieder aus.

Sutton war ein feinfühliger Mensch, und wenn ich in meinen Gedanken festhing, spürte sie das. Sie riss mich nicht jedes Mal raus, aber immer, wenn es nötig war.

Es lag mir auf der Zunge, sie zu fragen, weshalb sie bei Dr. Lambert gewesen war, aber dann hätte ich auch alles über Grace erzählen müssen und ich wusste nicht, ob ich dazu schon bereit war. Verdammt, ob ich es jemals sein würde, denn was änderte das an diesen Momenten mit ihr, die ich gerade erleben durfte? Es war, als würde ich mich völlig neu finden.

Ich setzte mir die Sonnenbrille auf, die zuvor in der Mittelkonsole gelegen hatte, und öffnete das Fenster ein Stück. Auch Sutton schien in ihren Gedanken festzuhängen, bis ein Ruck durch sie ging, als wäre sie nun wieder im Hier und Jetzt.

»Lass uns ein Spiel spielen«, sagte sie auf einmal und ich war froh über diese Ablenkung.

»Was für eins?«, fragte ich neugierig.

»Es heißt *Filme erraten* und ich hab es schon hundertmal mit Kay und Julie gespielt, wenn uns langweilig war.«

»Wie funktioniert es?« Sutton zog ihre Schuhe aus, stellte ihr linkes Bein auf den Sitz und umschlang es mit den Armen. Sie wirkte wieder total aufgeregt. Ihr Cha-

0/5

rakter zog mich immer mehr an und die Sonne, die sie umgab, wärmte auch mein dunkles Inneres.

»Du musst mit ein oder zwei Sätzen einen Film beschreiben und ich errate ihn. Ich fang an, damit du weißt, wie es funktioniert. Pass auf!« Sie räusperte sich, als wollte sie eine Rede halten, und ich grinste. »Ein paranoider Billionär mit Halsschmerzen hat ein Problem mit Immigranten.«

»Bitte was?« Ich musste laut lachen und sah fassungslos zu ihr hinüber. Sie wirkte ziemlich amüsiert.

»Rate!«

»Was soll ich denn da raten?«

»Na den Film!«, erwiderte sie glucksend.

»Ein Billionär mit Halsschmerzen mag keine Immigranten?«

»Ja, genau.«

»Gott, keine Ahnung. Gib mir einen Tipp.«

»Nope! Das wäre zu einfach.«

»Ich spiele das zum ersten Mal, hab Erbarmen!«

Sie tat so, als würde sie überlegen, schüttelte aber daraufhin den Kopf. »Hm, immer noch nein.«

Ich trommelte mit den Fingern auf dem Lenkrad, während ich überlegte, aber ich hatte keinen blassen Schimmer. »Verrate es mir.«

»Na gut, wenn du es wirklich willst.« Sie verstummte und zögerte so die Spannung in die Länge. »Batman versus Superman!«

Ich lachte so heftig los, dass ich vor lauter Lachtränen kaum noch die Straße vor mir sah. »Wie kommst du auf so was? Das ist genial! Ich liebe dieses Spiel!«

»Wusste ich es doch!«

»Okay, jetzt bin ich dran! Eine Gruppe von BDSMlern sollte weniger Zeit online verbringen.« Ich war mir so sicher, dass sie das niemals erraten würde.

»Matrix!«

»Was? Woher kannst du das wissen?«, fragte ich geschockt.

»Baby, ich spiele dieses Spiel bereits seit der Middle School.«

»Also hab ich sowieso keine Chance gegen dich?«

»Nein, ich denke nicht.«

»Na toll. Dann los, zeig mir, was du kannst!«

»Okay, was Einfaches … Ein Kerl allein im Wald küsst eine Leiche, während sieben andere Typen zusehen.« Sie musste bei ihrer Beschreibung selbst lachen. Ich reckte eine Faust in die Höhe und schrie: »Schneewittchen!«

»Du hast das Spiel verstanden!«

»Yeah!«

»Ich wusste, du bist würdig, in den Kreis aufgenommen zu werden.«

Wir lachten immer noch, als wir bei Santa Fe den Highway verließen und die karge Wüstenlandschaft Meile um Meile städtischer und bewohnter wurde.

0/7

30

»DU HÄTTEST *nichts* ANDERS MACHEN KÖNNEN!«

Sutton

Blake lenkte den Wagen direkt in die Canyon Road. Wir parkten am Straßenrand im Schatten zweier Kiefern, denn zu Fuß erreichte man die zahlreichen Galerien innerhalb von Santa Fe deutlich besser. Außerdem hatte man so eine größere Chance, einige der hölzernen Skulpturen oder handgefertigten Kunstwerke aus Bronze zu sehen, die in vielen Vorgärten standen. Die fast ausschließlich einstöckigen Häuser waren im typisch mexikanischen Flair mit rötlich schimmerndem Lehm verputzt. Durch bunte Fenster war es uns möglich, einen Blick ins Innere zu werfen, und ich konnte vor Vorfreude kaum einen klaren Gedanken fassen. Fast jedes dritte Haus war eine Galerie, die mit farbigen Schildern und Plakaten an den Hauswänden einen ersten Eindruck vermittelte, was darin ausgestellt wurde. Und es war definitiv für jeden Geschmack etwas dabei.

Neben gehobenen Galerien mit dunklen Böden und weißen Wänden, die prächtige Gemälde und Skulpturen ausstellten, gab es auch familiärere Sammlungen, bei denen man das Gefühl hatte, man stünde direkt im Wohnzimmer eines Einheimischen. Diese gefielen mir am besten. Vor allem eine, die wir nach zwei Stunden Besichtigung anderer Galerien gerade betraten. Ich konnte mich gar nicht sattsehen. Bunte Gemälde an ockerfarbenen Lehmwänden, die die Sommerhitze vor der Tür ließen. Getrocknete Chili-Sträucher, die von der Decke hingen. Der Geruch von Koriander, Knoblauch und Oregano lag in der Luft, weil vielleicht in einem Hinterzimmer gerade gekocht wurde. Und so viele großartige Bilder! Es war fantastisch!

»Hey, willkommen, mein Name ist Aspen«, empfing uns ein hochgewachsener Mann mit schwarzen Haaren und spanischem Dialekt. Seine Haut war braun gebrannt und um seine Augen traten tiefe, lederne Lachfalten hervor. Er begrüßte uns mit Handschlag und wir stellten uns ebenfalls vor. »Möchtet ihr eine Führung oder euch allein umsehen?«

»Wir würden gerne erst einmal selbst ein wenig schauen. Wenn wir eine Frage haben, melden wir uns.«

Er nickte freundlich und deutete mit dem Daumen hinter sich. »Ich bin in der Küche, ihr müsst nur laut rufen.« Damit verschwand er hinter einem Vorhang aus Holzperlen und ich biss mir grinsend auf die Unterlippe.

»Ich glaube, wenn ich mich mal zur Ruhe setzen möchte, habe ich meinen Ort gefunden.«

»Davon bin ich überzeugt«, erwiderte Blake lächelnd und ließ mich vorgehen. »Er ist perfekt für dich.«

Obwohl Blake mit bildender Kunst nicht ganz so viel am Hut hatte wie ich, gab er mir alle Zeit der Welt, die ich brauchte, um mich in den Kunstwerken zu verlieren. Ich schlenderte von einem Ausstellungsstück zum nächsten, lächelte über die Abbildung eines regenbogenfarbenen Grizzlybären auf einer hellen Leinwand oder bestaunte eine gelbe Landschaft, die aus Hunderten Sonnenblumen zu bestehen schien. Bis ich an einem ganz bestimmten Bild ankam, das relativ einfach mit blauer Farbe gezeichnet war und sich gerade dadurch von den anderen farbenfrohen Kunstwerken abhob. Es war nicht bunt, nicht laut oder auffällig, nein, es war tiefgründig und wunderschön. Ein Pärchen, eng umschlungen, das man von der Seite sah. Der Mann legte liebevoll seine Hand an den Hals der Frau, die zu ihm aufsah und einen Arm um seine Hüften geschlungen hatte. Seine Augen waren geschlossen und ihre Lippen wirkten, als würden sie sich ganz zart annähern. Als stünden sie kurz vor einem Kuss, der sie alles um sich herum vergessen ließ. Genauso wie ich gerade, während ich das Gemälde betrachtete. Fast. Ich spürte einen Lufthauch, als Blake neben mich trat. Auch er fixierte das Bild und ich konnte fühlen, wie ihn der Anblick dieser intensiven Liebe ebenfalls den Atem raubte.

Und da wurde es mir so deutlich bewusst, wie kein einziges Mal in den Wochen zuvor. Ich würde all das, diese Leidenschaft, diese Liebe, die Farben, den Ausdruck, den die Kunst mir vermittelte, bald nicht mehr sehen können.

Ich würde nicht nur die Farben verlieren.

Ich würde das Gefühl verlieren.

Ich würde *alles* verlieren.

An der Kunst liebte ich, dass sie relativ war. Dass ein Kunstwerk für den einen völlig belanglos wirkte, einem anderen aber so viel bedeuten konnte. Doch wie sollte ich das noch beurteilen, wenn ich es bald nicht mehr sah? Alles, was bisher neben meiner Familie und meinen Freunden wichtig gewesen war, löste sich in Luft auf. Seit dem Tag, an dem ich mit elf mit meiner Mum zum ersten Mal eine Blumenausstellung in Atlanta besucht hatte und danach den Drang nicht mehr abschütteln konnte, diese bunte Vielfalt für mich festzuhalten, hatte ich mit dem Malen nicht mehr aufgehört. Ich ließ mir von meinen Eltern Bücher über das Zeichnen schenken, malte in jeder freien Sekunde meines Lebens – bis heute. In der Kunst fand ich Trost, konnte mich vergessen und neu erfinden. Und jetzt? Wer war ich?

Ich schluckte hart den dicken Kloß herunter, der mir die Luft raubte, und wandte den Blick von dem Pärchen ab. Dabei streifte ich Blakes Augen, der mich prüfend und neugierig beobachtete.

»Ist alles in Ordnung?« Er hob die Hand und legte sie mir auf den Unterarm. Meine nackte Haut brannte unter seiner Berührung, aber das Brennen meiner Tränen war in diesem Moment deutlich größer.

»Ja. Ich glaube, irgendwas bekommt mir nicht, ich bin gleich wieder da.« Ohne auf seine Antwort zu warten, lief ich nach draußen. Der Temperaturunterschied trieb mir sofort den Schweiß auf die Stirn, aber ich ignorierte ihn, während ich um die Hausecke ging und mich gegen die von der Sonne aufgeheizte Wand lehnte. Aus meiner

Umhängetasche kramte ich mein Handy und wählte die Nummer meiner Mum. Es klingelte dreimal, bis sie abhob.

»Sutton?«, fragte sie und ich vernahm die Panik in ihrer Stimme. »Ist etwas passiert? Ich dachte, du meldest dich erst heute Abend wieder? Ist bei Blake alles in Ordnung?«

»Ja, Mum, alles gut, auch mit Blake«, erwiderte ich und schaute über den Kiesweg, der am Haus vorbeiführte und bei einem kniehohen Zaun endete. Dahinter war ein Skulpturengarten zu sehen. Die Sonne blendete mich, aber ich zwang mich, trotzdem weiter hinzuschauen. Solange es noch ging. Ich holte tief Luft und rang um Beherrschung. Konnte ich meine Eltern nach dieser Reise noch sehen? War es die richtige Entscheidung, so viele Meilen in das Ungewisse fortzufahren, ohne zu wissen, in welchem Stadium meine Erkrankung sein würde, wenn ich zurückkam? Das Brennen in meinen Augen nahm zu. Ich fühlte mich wie mit neun in dem Feriencamp, in dem ich nicht bleiben wollte, weil mich das Heimweh darin fast umbrachte.

»Ich wollte dir nur sagen, dass ich dich und Dad lieb habe, und euch für alles danken.«

»Oh Schatz, du musst uns nicht danken.«

»Doch, das muss ich. Ich glaube, ich habe euch in den letzten Wochen viel zu selten gesagt, dass ich dankbar bin.« Stille herrschte am anderen Ende der Leitung und ich wusste ganz genau, dass meine Mum nun ebenfalls mit ihrer Fassung kämpfte. »Ihr seid tolle Eltern und ich bin froh, dass ich euch habe.«

»Wir sind auch dankbar für so eine Tochter«, erwiderte sie mit zittriger Stimme.

»Ihr könnt nichts dafür, okay? Du hättest nichts anders machen können!« Auch wenn meine Mum es nie laut ausgesprochen hätte, mein Dad hatte recht. Sie brauchte die Kontrolle und wenn sie die verlor, gab sie sich immer selbst die Schuld. Doch niemand hatte an dieser Situation schuld! Niemand und schon gar nicht meine Mum.

»Danke, dass du das sagst, Schatz.« Meine Finger verkrampften sich um das Handy und ich schloss die Augen. Versuchte, mich auf die beruhigende Stimme meiner Mum zu konzentrieren. »Und ich habe es verstanden. Du bist alt genug, um auf Reisen zu gehen. Du willst die Welt entdecken, auch das ist okay.«

Ich lächelte. Und ich wusste, sie tat es auch.

»Danke, Mum. Ich hab euch wirklich lieb.«

»Wir dich auch! Und wehe, du kommst zurück, ehe du alles erlebt hast, was es zu erleben gibt, mein Schatz!« Sie atmete tief ein und ich drückte das Handy noch enger an mein Ohr. »Außer vielleicht Drogen nehmen und Alkohol trinken«, fügte sie schnell hinzu und wir mussten beide lachen. »Danke für die Bilder, die du uns jeden Tag schickst, und jetzt los, geh zurück und werde erwachsen.«

»Bye, Mum.«

»Bye, Su.«

Ich verlor vielleicht die Farben, aber ich verlor nicht das Gefühl. Niemals.

31

» WEIL SIE ES *verdiente.* «

Blake

Als Sutton zurück in den Raum kam, sah ich ihr an, dass irgendetwas sie mitnahm. Sie wirkte nicht mehr so aufgeregt und glücklich wie die Stunde zuvor. Etwas hatte sie aus der Fassung gebracht und wenn jemand das Gefühl verstehen konnte, dann ich.

Trauer und Schmerz waren keine Dinge, die konstant in einem wüteten. Sie waren leise und schlichen sich heimlich an dich heran, um dich hinterrücks zu übermannen. Umzuwerfen. Dich zu Boden zu drücken und dir die Luft abzuschnüren.

Egal, was Sutton beschäftigte, es brachte sie an den Rand ihres Verstandes. Verglühte sie. Löschte ihr Licht.

Doch sie war stark. Sie wirkte so viel stärker als ich selbst, denn man merkte ihr die Dunkelheit in ihrem Inneren nicht immer an. Nur in diesen stillen Momenten. Die ich genauso gut kannte.

Also hatte ich vor, ihr diese Momente mit Leben zu füllen, mit Musik und mit Lachen. Damit auch sie zu etwas ganz Besonderem wurden. Weil sie es verdiente. Und weil ich mir wünschte, dass auch meine Stille dadurch ein wenig leiser wurde.

32

»BIST DU *sicher*?«

Sutton

Als ich nach dem Telefonat mit meiner Mum zurück bei Blake war, hatte er es auf einmal ziemlich eilig, weiterzufahren. Ich hatte keine Ahnung, wieso, aber er wirkte aufgeregt und ein wenig rastlos, als hätte er etwas geplant.

»Wo fahren wir hin?«, fragte ich neugierig und sah mich um. Doch außer einer mir unbekannten Landschaft erkannte ich nichts.

»Von mir erfährst du nichts.«

»Ich mag keine Überraschungen«, sagte ich schmollend und Blake legte auf einmal die Hand auf meinen Oberschenkel. Kurz erstarrten wir beide. Es war so, als hätte Blake impulsiv gehandelt. Als wollte er mich genauso sehr berühren wie ich ihn. Ich legte meine Hand auf seine und bekam dafür ein sanftes Lächeln.

»Diese wirst du lieben«, erwiderte er und fuhr geradeaus in eine Lücke auf einem Parkplatz am Rand einer großen Wiese. Er wandte sich mir zu, und mir war mehr als bewusst, dass seine Hand immer noch auf meinem Schenkel lag. Er drückte ihn kurz und zog sie dann zurück. Neugierig musterte ich ihn. Die Vorfreude brachte mich fast um den Verstand.

»Dreh dich um«, sagte er leise. Mir entging der raue Klang seiner Stimme nicht.

Nach einem letzten Zögern wandte ich mich zum Beifahrerfenster, und Aufregung fuhr in meinen Körper. Meinte er das ernst? Tatsächlich?

»Ein Heißluftballon?«

»Das hab ich mal in einer Reportage im Fernsehen gesehen. Sie veranstalten hier in Albuquerque jeden Herbst ein riesiges Rennen mit bestimmt hundert Heißluftballons«, erzählte mir Blake, während wir über die Wiese auf den gigantischen Ballon mit grün-gelber Musterung zuliefen. »Da gibt es auch welche, die aussehen wie Bienen, Schlösser oder Obst. Total abgefahren.«

»Ich finde es wunderbar«, erwiderte ich und die Aufregung, gleich in mehreren hundert Metern über dem Boden nur unter einem Ballon aus heißer Luft zu schweben, machte mich ganz zittrig.

»Ansonsten gibt es hier wohl auch die perfekten Bedingungen für eine Fahrt und da ich auf der Route gesehen habe, dass wir hier vorbeikommen, dachte ich, es wäre eine gute Idee … Aber wenn du nicht möchtest, können wir es auch lassen!« Blake wirkte verlegen, als wir einige Meter vor dem Abflugplatz stehen blieben und ich mich zu ihm umdrehte. Seine Hände steckten in seinen Taschen und mittlerweile hatte ich diese Geste schon öfter an ihm gesehen, wenn er unsicher oder dergleichen war. Aber das musste er nicht sein! Mir fehlten die Worte nicht aus Angst oder weil ich die Idee bescheuert fand. Im absoluten Gegenteil!

»Es ist großartig und ich freue mich wahnsinnig darauf! Danke! Danke, dass du das für mich organisiert hast.«

Er zeigte mir ein schiefes Grinsen. Das Blau seiner Augen wirkte in der Abendsonne noch ein wenig intensiver. Ich hoffte, ich würde mich immer an diese Farbe erinnern. An die dunklen Tupfen, die die satte Tönung hin und wieder unterbrachen. An den Glanz darin, der vor Aufregung fast wie ein Strahlen wirkte.

»Wollen wir?«, fragte er und ich nickte schnell, weil ich kurz davor war, mich vor Dankbarkeit in seine Arme zu werfen. Wäre das unangebracht gewesen?

»Herzlich willkommen«, rief eine Frau mittleren Alters. Sie trug einen weiten Poncho mit mexikanischem Muster und hatte ihre wilden schwarz-grauen Locken mit zahlreichen bunten Klammern auf ihrem Kopf festgesteckt. Sie sah aus wie ein mexikanischer Hippie, aber ihre Augen waren warm und freundlich, weshalb ich keinerlei Bedenken bezüglich ihrer Kompetenz hatte, diesen Heißluftballon zu fliegen. In Blakes Gesicht erkannte ich allerdings Skepsis, als er sie in dem Korb entdeckte, an dem farbenfrohe Fähnchen und allerlei anderer Plunder befestigt waren. Daneben standen zwei junge Männer mit ebenfalls dunklem Haar und Teint, die ihr wahrscheinlich mit Start und Landung halfen. »Mein Name ist Ruth und ich begrüße euch zu eurer Ballonfahrt! Du bist Blake, richtig?«

»Ja, wir hatten miteinander telefoniert«, antwortete er, hob die Hand und legte sie auf meinen Rücken. Wollte er mir mit dieser Geste Mut zusprechen oder sich selbst an mir festhalten? Ich kicherte. Also ich hatte vollstes Vertrauen in Ruths Fähigkeiten, egal, wie verrückt sie aussah. Ich mochte ihre Farben.

»Dann steigt mal ein, und los geht die wilde Fahrt. Die Sonne wird bald untergehen, währenddessen habt ihr einen fantastischen Ausblick da oben!«

»Oh wie toll!«, freute ich mich, wohingegen Blake fast ein wenig bleich wirkte. »Die Frage ist nicht, ob ich das möchte, sondern: Willst du das tun?« Ich hob meine Hand und legte sie auf seinen Oberarm. Da er nur ein T-Shirt trug, war mir die warme Haut über seinen Muskeln mehr als bewusst und ich zog die Finger schnell zurück.

»Klar. Anscheinend hab ich ein klein wenig Höhenangst …«, erwiderte er, während er immer noch skeptisch den Ballon und Ruth betrachtete, und ich musste lachen.

»Und dann buchst du mir eine Heißluftballonfahrt? Bist du wahnsinnig?«

Er zuckte mit den Schultern. »Ich wollte es zumindest mal versuchen. Ich krieg das schon hin.«

»Bist du sicher?«

»Los, steig ein, bevor ich es mir anders überlege!« Er schubste mich sanft zu dem Einstieg des Korbes und wir kletterten mithilfe der Männer hinein. Ruth war mindestens einen Kopf kleiner als ich und kam gerade so an den Hebel, der eine dichte, große Feuerflamme entzündete. Heiße Luft strömte in das Innere des Ballons, als sie daran zog. Ihre Hand steckte in einem dicken, feuerfesten Handschuh. Ich legte den Kopf in den Nacken und bewunderte den Anblick der beeindruckenden Stichflamme über uns. Es sah aus wie ein gigantischer Bunsenbrenner und ich spürte die Wärme in meinem Gesicht.

»Seid ihr so weit?«, fragte Ruth, und während ich vor Vorfreude jubelte, klammerte sich Blake am Rand des Korbs fest.

»Ja!«, rief ich begeistert für uns beide.

»Na dann wollen wir mal.« Ruth zog erneut an dem Hebel und die Flammen schossen nach oben, bis der Korb den Bodenkontakt verlor und die Männer ihn mit ganzer Kraft an Ort und Stelle hielten.

Ich griff hinüber zu Blake und legte meine Hand auf seine. Er hatte die Augen geschlossen und atmete langsam und bewusst ein und aus. Seine Finger der anderen Hand verhakten sich mit meinen und ich lächelte, während ich ihn ansah. In den meisten Momenten wirkte er so stark, so groß und so abgeklärt, aber in Wirklichkeit hatte selbst jemand wie er Angst vor Dingen. Und das war okay, wer kannte so was nicht? Es ging nur darum, diese Furcht zu überwinden. Und dafür bewunderte ich ihn in diesem Moment. Sein Charakter war wie der von Kay oder Julie, die ich immer schon als mutig empfunden hatte. Vielleicht zog es mich deswegen zu solchen Menschen hin. Weil ich selbst so ein Angsthase war und eigentlich noch nie etwas gewagt hatte. Bis auf diese Reise.

Ich drückte Blakes Finger und er öffnete die Lider, sah mich an und konzentrierte sich auf mich, während die Männer den Ballon losließen und er ziemlich zügig abhob. Bis auf das laute Rauschen der Flamme war es mucksmäuschenstill. Es war unglaublich! In nur wenigen Sekunden befanden wir uns meterweit über dem Boden und stiegen immer weiter in die Luft. Ich sah zum Horizont und auch Blake schien sich ein bisschen zu entspannen, bis er am Korb vorbei und in Richtung Erde spähte, um direkt danach schnell wieder zurückzuweichen und sich zu versteifen.

»Alles in Ordnung bei euch?«, fragte Ruth, als wir eine bestimmte Höhe erreicht hatten, und ich beobachtete sie dabei, wie sie sich völlig entspannt gegen den Korbrand lehnte und die Zeit hier oben genoss.

»Es ist toll«, erwiderte ich und konnte mein Lächeln nicht verstecken, als ich über die Landschaft von New Mexico blickte, während wir sanft darüber hinwegschwebten. »Wie lange fliegen Sie schon?«

»Erst mal sagen wir *fahren* und nicht *fliegen*«, klärte sie mit einem freundlichen Lächeln auf. »Wir sind leichter als die Luft und deswegen steigen wir auf und irgendein schlauer Wissenschaftler hat behauptet, wenn das der Fall ist, fährt man im Luftmeer. Ein Schiff fährt ja auch. Ich mache das Ganze schon seit über zwanzig Jahren, weil es nichts Schöneres gibt, als hier oben zu sein. Es ist still, man lässt die Hektik und alles, was einen aufreibt, da unten. Man kann entspannen. Na gut, bis auf dein Freund da.« Sie lachte ein raues Lachen und nickte zu Blake, dessen Hand sich immer enger um meine Finger schloss. Es tat fast ein bisschen weh.

»Geht schon«, erwiderte er knapp. »Ich gewöhn mich sicherlich gleich dran.«

Und als ich ihn fragen wollte, ob wir nicht doch besser abbrechen sollten, entdeckte ich die Sonne, die sich mit glühenden Farben in Richtung Horizont verabschiedete und den Himmel in ein sattes Rot tauchte. Dachte ich, gestern wäre der Sonnenuntergang beeindruckend gewesen, war es heute von hier oben noch unglaublicher.

»Dafür hat sich der Weg hier hoch definitiv gelohnt«, sagte Blake ehrfürchtig, und Hand in Hand betrachteten wir den fantastischen Sonnenuntergang. Bis ich ein Zittern spürte, das durch Blakes Arm ging und meine Aufmerksamkeit auf sich zog.

»Wir steigen bestimmt bald hinab, dann hast du es geschafft«, wollte ich ihn ermutigen, aber auf einmal wirkte er fast atemlos. Als hätte er einen Marathon absolviert. Vielleicht waren die Aufregung und die Höhenangst doch größer für ihn gewesen, als er uns glauben lassen wollte? Das Zittern nahm zu, und so langsam machte ich mir ernsthafte Sorgen.

»Danke, ich muss mich nur einen Moment setzen«, sagte er und rutschte an der Korbwand hinunter, bis er mit angewinkelten Knien auf dem Boden saß.

»Wir landen in ungefähr zehn Minuten! Meine Söhne kommen uns nach und helfen mir dabei. Ich versuche, es nicht zu ruppig werden zu lassen.« Ruth zwinkerte uns zu und nachdem mir Blake versichert hatte, dass er nur eine kleine Pause brauche und alles in Ordnung sei, konnte ich die letzten Minuten der Fahrt sogar noch genießen. Ich sog den Anblick, der vor uns lag, so tief in mein Gedächtnis ein, dass ich ihn niemals vergessen würde. Es war sehr wahrscheinlich die einzige Chance, so etwas sehend zu erleben, und einen winzigen Moment nagte die Ungewissheit erneut an mir und drohte meine kleine Blase platzen zu lassen. Doch kurz darauf hatte ich mich wieder unter Kontrolle und half Blake aufzustehen, als Ruth in Richtung Boden lenkte.

Die zwei Männer standen tatsächlich schon bereit auf einem flachen Feld und winkten uns zu.

»Wir müssen ein kleines Stückchen aus der Luft fallen, es könnte ein wenig ruckartig für euch werden, aber ich habe alles unter Kontrolle.«

»Fallen?« Blakes Stimme klang deutlich höher als sonst und ich schlang meine Arme um seine Hüfte.

»Ich halte dich, damit du nicht aus dem Korb plumpst.« Herausfordernd grinste ich ihn an und nur wenige Sekunden später führte er seine Arme um meine Schultern. Das Zittern und der kleine Anfall von eben waren vergessen. Nun zählte etwas völlig anderes. Er. Ich. Wir.

Der Drang war übermächtig gewesen, ihn zu berühren. Die Euphorie des Fluges und meine Dankbarkeit, dass Blake so was Großartiges für mich organisiert hatte, wogen viel mehr als die Angst vor Abweisung.

»Es wirkt fast so, als würdest du dich eher an mir festhalten wollen.« Seine Stimme wurde leise und um eine Nuance tiefer. Wenn er so sprach, bekam er eine Rauheit, die mich unglaublich anzog.

»Wirklich? Nein, ganz bestimmt bin ich es, die auf dich aufpasst, nicht umgekehrt.«

Und als wir kurz darauf auf dem Boden aufkamen, war es gut, dass wir uns gegenseitig Halt gaben. Und das nicht, weil der Ballon tatsächlich fiel. Wir taten es ebenso. Und unsere Landung würde deutlich härter ausfallen.

33

»Ja.«

Blake

Ich hatte das Gefühl, nach der Ballonfahrt war die kleine Schlucht, die uns von zu viel Nähe abgehalten hatte, überwunden. Wir berührten uns, so beiläufig und so oft, wie es ging. Auf dem Weg zum Auto schlang ich meinen Arm um ihre Schultern und drückte sie an mich, während sie noch völlig euphorisch von den Eindrücken des Fluges schwärmte. Als wir auf unseren Sitzen Platz genommen hatten, berührten sich unsere Unterarme, die beide auf der Mittelkonsole lagen, und ich hätte schwören können, dass sie genauso noch ein Stückchen näher zu mir rutschte wie ich zu ihr. Wir griffen als Vorwand gleichzeitig zum Radio, und unsere Finger streiften einander. Es waren winzige, manchmal hauchzarte Berührungen, fast unwillkürlich, aber bei jeder einzelnen machte mein Herz einen kleinen Hüpfer. So etwas hatte ich zuvor noch nicht erlebt. Bei Sutton war es anders. Mir gab ihre Nähe mehr, als würde ich bloß mit ihr in die Kiste steigen. Auch wenn ich dazu definitiv nicht Nein gesagt hätte.

In der Vergangenheit hatte ich gedacht, dass ich Gefühle für Trish gehabt hätte, aber mit Sutton an meiner Seite spürte ich, dass diese Gefühle nicht mal ansatzweise mit dem zu vergleichen waren, was sich in diesem Moment in meiner Brust aufbaute. Vielleicht war es bei Trish eher eine anfängliche Sympathie gewesen … aber Liebe? Ganz bestimmt nicht.

Das Gefühl in Suttons Nähe war überwältigend, machte mich völlig kirre und flößte mir unglaubliche Angst ein. Vor dem Jetzt. Vor der Zukunft. Vor so vielen Dingen, die im Verborgenen lagen. Trotzdem wurde ich bei jedem Hauch ihrer Nähe ein wenig süchtiger danach und wollte mehr davon. Nein. Ich wollte sie nicht nur, ich brauchte sie. Sutton war wie eine Karte, die ich auf einem Schiff gefunden hatte, mit dem ich bisher ziellos umhergefahren war, und plötzlich ergab so vieles einen Sinn.

Wir einigten uns darauf, heute Nacht nicht im Pick-up zu schlafen, sondern nahmen uns ein Zimmer in einem mittelklassigen Motel direkt am Highway. Zuerst hatte ich überlegt, ob wir nicht zwei Einzelzimmer buchen sollten, verwarf den Gedanken aber wieder. Auch wenn ich ganz bestimmt nicht vorhatte, Sutton heute Nacht ins Bett zu bekommen, wollte ich trotzdem nicht durch eine Wand von ihr getrennt sein. Außerdem konnte ich vorschieben, dass wir so definitiv Kosten einsparen würden.

Sie stimmte zu, also musste es ihr ähnlich gehen, und ich war froh darüber. Wir besorgten uns Pizzen aus einem Restaurant in der Nähe und aßen sie auf unserem Zimmer. Wir hatten immerhin zwei Einzelbetten und jeder saß brav auf seinem eigenen, der Fernseher lief im Hintergrund mit irgendeinem unwichtigen Programm und wir unterhielten uns.

Ich freute mich immer noch darüber, ihr eine so große Freude mit der Ballonfahrt heute Nachmittag gemacht zu haben, sie wirkte glücklich. Ich mochte es, wenn sie lachte. Oder wenn sie einfach nur da war.

Stöhnend rieb ich mir den vollen Bauch. Ich hatte nicht nur eine Pizza verdrückt, sondern auch noch einen Salat und mir mit Sutton ein Tiramisu geteilt.

»Wenn ich mich noch bewegen kann, geh ich jetzt erst mal duschen«, sagte ich, nahm den leeren Pizzakarton, sammelte Suttons ebenfalls von ihrem Bett ein und legte beides auf einen Tisch neben der Tür.

»Auch wenn die Pizza nicht gerade die beste war, die ich jemals gegessen habe, der Nachtisch war nicht schlecht, das muss man anerkennen«, sagte sie und streckte sich auf der dunkelgrünen Tagesdecke aus. Das Zimmer war ziemlich spartanisch eingerichtet und der Teppich hätte wirklich eine Grundreinigung vertragen können, aber wenigstens wirkte das Badezimmer ganz okay.

»Oh ja, das war er«, erwiderte ich, kramte frische Boxershorts, eine Jogginghose und ein Shirt aus meiner Tasche, die am Kopfende meines Bettes stand, und lief zum angrenzenden Raum. »Nicht weglaufen, bin gleich wieder da.«

»Keine Sorge, mit dem vollen Magen komme ich keine zwei Meter, ohne zusammenzubrechen.« Sie nahm sich die Fernbedienung, die auf dem Nachttisch zwischen unseren Betten lag, und zappte durch das Programm. Ich lächelte immer noch, als ich das Bad betrat und hinter mir die Tür schloss. Kurz hielt ich inne. Ich hatte mich in meinem Leben oft allein gefühlt, selbst als meine Schwester noch bei mir gewesen war. Aber jetzt … jetzt war es anders. Obwohl Sutton nicht jedes Detail wusste – sie fühlte meinen Schmerz, sie verstand ihn, akzeptierte ihn und versuchte nicht, krampfhaft dagegen anzukämpfen. Und trotzdem änderte es nichts an der Situation. Ein kurzer Anflug von Wehmut und dem unbändigen Gefühl, etwas verloren zu haben, überwältigte mich. Ich schmiss die Klamotten auf den Boden unter dem Waschbecken und stützte mich darauf ab. Ein- und ausatmen. Das war keine Lösung, aber immerhin ein Anfang.

Damit konnte ich wenigstens das drehende Gefühl einer aufkommenden Panikattacke erfolgreich abwenden. Ich zog mich aus und stieg unter die Dusche. Wir hatten uns gestern nur notdürftig an einer Raststätte gewaschen und das heiße Wasser, das nun auf meinen Körper einprasselte, tat mehr als gut. Suttons Duschgel stand auf einer Ablage, weil sie bereits vor mir geduscht hatte. Plötzlich musste ich daran denken, dass sie nackt gewesen war. Sie hatte nach dem Shampoo gegriffen, genauso wie ich es jetzt tat. Ich öffnete die Flasche und roch daran. Der weibliche, frische Duft strömte mir in die Nase und ich schloss die Augen. Fuck. Nicht gerade der richtige Moment, sich selbst Erleichterung zu verschaffen, wenn im Zimmer nebenan das Mädchen deiner Gedanken saß und sich nichts ahnend eine Fernsehsendung ansah. So unschuldig. So süß.

Plötzlich spürte ich wieder dieses Kribbeln in meinen Fingern. Das Zittern, das daraufhin folgte, begann in meinem Arm und bevölkerte all meine Glieder. Die Shampooflasche glitt mir aus den Händen und knallte auf den Boden der Dusche. Meine Beine fühlten sich an wie Wackelpudding und ich stützte mich an den kalten Kacheln der Wand ab, um nicht zusammenzubrechen.

»Alles in Ordnung?«, drang Suttons Stimme durch die Tür und das rauschende Wasser klang viel lauter in meinen Ohren. Meine Arme glitten tonnenschwer zu meinen Seiten herab. Es fühlte sich an, als hätte ich stundenlang eindeutig zu große Gewichte im Fitnessstudio gestemmt. Ich konnte sie keine Sekunde mehr heben.

»Ja«, erwiderte ich knapp und presste die Lider fest zusammen, versuchte, die Kontrolle über meinen Körper zurückzuerlangen, der sich gegen meinen Geist stellte.

Es herrschte einen Moment Stille, dann vernahm ich ihre Stimme erneut. »Ich geh kurz ans Auto, hab mein Handy dort vergessen, bin gleich wieder da!«

Ich nickte, obwohl sie mich nicht sehen konnte. Eine Minute später hörte ich die Zimmertür zuschlagen und sackte auf dem Boden zusammen. Ich war erbärmlich. Ein Schatten meiner selbst, der sich einredete, dass alles gut sei. Diese Lüge spielte ich nun seit fast zwei Tagen, aber ich war zu weit gegangen, um nun abzubrechen. Ich schaffte es, den restlichen Trip auch noch durchzuziehen, aber wenn Sutton bei ihrer Tante war, stand mein nächstes Ziel fest. Und das war weit, extrem weit weg von all meinem Ballast, einschließlich dem Mädchen, in das ich mich tatsächlich in dieser kurzen Zeit verliebt hatte.

34

»Ich hab nicht den Eindruck, dass du *okay* bist.«

Sutton

Ich nahm an, ich hätte einen Knall gehört, aber anscheinend war alles in Ordnung.

Das zumindest dachte ich bis zu dem Moment, in dem Blake wieder aus dem Bad herauskam. Er wirkte abwesend, sah mich kein einziges Mal an und seine Miene war hart wie Stein. Wo war der liebevolle, witzige Junge hin, der mich vor zwanzig Minuten hier zurückgelassen hatte?

Mein Mut schwand, dabei wollte ich ihn auf das schwarze Buch ansprechen, das mir gerade beim Rausgehen vor die Füße gefallen war. Wortwörtlich. Ich hatte seine Reisetasche gestreift, weil er sie nicht richtig auf den Stuhl zurückgestellt hatte. Dabei fiel sie mir herunter und aus der offenen Seitentasche rutschte das kleine Buch.

Die Seiten hatten sich aufgeschlagen und ein Bild kam unter dem Deckel zum Vorschein. Es war ein junges Mädchen. Sie lächelte in die Kamera und war mit ihren blauen

Augen und den dunkelbraunen, langen Haaren wirklich hübsch. Aber es war nicht das Mädchen, das mir besonders auffiel, sondern dass sie inmitten eines Parks in einem Rollstuhl saß. Ein Junge stand neben ihr und legte seine Arme um ihre Schultern. Das Gesicht kam mir ausgesprochen bekannt vor, auch wenn es einige Jahre jünger war. Levi.

Das Mädchen musste also Blakes Schwester sein, wenn ich mich nicht total irrte. Ich sah auf die aufgeschlagenen cremefarbenen Seiten, und die Worte, die ich las, begeisterten mich genauso sehr, wie sie mich verunsicherten.

Hatte Blake das geschrieben? Es musste so sein, denn ich hatte ihn bei Dr. Lambert dabei beobachtet, wie er in das Buch kritzelte.

Traurige, tiefgründige Worte, die mir die Tränen in die Augen trieben und meinen Atem zum Stocken brachten.

Ich bin am Ende
am Ende meiner Kraft
Ich hab alles gegeben
und es doch nicht geschafft

Nun lieg ich am Boden
mitten in toten Träumen und verflossenen Tränen
Umringt von Schmerzen und Dämonen
die mich nahezu lähmen

Ich bin zerbrochen am Leben
gescheitert am Sein
verzweifelt an der Liebe
und satt vom Alleinsein

Ich kann nicht mehr
Nein ich kann einfach nicht mehr
Alle Reserven sind aufgebraucht
ich bin verloren und vollkommen leer

In meinem Herz und meiner Seele
ist kein Platz mehr für weitere Narben
Ich kann keine Schmerzen
oder weitere Rückschläge mehr ertragen

Wenn ich ehrlich war, hätte ich liebend gerne weitergelesen, aber in Blakes Sachen rumzuschnüffeln, war völlig unangemessen. Also hatte ich das Buch zurück in die Tasche gesteckt und diese erneut auf den Stuhl gestellt, bevor ich im Pick-up mein Handy vom Beifahrersitz einsammelte und mich, wieder im Zimmer angekommen, auf mein Bett setzte.

Die Worte kreisten mir durch den Kopf, und als Blake das Badezimmer verließ und ihn eindeutig etwas beschäftigte, konnte ich mich nicht mehr zurückhalten.

»Ist wirklich alles in Ordnung?«, fragte ich, während er sein Zeug in seiner Tasche verstaute und zurück zu dem Einzelbett ging. Er trug eine schwarze Jogginghose, die tief auf seinen Hüften saß. Das helle Shirt betonte seinen trainierten Bizeps bei jeder seiner Bewegungen mehr, als gut für mich war. Von seinem großen Körper ging ein frischer Duft aus, der den gesamten Raum zu füllen schien.

»Klar«, erwiderte er, sah mich aber immer noch nicht an. Er steckte das Ladekabel, das auf dem Nachttisch lag, in sein Handy und legte sich mit überkreuzten Füßen auf das Bett. Stumm starrte er auf den Fernseher, in dem gerade ein Spielfilm begann. Ich rutschte ein Stück von meiner Matratze und saß auf dem Bettrand.

»Ich hab nicht den Eindruck, dass du okay bist.«

Blake seufzte und machte die Deckenleuchte mit einem schwungvollen Hieb auf den Schalter über dem Nachttisch aus. »Können wir nicht einfach diesen Film schauen?«

Sobald das Licht gelöscht war, erkannte ich die Inneneinrichtung und vor allem Blake nur noch schemenhaft durch das Flackern des Fernsehers. Ich schloss kurz die Augen, weil der Schwindel, der mich in den letzten Tagen hin und wieder heimgesucht hatte, zurückkam. Trotzig drückte ich auf den Schalter und machte das Licht erneut an. Was er konnte, konnte ich schon lange.

»Ist es wegen deiner Schwester?« Seine Gesichtszüge verloren für einen winzigen Moment die Härte und Gleichgültigkeit, aber lang genug, dass ich den Wandel erkannte. Insgeheim wusste ich, nun hatte ich die unausgesprochene Regel gebrochen, die wir uns gesetzt hatten. Ich hatte seinen Dämon angesprochen und ihn förmlich vor seine Nase geschoben.

Wieder machte er das Licht aus und ich seufzte und drückte ebenfalls auf den Schalter. Blake stöhnte genervt und legte den Kopf in den Nacken, stützte ihn gegen das Kopfteil.

»Gott, was soll der Scheiß jetzt auf einmal?«

»Ich will nur wissen, ob ich dir helfen kann.«

»Und ich möchte nicht darüber sprechen, ist das so schwer zu verstehen?« Endlich sah er mich an und der Schmerz in seinen blauen Augen war kaum zu ertragen. Es fühlte sich an, als würde er meinen spiegeln, und ich verstand es, wenn man ihn am liebsten ausblendete. Was machte ich? Eigentlich genau das Gleiche wie Blake und wer war ich, ihn nun zu zwingen, sich damit auseinanderzusetzen?

Andererseits würde ich die doppelte Menge dieses Schmerzes ertragen, wenn ich Blakes dafür ein Stückchen lindern könnte.

»Wieso warst du bei Dr. Lambert?«, sprach er das aus, worüber ich selbst nicht reden konnte, und drehte den verdammten Spieß einfach um.

»Ist okay, ich hab es verstanden, wenn du nicht darüber reden möchtest«, erwiderte ich leise.

»Nein, ist es nicht! Wieso warst du bei ihr? Hat dir jemand etwas angetan?« Seine Stimme wurde immer lauter. Er verschränkte die Arme vor der Brust und sein Kiefer zuckte unter der Anstrengung. »Wer? War es jemand aus der Schule? Kenne ich ihn?«

»Nein. Das ist es nicht.« Ich senkte den Kopf und schüttelte ihn immer wieder. Ich konnte gar nicht mehr damit aufhören. Blake setzte sich auf und ebenfalls an den Rand. Unsere Knie berührten sich fast.

»Sag mir seinen Namen!«, knurrte er und ich wusste nicht, ob er sich so für mich einsetzte, weil es hier um mich ging, oder weil es ihn von seinen eigenen Geheimnissen ablenkte.

Er war wie ich. Ich war wie er. Wir fühlten den gleichen schnellen Rhythmus unseres Herzschlages, der uns kein Leben brachte, sondern nur weiter an den Rand des Wahnsinns. Oder an das Ende, das Platzen unserer Blase, das unvermeidbar war.

»Niemand, mir hat niemand etwas angetan!« Auch meine Stimme wurde lauter.

»War es dein …« Er zögerte und klang nun auf einmal fast sanft. »Dein Dad?«

»Was? Um Gottes willen, nein!«

»Wieso hast du dann Angst vor der Dunkelheit? Ich habe bemerkt, wie du dich darin veränderst!« Er zog seine Brauen so fest zusammen, dass sie sich fast berührten. Mir stockte der Atem, als er sich zu mir schob, seine Finger meinen Handrücken fanden und er meine Hand umfasste. Ich sah auf und direkt in seine Augen. Er rutschte noch ein Stückchen näher an den Rand.

»Was ist es dann? Wovor rennst du weg?«, flüsterte er und ich spürte, wie Tränen in meinen Augen brannten. Ich wollte es nicht sagen. Nie wieder wollte ich es aussprechen. Es sollte einfach nur keine Wirklichkeit sein.

»Ich … ich hab keine Angst in der Dunkelheit«, stotterte ich und drehte meine Hand, sodass ich meine Finger mit seinen verhaken konnte. Einige Sekunden starrte ich nach unten und auf Blakes starke Hände, die meine hielten. Fest.

Sein Blick löste sich keinen Moment von meinem Gesicht. Ich spürte ihn heiß, fast brennend auf meiner Haut, als ich aufschaute. »Ich hab keine Angst in dem Sinn davor, ich … erkenne im Halbdunkel einfach nur nicht viel.« Hart schluckte ich den Kloß in meinem Hals hinunter. »Okay, das war gelogen, ich erkenne nicht nur nicht viel, sondern genau genommen sehe ich gar nichts mehr.«

»Das ist okay«, wollte er mich beruhigen, aber ich schüttelte wild den Kopf.

»Nein, ist es nicht! Blake, ich … ich werde blind.« Das letzte Wort kam nur noch flüsternd über meine Lippen. Nun wusste er es. Mein Geheimnis. Das ich gehütet hatte, damit es zwischen uns nichts zerstörte oder weil ich einfach nur die rasende Angst, es auszusprechen, nicht überwinden konnte. Und jetzt? Welcher Mann wollte mit jemandem zusammen sein, dessen Zukunft ungewiss war? Er konnte nicht mit mir ins Kino, wir konnten vielleicht bald keinen Sonnenaufgang gemeinsam anschauen oder uns ansehen, während wir miteinander schliefen. Welcher Mann wollte das? Vor allem, wenn er wie Blake war? Jung, kräftig, mit einer blühenden Perspektive an einer Eliteuniversität! Es war egoistisch, ihn an so jemanden wie mich binden zu wollen.

»Ich kann dir nicht das bieten, was du willst. Ich weiß ja selbst nicht, wie meine Zukunft weitergeht. Blake, ich werde meine Freunde, meine Eltern und dich irgendwann einfach nicht mehr sehen. Ich bin eine Last.«

Er löste eine Hand aus meiner und strich mir mit dem Fingerknöchel die Tränen von den Wangen, die sich nun unablässig ihren Weg aus meinen Augen bahnten. Immer stärkere Schluchzer erschütterten meinen Körper und ich wusste nicht, wann ich in den vergangenen Wochen wirklich richtig über mein Schicksal geweint hatte. Über den Verlust der Farben, die ich dann nicht mehr sehen konnte und für immer verlor. Schwärze würde mich umhüllen und mir alles rauben, aus dem ich glaubte, zu bestehen.

»Sch …«, beruhigte mich Blake, setzte sich zu mir und zog mich an sich. Ich krallte mich in sein Shirt, durchnässte es innerhalb von Sekunden mit meinen Tränen und drückte meine Nase tief in den duftenden Stoff. Seine

Hände umklammerten mich, hielten mich und strichen langsam und beruhigend über meinen Rücken.

»Ich hatte ja keine Ahnung«, wisperte er und umfasste mich noch ein wenig fester. Die Wärme seines Körpers umgab mich wie ein schützender Kokon und für einen winzigen Moment fühlte ich mich so, als könnte mir nichts irgendetwas anhaben. Was für ein Trugschluss.

»Was bedeutet *bald?*«, fragte er leise nach einigen Minuten, als meine Schluchzer weniger wurden.

Ich zuckte mit den Schultern und löste mich so weit von ihm, dass ich ihn ansehen konnte. Tief prägte ich mir seinen Anblick ein, sodass er sich in meine Erinnerungen brannte, egal wie schmerzhaft es war. »Die Ärzte können nur Prognosen stellen. Wochen, Monate, Jahre, vielleicht weniger. Die Krankheit ist unheilbar und verläuft schleichend, aber ich habe sie unentdeckt schon ziemlich lange, haben sie gesagt.«

»Also kann es sein, dass es erst in ein paar Jahren so weit ist?«

»Vielleicht.« Die gleiche grelle Hoffnung, die auch Julie, Kay oder meine Eltern blendete, erschien in Blakes Augen. Es war Hoffnung, die man unweigerlich zerstören musste, denn ich hatte keine Ahnung, wann ich wirklich nichts mehr sah. Was, wenn es schneller zu Ende war als angenommen?

»Du willst also Farben sehen?«, fragte Blake leise und hob mein Kinn mit dem Zeigefinger an, sodass ich ihn weiter anschauen musste. Ich nickte knapp. »Ich kann dir die Zukunft genauso wenig voraussagen, aber ich verspreche dir hoch und heilig, dass wir in unserer gemeinsamen

Zeit die buntesten Farben sehen, die du dir auch nur vorstellen kannst.«

Ich musste lächeln. Ein wenig nur, aber es reichte aus, dass auch auf Blakes Lippen ein zaghaftes Schmunzeln erschien. Sein Finger ruhte immer noch an meinem Kinn und ich war mir der Wärme, die allein diese winzige Berührung ausstrahlte, mehr als bewusst. Sein Blick verweilte auf meinen Lippen und glitt zurück zu meinen Augen. Ich wollte ihn küssen. In diesem Moment. Und immer.

Aber er wirkte zögerlich. Wahrscheinlich weil er sich Gedanken darüber machte, was dieser Kuss in mir auslöste. Hoffnung auf mehr. Hatte er Angst, dass ich mich an ihn klammerte, obwohl es für uns keine Zukunft gab? Diese Entscheidung zu treffen war schwer und ich nahm sie ihm ab, indem ich mich seiner Berührung entzog und ihm ein Stückchen auswich.

»Danke, Blake«, flüsterte ich und erkannte immer noch Zögern in seinem Blick.

»Nicht dafür, Sutton.« Er ließ die Hand sinken und rutschte ein Stück von mir weg. Der kleine Abstand tat mir gut und ich konnte wieder klarer denken.

Blake senkte den Kopf und rieb seine Hände aneinander. Mein Geständnis war hart zu verdauen, ich konnte verstehen, wenn er Zeit dafür brauchte. Also stand ich auf. Ich wollte an ihm vorbei und ins Badezimmer gehen, um selbst einen Moment durchzuatmen und mir den Rest der Tränen, die noch immer auf meinen Wangen klebten, abzuwaschen.

Doch bevor ich weiterlaufen konnte, ergriff Blake meine Hand und sah von unten zu mir herauf.

»Ist es …« Er zögerte und leckte sich über die Lippen. »Ist es schlimm, wenn ich dich immer noch küssen möchte?«, wisperte er rau und mein Herz schien auszusetzen.

Ich nickte. »Ja, weil es unvernünftig wäre und ich keine Zukunft habe.«

Er zog mich ein Stück zu sich und ich stellte mich zwischen seine geöffneten Beine. Immer noch sah er mich an und sein Atem wurde flacher. Genauso wie meiner. Der Wunsch, ihn zu küssen, war unbändig und wuchs mit jeder Sekunde in seiner Nähe weiter an.

»Und wenn ich auf unvernünftige Sachen stehe?«

»Dann bist du dumm«, erwiderte ich und ein leichtes Grinsen erschien in seinem Gesicht. »Und ich hatte nicht mehr angenommen, dass du das wärst.«

»Nicht mehr?«, fragte er leise und zog mich an meiner Hand noch näher zu sich. Die andere berührte flüchtig meinen Oberschenkel und schob mein Knie in Zeitlupe neben ihm aufs Bett.

»Du kennst doch das Klischee mit den Sportlern.« Da war sie wieder. Diese Leichtigkeit zwischen uns, die es mir so einfach machte, zu denken, ich wäre ein ganz normales Mädchen, das einen ganz normalen Jungen küssen wollte. Und auch Blake schien nicht mehr zu zögern. Er zog mich so zu sich, dass ich mich rittlings auf ihn setzen musste. In meiner Mitte explodierte ein Feuerwerk, als ich seinen Unterleib berührte, sich meine Arme um seinen Nacken schlangen und die weichen Härchen dort streiften.

»Sag das nie wieder«, flüsterte er und legte seine großen Hände auf meinen Rücken.

»Es tut mir leid. Ich werde nie wieder in den Mund nehmen, dass du dumm bist«, erwiderte ich schmunzelnd.

»Das meinte ich nicht.« Ich spürte seine Worte auf meinen Lippen. »Sondern dass du keine Zeit mehr hast. Das ist Schwachsinn.« Eine seiner Hände fuhr in meine geöffneten Haare, die andere nahm mir die Brille von der Nase und legte sie neben uns auf das Bett. »Schließ die Augen«, sagte er rau und ich tat ihm diesen Gefallen. Kurz zuckte ich zusammen, als seine Finger auf meine Haut trafen. Sie strichen über meine Wange, meine Nase, meine geschlossenen Augenlider. Über meinen Mund. So zart, dass es kitzelte und ich meine Lippen fest zusammenpressen musste.

Als ich ihn plötzlich nicht mehr spürte, wollte ich schon die Augen öffnen, aber da passierte es. Er küsste mich. Zuerst ruhten seine Lippen nur sanft auf meinen und er verharrte für einen Moment in dieser Position. Dann schlossen sich seine Finger zu einer Faust in meinen Haaren. Als ich ein Stück den Mund für ihn öffnete und ihn somit stumm um mehr anflehte, tat er mir den Gefallen. Und es war eindeutig mehr, als ich mir ausgemalt oder sogar noch in Erinnerung hatte. Es war nicht nur mehr. *Es war alles.*

Sanft umkreisten sich unsere Zungen, testeten den Geschmack des anderen und ich spürte Blake so intensiv, dass ich dachte, ich müsste verrückt werden. Als wöge ich nichts, stand er mit mir auf und drehte mich auf dem Bett mit einer schnellen Bewegung herum, sodass ich auf dem Rücken landete und Blake auf mir. Mir entkam ein Keuchen, als er sich fest auf mich drückte und seine Arme links und rechts neben mir abstützte, mich so gefangen hielt. Aber wenn es eines gab, was ich nicht wollte, war es jetzt noch abzuhauen.

35

»HATTEST DU SCHON EINEN *Freund*?«

Blake

Nach Suttons Geständnis hatte ich nicht das Gefühl gehabt, weglaufen zu müssen. Im Gegenteil. Diesmal nicht! Ich wollte ihr die Zeitspanne, die sie sehend hatte, zu der besten ihres Lebens werden lassen. Ich wusste zu schätzen, dass sie diese Reise, diese Zeit, mir schenkte und nicht mit ihren Freunden oder ihrer Familie verbrachte.

Sie hatte angenommen, mein Interesse an ihr würde durch diesen Fakt geschmälert, aber das war nicht der Fall. Ich wollte sie genauso sehr wie vorher. Mit all ihren Farben, aber auch mit all dem Grau. Und als ich angefangen hatte, sie zu küssen, war es ganz um mich geschehen. Mir war nicht klar, wie ich jemals hatte damit aufhören können, wenn ich sie doch schon einmal in der Vergangenheit küssen durfte.

Und nun lagen wir hier und ich musste die Notbremse ziehen, wenn ich nicht zu weit gehen wollte. Oder war mit ihr zu schlafen gar nicht zu weit? War es die logische

Schlussfolgerung unserer intensiven Nähe? Wollte sie es ebenso? Ihrem süßen Keuchen nach zu urteilen, das sie von sich gab, immer wenn ich mit meinen Fingerspitzen ihre nackte Haut unter ihrem Shirt berührte, ja.

»Sutton …«, raunte ich heiser und löste mich ganz von ihren weichen Lippen. Wir lagen nebeneinander auf dem Bett und sie hatte ihren Kopf auf meinem linken, ausgestreckten Arm abgelegt, während ich sie mit dem anderen fest umfasste und streichelte. Sie passte perfekt in meine Umarmung und der Duft ihrer Shampooflasche vorhin im Bad war nicht mal ansatzweise so gut wie der, der von ihrer weichen Haut ausging. »Hattest du schon einen Freund?« Es war merkwürdig, ihr diese Frage zu stellen. Bei all den Mädchen vorher musste ich nicht auch nur darüber nachdenken, aber Sutton wirkte deutlich unerfahrener. Nicht ihre Küsse, die waren der blanke Wahnsinn. Ihre gesamte Art davor.

Sie schüttelte den Kopf und ich sog hart die Luft ein. »Von dir bekam ich meinen ersten Kuss«, erwiderte sie ein wenig beschämt. Ich atmete ein weiteres Mal geräuschvoll aus und drückte meine Lippen auf ihre Stirn. Ihr Erster. In jeder Hinsicht?

Es würde heute nicht passieren. Nicht so. In einem schäbigen Motelzimmer am Highway. Sie hatte mehr verdient. Aber das hielt mich nicht davon ab, sie weiter zu küssen, auch wenn es mir das noch schwerer machte, mich zurückzuhalten.

36

»Gott, jetzt ist mir richtig übel.«

Sutton

Wir befanden uns nur noch wenige Autostunden von Los Angeles entfernt. Obwohl ich mich auf die Stadt und meine Tante freute, hatte ich Angst, das würde nicht nur das Ende unseres Trips sein.

Gestern waren wir fast die Hälfte der Nacht wach gewesen und erst irgendwann in den frühen Morgenstunden eingeschlafen, dafür hatten wir nach dem Aufwachen den Vormittag im Bett verbracht. Wir redeten über alles Mögliche und sogar über meine Erkrankung und küssten uns zwischendurch immer wieder. Langsame Küsse. Schnelle Küsse. Küsse, bei denen mir der Atem stockte, oder welche, bei denen mein Herz in rasender Geschwindigkeit klopfte, als wollte es meine Brust durchdringen.

Auch wenn Blake nicht mehr von sich erzählt hatte und es mich zuerst traurig machte, glaubte ich zu wissen, woran es lag. Er war noch nicht bereit. Ich akzeptierte das und würde für ihn da sein, wenn sich dieser Umstand irgendwann änderte.

Am späten Morgen besorgte uns Blake dann ein Frühstück, das wir ebenfalls liegend zu uns nahmen. Ehrlich gesagt wäre ich am liebsten dortgeblieben. In dieser kleinen ruhigen Blase, die nichts und niemand erschüttern konnte.

Vielleicht funktionierte es ja doch und wir blieben zusammen? Wieso es nicht einfach versuchen? Im Moment hielt uns nur die Angst vor der Zukunft davon ab, aber ging das nicht in Wirklichkeit allen Menschen so? Niemand konnte voraussehen, was passieren würde. Ein kerngesunder Mensch könnte morgen in einen Autounfall verwickelt werden. Ein Kranker wieder gesund werden.

Das Leben war keine schnurgerade Linie, die man einfach nur ablaufen musste. Sie war wild und zackig und vielleicht manchmal sogar für einen kleinen Moment ganz ruhig und still. Aber irgendwann hatte sie immer ein Ende. Der Weg dorthin bestimmte, wie man es erreichte. Gebrochen oder mit erhobenem Kopf.

Ich begann auf der Fahrt, während Blake auf die Straße konzentriert war, das erste Mal Informationen über meine Erkrankung zu googeln und fand eine blinde junge Frau, die YouTube-Videos drehte und andere Menschen an ihrem Leben teilhaben ließ. Ich war fasziniert davon, wie lebensfroh und glücklich sie wirkte. Sie ging einkaufen, traf sich mit Freunden, führte ein völlig normales Leben und studierte sogar an einem herkömmlichen College. Ihre Ausstrahlung und wie sie mit ihrer Erkrankung umging, war unglaublich. Ihre Worte gaben mir Hoffnung. Ihr Anblick Zuversicht.

Kurzerhand dachte ich nicht lange darüber nach und schrieb sie an. Ich erzählte ihr auch etwas über meine Diagnose, denn den Videos konnte ich entnehmen, dass es ihr ähnlich gegangen war. Festgestellt wurde ihre Erkrankung im Teenageralter und innerhalb einiger Jahre verlor sie ihre Sehkraft bis auf einen minimalen Restanteil vollständig. Sie sah hell und dunkel, aber mehr auch nicht. Ich schloss die Augen und konzentrierte mich auf das Gefühl, das tief in meiner Brust saß. Dort wütete weiterhin Angst, natürlich, doch darüber hinaus auch noch etwas anderes.

Ich tastete nach Blake, er ergriff sofort meine Finger und legte sie auf seinen Oberschenkel. Ein Lächeln schlich sich auf meine Lippen. Allein seine Nähe und dass er mich so akzeptierte, wie ich war, gab mir Kraft.

Am späten Mittag erreichten wir Hilltop, ein kleines Städtchen in Arizona. Wir besorgten uns etwas zu essen und machten eine Pause, bis wir irgendwann weiterfuhren. Von hier aus waren es laut dem Navi nur noch fünf Stunden. Ich konnte kaum glauben, dass ich bald den Strand sehen würde, und Aufregung durchfuhr mich.

Doch auf einmal bog Blake eine Ausfahrt zu früh ab und ich hielt inne, als die Navidurchsage ebenfalls bestätigte, dass dieser Weg der verkehrte war.

»Du bist falsch gefahren«, sagte ich und Blake grinste breit.

»Ich weiß.«

»Aber … wohin willst du?«

»Lass dich überraschen.«

»Noch eine Überraschung? Diesmal hat es nichts mit Höhe zu tun, oder?« Jetzt war ich es, die schadenfroh grinste.

»Haha, witzig. Nein, nicht unbedingt.«

Der Pick-up schoss an einer öden Wüstenlandschaft vorbei, bis endlich der Name der nächsten Stadt auf dem Navidisplay auftauchte.

»Las Vegas?«, fragte ich völlig verblüfft, und Blake lachte.

»Du wolltest Farben, und Las Vegas ist die wohl bunteste Stadt, die es in Amerika gibt.«

»Oh mein Gott, das ist so aufregend! Warst du schon mal da?«

»Levi und ich wollten nach unserem Abschluss hierherfahren«, antwortete Blake gedankenverloren, als hätte er über seine Worte nicht nachgedacht. Wieso hatte er eigentlich Levi nicht mitgenommen auf diesen Trip? Er war sein bester Freund und laut dem Bild in Blakes Buch hatte er auch seine Schwester gekannt. Am liebsten hätte ich nachgefragt, aber ich spürte, dass Blake nicht darüber reden würde. Generell hatte er recht wenig von sich und seinem Schicksal erzählt, obwohl ich das Gefühl hatte, wir wären bereits eine Vertrauensstufe weiter gegangen. Doch ich wollte ihn nicht bedrängen. Jetzt genoss ich zuerst das Ziel, auf das wir nun zusteuerten. Ich zog mein Handy heraus und schickte Kay eine Nachricht. Er schrieb sofort zurück:

Kay:

Ihr müsst unbedingt die Lichtshow in der Fremont Street anschauen! Und noch so vieles mehr! Gott, ihr werdet die verdammt beste Zeit eures Lebens dort haben!

Er zählte haufenweise Dinge auf und schrieb mir noch, dass er mir auch gerne Las Vegas gezeigt hätte. Ich schickte ihm ein Bild zu, auf dem ich einen Kussmund machte, und antwortete, dass er in Gedanken sowieso immer bei mir sei. Natürlich vermisste ich meine Freunde und auch meine Eltern, denen ich ebenfalls regelmäßig schrieb und die ich vor einer Stunde angerufen hatte. Aber das war mein Ding. Diesmal brauchte ich etwas ganz für mich allein und diese Reise war genau richtig dafür. Genau wie Blake.

Wir durchfuhren eine kleine Vorstadt, die nichts mit dem Prunk und dem Glitzer der gewaltigen Stadt dahinter zu tun hatte. Helle Einfamilienhäuser mit sauber getrimmten Vorgärten reihten sich hier aneinander. Die Sonne war mittlerweile fast untergegangen und die Dämmerung legte sich über das Städtchen wie eine Decke. Straßenlampen gingen der Reihe nach an und vereinzelt sprengten Menschen mit dem Gartenschlauch noch ihre Blumen. Einige Kinder spielten auf dem Bürgersteig, wurden aber von ihren Eltern hereingerufen. Es war idyllisch und beschaulich. Ein Ort, den ich mir ebenfalls zum Wohnen vorstellen konnte.

Doch dann ließen wir diese Gegend hinter uns und auf einmal gab die Umgebung ein ganz anderes Bild ab. Das erste gewaltige Gebäude reckte sich aus dem Boden, darauf folgte ein weiteres und noch eines, bis wir mitten auf dem Strip landeten. Blinkende Lichter überforderten mich und ich wusste nicht, wo ich zuerst hinschauen sollte. Wir fuhren an einem Hotel vorbei, das wie ein gigantisches Schloss gestaltet war. Die Türmchen hatten bunte Dächer, und Palmen reihten sich zu einer Allee davor. Wir trafen auf ein anderes Gebäude, das wie eine Pyramide aussah, vor der Blake abbog und auf einen gigantischen Parkplatz fuhr.

»Bereit?«, fragte er, als wir geparkt hatten, und ich nickte schnell.

»Danke«, erwiderte ich und beugte mich ein Stück vor. Er kam mir entgegen. Als sich unsere Lippen berührten, durchfuhr mich ein Feuer, das sich zu einem Flächenbrand auszubreiten drohte. Ich hatte vor, den Kuss zu vertiefen, aber Blake zog sich zurück. Sicherlich wollte er nur endlich die Stadt erkunden und war genauso aufgeregt wie ich.

Wir stiegen aus und Blake ergriff meine Hand, während wir durch die Straßen liefen und ich aus dem Staunen nicht mehr herauskam. Alles hier war bunt blinkend, die Menschen teilweise total verrückt verkleidet. Ein Transformer begrüßte uns auf unserem Weg und ich musste einfach ein Foto mit ihm machen, das Blake lachend mit meinem Handy schoss und ich daraufhin an Julie und Kay schickte. Es war immer noch warm und mir stand der Schweiß auf der Stirn, als wir das New York-New York Hotel erreichten und eine Runde auf der Achterbahn fuhren, die um das gesamte Hotel führte. Wir aßen Junkfood an den zahlreichen Ständen, bis uns schlecht war und wir noch eine weitere Runde auf der Achterbahn drehten.

»Gott, jetzt ist mir richtig übel«, sagte Blake und ich umschlang seine Hüften und drückte mich an ihn.

»Mir auch«, sagte ich kichernd. Er umfasste meine Schultern, und so schlenderten wir weiter, an meterhohen Glasfassaden, dem Eiffelturm und Hunderten blinkenden Lichtern vorbei. Im Bellagio besuchten wir den botanischen Garten und in meinem Kopf speicherte ich den Anblick bunter Blüten in ihrer lila, weißen und roséfarbenen Pracht ab. Sie hatten den gesamten Bereich zum Motto *Japanischer Garten* aufgebaut, und inmitten der weiten Blütenmeere befand sich ein aus Bambus gebautes Haus im Japanstil. Eine Riesenschildkröte, nur gefertigt aus grünen und pinken Blüten, stand davor.

Die Casinos mussten wir leider auslassen, weil wir beide noch nicht einundzwanzig waren, aber das machte überhaupt nichts. Der gesamte Aufenthalt hier, die Menschen, die Lichter, die Geräuschkulisse, reichten mir vollkommen aus und überwältigten mich.

Als wir das Bellagio wieder verließen, war es mittlerweile komplett dunkel draußen. Eher gesagt war die Sonne untergegangen, denn dunkel wurde es in Las Vegas wahrscheinlich durch die Lichter nie.

Im *Venetian* nahmen wir eine Gondel und glitten Arm in Arm mit dieser durch die beeindruckenden Kanäle. Es war der Wahnsinn!

Zurück auf der Promenade angekommen, füllte sich diese immer schneller, je später der Abend wurde. Ich wusste einfach nicht, wo ich hinschauen sollte. Zu überwältigend war der Anblick um uns herum. Straßenkünstler tanzten auf dem Bürgersteig oder zeigten Zaubertricks. Menschen sahen sich diese an und applaudierten oder ließen sich auf einen Trick ein.

In der *Fremont Street* blieben wir einige Minuten stehen und bewunderten die bunte Lichtshow an der Decke, wie Kay es uns empfohlen hatte.

Blake senkte sich zu meinem Ohr. Sein Mund verharrte kurz davor und eine Gänsehaut stellte sich in meinem

Nacken auf, als ich seine raue Stimme vernahm. »Kannst du noch?«

Ich sah ihn an und das Licht der Decke spiegelte sich in seinen Augen wider. »Und wie.«

»Dann komm.« Er ergriff meine Hand und wir liefen weiter, bis wir das *Caesars Palace* erreichten und mich Blake bis zum Eingang zog.

»Was gibt es hier?«, fragte ich.

»Wir gehen schwimmen.«

»Schwimmen?« Ich stemmte mich gegen seine Hand. »Aber ich hab meine Badesachen im Auto.«

»Das ist kein Problem, darum kümmere ich mich.« Fragend sah ich ihn an und er ging einen Schritt auf mich zu. Ich legte den Kopf in den Nacken.

»Vertraust du mir?«, fragte er fast zu leise.

»Ja.«

Er strich mir mit dem Fingerknöchel über die Wange und hielt einen Moment inne. »Hab ich dich die letzten Tage zu irgendetwas überredet, was du nicht wolltest?«

»Nein.«

»Siehst du.« Er lief los und diesmal ließ ich mich mitziehen. Wir durchquerten die Lobby, deren hochpolierte gelbe und schwarze Marmorfelder und griechische Bilder an den Wänden genauso beeindruckend waren wie der Springbrunnen inmitten der Halle. Hier gab es den Zugang zu einem Restaurant, dem Casino und vielem mehr, aber Blake steuerte nur den kleinen Souvenirshop auf der anderen Seite an.

»Warte hier draußen, ich bin gleich wieder da.« Das Grinsen auf seinen Lippen verhieß nichts Gutes. Hoffentlich suchte er mir nun nicht den knappsten Bikini im ganzen Laden raus.

Einige Minuten später kam er mit einer kleinen schwarzen Papiertüte in der Hand wieder heraus.

»Lass mich mal schauen«, sagte ich und griff nach der Tüte, aber er zog sie blitzschnell weg.

»Vergiss es. Du musst warten, du kannst es jetzt ohnehin nicht mehr ändern.«

»Oh doch, ich könnte mir selbst etwas kaufen.«

»Das lass ich nicht zu.« Er zog mich an der Hand zu sich und küsste mich eindeutig viel zu kurz. Dann lief er mit mir zu einem Aufzug und wir stiegen ein. Als wäre es eine Selbstverständlichkeit, dabei waren wir ganz bestimmt keine Gäste des Hotels. Ich wurde ein wenig nervös. Was, wenn man uns hier erwischte? Man durfte zwar viel in Las Vegas, aber gehörte auch dazu, sich in Hotels einzuschleichen und deren Schwimmbäder zu benutzen?

»Dürfen wir überhaupt hier sein?«, fragte ich, während sich der Lift in Bewegung setzte.

»Klar, wir dürfen alles.«

»Ich meine das ernst.« Ich schürzte schmollend die Lippen.

Blake wandte sich mir zu und gab mir einen sanften Kuss auf die Lippen. »Ich auch«, hauchte er und ließ mit einem jungenhaften Grinsen von mir ab. Er packte mich an der Hand, als die Türen aufglitten, und Blake führte mich durch die Gänge, als würde er sich hier auskennen. Aber vielleicht hatte er den Mitarbeiter des Shops nur nach seinem Ziel ausgefragt. Wir erreichten eine Tür und als wir nach draußen traten, schnappte ich nach Luft.

Inmitten einer riesigen Tempellandschaft lagen zwei Pools. Ein kleinerer und ein größerer, an deren Seiten abgetrennte Pavillons standen, die mit weißen Tüchern behangen waren. Breite Doppelliegen mit blauen Kissen befanden sich am Beckenrand und um diese Uhrzeit war der gesamte Poolbereich menschenleer. Die meisten waren sicherlich beim Abendessen oder amüsierten sich in einem Casino oder anderweitig.

»Dürfen wir jetzt überhaupt noch schwimmen?«, fragte ich unsicher, aber Blake deutete nur auf eine Garderobe an der Seite des Gebäudes, ohne mir zu antworten. Was hatte er vor?

»Wir treffen uns gleich im Wasser«, erwiderte er und zwinkerte mir zu, bevor er sich selbst ein schwarzes Kleidungsstück aus der Tüte nahm und mir diese in die Hand drückte. Grinsend verschwand er in einer Tür neben der Damenumkleide. Jetzt oder nie. Blake nun in Badehose zu sehen, war nicht die schlechteste Aussicht, und alles, was wir hier bisher erlebt hatten, war wirklich schön gewesen. Also betrat ich den Raum und orientierte mich einen Moment, bis ich in eine abgetrennte Umkleide ging, die Tüte öffnete und erleichtert ausatmete. Blake hatte Geschmack und der Bikini, den er mir ausgesucht hatte, hätte ich vielleicht sogar selbst gewählt. Das weinrote Oberteil war im Triangelstil, während das Höschen nur mit zwei kleinen Schleifen links und rechts an Ort und Stelle gehalten wurde. Okay, das war tatsächlich ein wenig knapp, aber es war schließlich ein Bikini und kein Taucheranzug.

Ich tauschte meine Klamotten gegen die Badekleidung und wickelte mir das Handtuch, das ebenfalls in der Tüte gewesen war, um den Körper. So verließ ich den Raum und wartete auf Blake. Ich wunderte mich schon, wo er blieb, da erkannte ich eine winkende Bewegung etwas weiter entfernt. Da sich der Poolbereich unter freiem, dunklem Himmel befand, sah ich nicht alle Nuancen, aber anscheinend hatte sich Blake bereits umgezogen und sich auf eine der Liegen gesetzt. Je näher ich auf ihn zukam, umso mehr konnte ich von ihm erkennen, noch besser, als er aufstand und vor mir aufragte. Das durchs Schwimmen geformte breite Kreuz. Das V seiner Bauchmuskeln, das in lässigen Badeshorts verschwand, die ihm bis zu den muskulösen Oberschenkeln gingen. Seine trainierten Brustmuskeln über denen ein eintätowiertes Wort zu sehen war.

Breathe.

Ich hatte es bereits gesehen, als er sich im Zelt und vorgestern Abend vor mir ausgezogen hatte. Langsam hob ich die Hand und dachte überhaupt nicht darüber nach, als ich mit den Fingerspitzen über sein Tattoo strich. Er sog die Luft ein und ich ertastete Gänsehaut. Mit der Hand drückte er meine Finger auf seine Brust und ich spürte in meiner Handfläche sein wild schlagendes Herz. Meines schlug genauso.

Langsam sah ich auf und unsere Blicke begegneten sich. Dafür, dass er sich heute, was das Körperliche betraf, vollkommen zurückgehalten hatte, spürte ich die Spannung in diesem Moment umso knisternder zwischen uns. Sein Blick war so eindringlich, dass mir der Atem stockte. Ich wollte ihn und ich war mir sicher, dass er genauso fühlte. Trotzdem hielt ihn immer noch irgendetwas zurück und ich wusste nicht, was das war. Hatte er doch Angst vor dem, was uns mit meiner Erkrankung bevorstand, oder war die Wunde, die der Verlust seiner Schwester hinterlassen hatte, immer noch viel zu tief?

Wie in Zeitlupe sackte seine Hand nach unten und auch ich zog meine zögerlich zurück.

»Wollen wir?«, fragte ich leise, um seine Gedanken in eine andere Richtung zu lenken, und deutete zum Wasser. Wir schafften es einfach nicht mehr, die Unbeschwertheit für längere Zeit aufrechtzuerhalten. Immer wieder schoben sich unsere Dämonen vor uns und ließen uns mit der Trauer zurück. Es war nur die Frage, wann die Bombe platzen würde.

Blake nickte und sein Gesicht wirkte deutlich entspannter. Obwohl ich mir sicher war, dieser Ausdruck war eindeutig gespielt. »Wer zuerst im Wasser ist.«

Ich warf die Tüte auf die Liege und nutzte das Überraschungsmoment, in dem Blake mich erstaunt anstarrte und sich nicht rührte, rannte auf den Pool zu und zögerte einen Moment vor der Treppe. Aufgrund der Lichtverhältnisse war das Wasser vor mir nur eine dunkle, trübe Masse und ich traute mich nicht, mich kopflos hineinzustürzen. Das wiederum nutzte Blake aus und sprang an mir vorbei ins Wasser. Er tauchte auf und schüttelte mit einer schnellen Bewegung die Feuchtigkeit aus seinen dunklen Haaren. »Gewonnen.«

»Für den Moment«, erwiderte ich und traute mich einen Schritt in das Wasser. Es reichte mir bis zum Knöchel und die Wellen, die Blake mit seinen Bewegungen erzeugte, umspielten kalt meine Haut. Ich schloss die Augen, als ich einen weiteren Schritt machte und noch einen und noch einen, bis ich durch sanfte Wellen spürte, wie Blake auf mich zulief und mich mit seinen Armen warm umfing. Ich legte mein Ohr an seine Brust und lauschte dem Schlagen seines Herzens. Das Wasser reichte Blake bis zum Bauch und mir bis knapp unter die Brust. Seine Hände tasteten sich über meinen Rücken, strichen sanft hinunter bis zum Ansatz meines Badehöschens und ich hielt die Luft an. Zum ersten Mal heute, seitdem wir einen Schritt aus dem Motelzimmer getan hatten, berührte er mich auf diese Weise.

»Das hier ist wirklich eine Qual«, sagte Blake leise und legte sein Kinn auf meinem Scheitel ab.

»Findest du?«, fragte ich mit immer noch geschlossenen Augen. Ich genoss die Wärme und Nähe, die wir in diesen Sekunden teilten.

»Seitdem ich diesen Bikini gekauft habe, kann ich an nichts anderes denken als an dich darin, und dich jetzt in Wirklichkeit damit zu sehen …« Er stieß einen gequälten Laut aus und ich musste lachen. »Es ist schön, dich so zu halten«, sagte er leise, aber irgendwas schwang in seinen Worten mit, was ich nicht deuten konnte. Ich hob den Kopf und sah ihn an. Er schenkte mir ein halbes Lächeln.

»Was ist los?«

»Nichts.« Er log.

»Möchtest du mir auch etwas erzählen?«, fragte ich. Vielleicht war jetzt endlich der richtige Zeitpunkt gekommen, darüber zu sprechen. Vertraute er mir dafür mittlerweile genug und konnte er mit meiner Hilfe seinen Schmerz hinter sich lassen?

37

» DU, *Blake* CROSS, STRAHLST IN UNENDLICH VIELEN FARBEN FÜR MICH. «

Blake

Die Worte lagen mir auf der Zunge. Ich wollte sie schon so lange aussprechen, aber hasste mich selbst dafür. Sutton hatte ihr eigenes Päckchen zu tragen und das war verdammt schwer. Wieso sollte ich sie nun auch noch mit meinem belasten?

Es änderte nichts an der Situation. Doch während meiner Sitzungen mit Dr. Lambert hatte die Therapeutin eines ständig zu mir gesagt, auch wenn ich nichts erwiderte. Ihre Stimme klang noch immer in meinem Kopf. »*Es tut gut, mit anderen zu sprechen. Man teilt den Schmerz und er tut nicht mehr ganz so weh. Vertrauen Sie Ihren Freunden, dass sie das aushalten werden.*«

Sutton sah mich neugierig mit ihren großen türkisfarbenen Augen an, und für einen winzigen Moment erlaubte ich es mir, darin zu versinken.

»Meine Schwester ist vor einigen Wochen gestorben«, begann ich und testete Suttons Reaktion. Dieser Satz war ein Fakt, der ihr bereits bewusst war. Ihr Griff verstärkte sich um meine Hüften und hielt mich, obwohl ich das Gefühl hatte, meine Kraft vollends zu verlieren und nur noch zu fallen. Ich hatte es ausgesprochen und nun wollte ich keinen Rückzieher mehr machen. »Es war kein Unfall oder so etwas, sie war krank. Seit ihrer Kindheit. Seit unserer Kindheit. Wir waren Zwillinge.« Sutton hielt den Atem an. In ihre Augen traten Mitleid und Bedauern. »Sie hatte eine Krankheit, die sich *spinale Muskelatrophie* nennt. Muskelschwund, um genau zu sein. Eine besonders aggressive Form. Seit ihrer Geburt war es nur eine Frage der Zeit, wie lange sie leben darf. Zuerst versagen die Muskeln in Armen und Beinen. Du kannst nicht mehr greifen, die Arme gar nicht mehr bewegen, irgendwann nicht mehr laufen oder überhaupt irgendetwas tun.« Ich schloss die Lider und vertrieb die Bilder meiner Erinnerung, die mich auf kurz oder lang umbrachten. Ich ersetzte sie durch die unbändige Wut, weil es das Einzige war, was mich aufrecht hielt. Und mittlerweile auch Sutton. »Die Atemmuskulatur setzt aus und du wirst nur noch künstlich beatmet. Vegetierst vor dich hin und wartest auf das Ende. Das Schlimme daran ist, dass dein Kopf seine Funktion nicht verliert. Du weißt, dass es demnächst vorbei ist, aber du darfst nicht selbst bestimmen, wann es so weit sein wird. Das ist das Schrecklichste, was dir passieren kann. Meine Schwester hatte das nicht verdient. Sie hatte es nicht verdient!«, presste ich den letzten Satz zwischen zusammengebissenen Zähnen hervor. »Weißt du, ich hab mir oft gedacht, dass es besser wäre, wenn es vorbei ist. Dass wir die Maschinen einfach abstellen und sie endlich davon erlösen. Nicht wegen uns oder weil sich all unsere

Tage nur um Grace und die Krankheit drehten … wegen ihr«, sprach ich die Worte aus, die mich innerlich verätzten. Noch niemals hatte ich sie aus dem dunklen Loch gelassen, weil allein sie zu denken, mich zu einem schlechten Menschen machte. Doch jetzt war es raus. Was war ich für ein Bruder, wenn ich nur das Ende meiner Schwester gewollt hatte? Was für ein Mensch? Doch Sutton zuckte nicht zusammen oder wandte sich von mir ab, weil ich ein Monster war. Stattdessen hob sie ihre Hand und strich mir die Tränen von der Wange. Sie sagte nichts, sondern sah mich einfach nur an. Nicht mit Ekel oder Abscheu. Mit Liebe. Und *Verständnis*. In diesem Moment konnte ich nicht mehr stark sein, mich nicht mehr zurückhalten. Ich senkte den Kopf, presste mein Gesicht in ihre Halsbeuge und drückte sie an mich. Ließ alles heraus, was mich mein Leben lang gebrandmarkt und ein Stück weit zerstört hatte. An jedem verdammten Tag.

Sutton hielt mich so fest, wie sie konnte. Ich hatte keine Ahnung, wie lange wir so in dem kühlen Wasser inmitten dieses verdammten Pools standen und uns umarmten, sie aushielt, was ich ihr aufbürdete. Irgendwann löste ich mich von ihr und sah sie an. Sie war das Beste, was mir passieren konnte. Und trotzdem würde sie nichts an dem ändern können, was die Zukunft für sie und uns bereithielt.

Niemals zuvor hätte ich gedacht, dass man so verrückt nach einem einzigen Menschen sein konnte, aber bei Sutton war das der Fall. Ich wollte sie, alles von ihr und ihr alles von mir geben, was ich hatte. Die Farben. Und die Schwärze. Die hellen Stunden. Und die dunklen. Tag. Und Nacht.

Meine kaputte Seele hatte nach ihrer gesucht und sie gefunden und in diesem Moment machte ich mir keine Sorgen darum, ihre noch mehr zu beschädigen. Ich fühlte mich mit ihren Teilen endlich vollständig.

Sie umrahmte mein Gesicht mit ihren Handflächen und sah mich fest an. In mir wuchs die Unsicherheit schmerzhaft an und drückte mich zu Boden.

»Du bist kein schlechter Mensch, weil du Erlösung für deine Schwester wolltest«, sagte sie, und ich versuchte, mein rasendes Herz zu beruhigen. Immer wieder brachen Erinnerungsfetzen wie unbändiges Wasser durch einen gebrochenen Damm. »Und du konntest nichts dafür, dass sie es hatte und nicht du. Dafür kann niemand etwas! Das Schicksal, oder was so etwas Furchtbares auch immer verursacht, ist willkürlich. Es wählt nicht nur die aus, die etwas Schlimmes verdienen. Leider nicht.« Der Druck ihrer Hände wurde stärker und ich hob meine und legte sie an ihre nackten Hüften. »Meine Oma hat immer gesagt, jeder hat Farben in seinem Herzen. Gute Menschen haben mehr als schlechte und diese Farben kann man durch nichts verändern und sie nur sehen, wenn man einen Menschen richtig kennenlernt. Du, Blake Cross, strahlst in unendlich vielen Farben für mich.«

Ohne ein weiteres Wort ergriff sie meine Hand und zog mich aus dem Wasser zu der Liege, auf der unsere Sachen lagen. Sie schlang sich ein Handtuch um den Körper und nahm die restlichen Klamotten in die Hand, um sie auf eine der hinteren Liegen zu legen, die von einem Pavillon umgeben waren, geschützt vor anderen Blicken.

Unsicher stand ich davor, während Sutton auf die weißen Polster krabbelte, sich hinlegte und mich abwartend ansah. Ich wollte ihre Nähe, sie halten, die gesamte Nacht. Aber hatte immer noch Angst davor, dass sie morgen anders über meine Worte denken würde als heute Abend.

Doch sie ließ mir keine Möglichkeit zu zögern, sondern setzte sich auf und zog mich an der Hand zu sich herunter. Ich legte mich zu ihr und als sie ihre Arme um meinen Oberkörper schlang und mich festhielt, wollte ich nur noch eines. Sie genau so halten, bei mir wissen. Ihren Halt und ihre Nähe annehmen, denn nichts fühlte sich in diesem Moment besser an.

Ich vergrub mein Gesicht an ihrer Halsbeuge und spürte die Gänsehaut, die sich auf ihrer warmen Haut aufstellte. Ihren Atem in meinem Haar. Ihren Duft, der in meine Nase strömte. Ich konnte nicht unterdrücken, dass ich sie küssen wollte. Mehr wollte. Doch ich tat es nicht.

Stattdessen genoss ich den Kokon, den wir uns in dieser Nacht aufbauten und der uns wenigstens ein paar Stunden vor alldem beschützte, was morgen wieder auf uns niederprasselte.

Morgen. Nicht heute.

38

»ICH DANKE *dir*, DASS DU MICH BEGLEITET HAST.«

Sutton

Das Sonnenlicht strömte durch die halb zugezogenen Stoffbahnen und ich schlug langsam die Augen auf. Ich spürte Blakes Körper, der hinter mir lag, und seinen schweren Arm, den er um meine Taille geschlungen hatte und der mich an ihn drückte. Ich hatte so gut geschlafen wie seit Langem nicht mehr. Der Aufenthalt hier, Blakes Vertrauen, seine ehrlichen Worte, diese Nacht … All das hatte uns so viel näher zusammengebracht, als ich mir je vor dieser Reise hatte vorstellen können. Dass man sich einem Menschen so tief verbunden fühlte, der einen verstand, und ihm seine dunkelsten Gedanken anvertraute, war erstaunlich.

Ich erinnerte mich an sein Geständnis, an die Nähe, die er daraufhin genauso sehr gebraucht hatte wie ich. An das Gefühl, ihn halten zu wollen, während er sich all der dunklen Worte entledigte, die ihn anscheinend jahrelang innerlich verbrannt hatten.

Denn im Gegensatz zu dem, was er selbst dachte, war er kein schlechter Mensch. Er wollte nur das Beste für seine Schwester und ich wusste, er hätte niemals gezögert und ihr jederzeit die Last abgenommen, die sie das Leben gekostet hatte.

Ich spürte, wie er sich hinter mir regte. Er zog seinen Arm zurück und legte sich auf den Rücken. Ich drehte mich zu ihm und stützte den Kopf auf meiner rechten Handfläche ab. Um meinen Körper war immer noch das Handtuch geschlungen, aber Blake lag nur in Badeshorts auf den Polstern der Liege und ich konnte nicht verhindern, einen Blick auf seinen trainierten Körper zu werfen. Meine Finger zuckten, weil ich ihn berühren wollte, aber auch Angst davor hatte, dass ich damit nicht mehr aufhören konnte.

»Guten Morgen.«

»Guten Morgen«, erwiderte er mit vom Schlaf belegter Stimme und sah mich prüfend an. Als würde ich heute meine Meinung über ihn ändern. Was für ein seltsamer Gedanke. Doch jedes Wort, das ich ihm sagen konnte, hätte nicht das Gefühl übermittelt, das ich für ihn empfand. Also senkte ich meinen Mund vorsichtig auf seinen. Ohne zu zögern, umfasste er meinen Hinterkopf und hielt mich an Ort und Stelle fest, und für einen winzigen Moment spürte ich nur die Berührung unserer Lippen. Es war ein fast keuscher Kuss, doch er bedeutete so viel mehr als pure Lust. Verständnis, Dankbarkeit und jede Sekunde ein bisschen mehr Liebe.

***

Zurück im Auto rief ich meine Tante an und sagte ihr, dass wir um die Mittagszeit eintreffen würden. Sie freute sich, auch wenn sie im Moment ziemlich viel mit einer geplanten Ausstellungseröffnung um die Ohren hatte. Aber die Schwester meines Vaters, die so völlig anders als er war, war schon immer ein Vorbild für mich gewesen. Irgendwann vor einigen Jahren war sie von Riverdale nach Long Beach gezogen und ich konnte sie leider nur noch hin und wieder sehen. Hier und in ihrer Galerie hatte ich sie noch niemals zuvor besucht.

Als wir die Stadt erreichten und hindurchfuhren, wuchs meine Aufregung erneut an. Wir sollten meine Tante in ihrer Galerie in Downtown Los Angeles treffen, um den Schlüssel für ihr Haus abzuholen, in dem wir so lange wohnen konnten, wie wir wollten, da sie sowieso kaum zu Hause war. Ich wusste nur, dass sie ein kleines Häuschen direkt am Strand hatte, und war ganz gespannt darauf.

Blake parkte seinen Wagen am gegenüberliegenden Straßenrand vor der Galerie und ich sah hinüber.

»Freust du dich?«, fragte er.

Auf diese Frage gab es nur eine Antwort. »Ja!« Ich wandte mich ihm zu und er ergriff meine Finger. »Aber irgendwie bin ich auch traurig. Wir haben unser Ziel erreicht und unser Trip ist jetzt vorbei.«

Blake legte seine Hand an meine Wange und ich schmiegte mich in seine Berührung. »Wir haben noch genug Zeit. Komm.«

Er wollte bereits aussteigen, da hielt ich ihn an seiner Schulter fest. »Moment, eines möchte ich noch sagen.

Danke! Dass du mich mitgenommen hast, obwohl du mich eigentlich überhaupt nicht kanntest, und dass du all die schönen Dinge organisiert hast, und vor allem, dass du dich mir anvertraut hast.« Noch bevor ich weitersprechen konnte, zog er mich an sich und presste seine Lippen auf meine. Wir küssten uns, bis mir schwindelig wurde, und noch ein bisschen länger, erst dann ließ er mich langsam los und sah mir tief in die Augen.

»Ich danke dir, dass du mich begleitet hast«, erwiderte er nur, obwohl ich immer noch glaubte, dass es andersherum gewesen war.

Wir stiegen aus, überquerten die Straße und betraten die Galerie. Es war genau so, wie ich es mir vorgestellt hatte. Weiße Wände und ein weißer Boden nahmen die Aufmerksamkeit von sich und gaben sie den zahlreichen bunten Gemälden, die überall hingen. Helle Strahler schienen von der Decke herab, und vereinzelt standen einige Skulpturen innerhalb des Raumes, der durch Trennwände verwinkelt war und kleiner wirkte, als er wahrscheinlich war.

Eine Frau mit einem blauen Kurzhaarschnitt und schwarzen Lederklamotten hängte ein viereckiges Bild auf, während ein dunkelhäutiger Mann davor stand und den Kopf schief legte.

»Nein. Das ist es noch nicht. Irgendwie funktioniert es hier nicht«, sagte er und fuhr sich mit der Hand über den Bart. »Häng es wieder ab!«

»Ernsthaft, John? Wie oft sollen wir es noch umhängen?«, fragte die Frau und man konnte eindeutig einen britischen Akzent heraushören.

Als Blake und ich einen Schritt näher in den Raum hineingingen, drehten sich beide um. »Wir haben heute geschlossen«, sagte die Frau und wedelte mit der Hand, als könnte sie uns so vertreiben.

»Wir suchen Stella. Sie ist meine Tante und sie sollte eigentlich hier sein«, antwortete ich, und die Augen der Frau wurden größer.

»Ah! Dann bist du Sutton! Hi!« Sie ließ das Bild an Ort und Stelle und trat mit dem Mann, der anscheinend John hieß, auf uns zu. Die Frau stellte sich als Cloe vor und auch Blake nannte seinen Namen.

»Deine Tante ist gleich wieder da, sie wollte noch Eier für die Eröffnung besorgen.«

»Eier?«, fragte Blake und zog die Augenbrauen zusammen. Ich musste über seinen merkwürdigen Gesichtsausdruck fast kichern.

»Ja, Künstler sind schon ein komisches Völkchen«, sagte John und machte eine abweisende Handbewegung. »Unser derzeitiger isst im Moment nur Eier. Keine Ahnung, was das wieder für eine Marotte ist, aber seine Cholesterinwerte werden sich rächen.«

Wir lachten und in genau diesem Moment wurde die Tür hinter uns geöffnet und meine Tante betrat den Raum. Sie sah aus wie immer. Ihre blonden Haare hatte sie zu einer wirren Hochsteckfrisur auf dem Kopf festgemacht, in der ihre rote Brille thronte. Sie trug ein knöchellanges buntes Blumenkleid, dazu flache silberne Sandalen. Nur ihre Haut war viel gebräunter als beim letzten Mal. Vielleicht hatte sie sich endlich mal ein paar freie Tage gegönnt und sie nicht nur in der Galerie verbracht.

»Sutton!«, rief sie fröhlich überrascht, stellte einen kleinen Karton auf eine Theke neben der Tür und breitete die Arme aus. Ich lief auf sie zu und wir umarmten uns.

»Hallo Stella! Es freut mich sehr, dich wiederzusehen, du siehst gut aus!«, sagte ich und löste mich von ihr. »Das ist Blake. Mein Freund.« Ich wartete auf seinen Protest, denn genau genommen hatten wir das, was uns miteinander verband, noch nicht betitelt. Aber er lächelte freundlich und schien mit dieser Bezeichnung einverstanden zu sein. Sie schüttelten sich die Hände und meine Tante warf mir anerkennende Blicke und ein breites Grinsen zu.

»Kinder, wie die Zeit vergeht. Das letzte Mal habe ich dich gesehen, da hast du noch mit Puppen gespielt, die dein bunter witziger Freund angeschleppt hat. Kay, oder? Wie geht es ihm?«

Ich nickte lachend. »Ihm geht es blendend. Heute schleppt er aber keine Puppen mehr an, sondern nur noch Typen.«

»Ach … Das erklärt einiges.« Sie lachte noch genauso laut wie früher. »Wie geht es meinem Bruder?«

»Dad geht es gut. Arbeitet sehr viel, wie immer eben.« Bisher hatte ich ihr noch nichts über meine Erkrankung erzählt. Ich wollte nicht, dass sie sich Sorgen machte, aber jetzt kam es mir falsch vor, es ihr nicht gesagt zu haben. Trotzdem wollte ich sie vor ihrer Ausstellungseröffnung nicht verunsichern. Es würde eine passende Gelegenheit kommen.

Stella lief zu der Theke und holte eine Handtasche hervor, aus der sie einen Schlüsselbund kramte, den sie mir entgegenhielt. »Hier, das ist der Ersatzschlüssel meines Hauses. Das Angebot steht, ihr könnt so lange bleiben, wie ihr möchtet.«

»Danke. Dürften wir auch noch ein bisschen in der Galerie bleiben und uns die Ausstellung ansehen?«

Auf das Gesicht meiner Tante trat ein strahlendes Lächeln und sie breitete erneut die Arme aus. »Aber selbstverständlich. Fühlt euch wie zu Hause!«

Ich sah Blake an und der nickte bestätigend. Noch bevor wir loslaufen konnten, vernahm ich die Stimme meiner Tante erneut.

»Ach, möchtest du eigentlich in ein paar Tagen deinen Geburtstag hier feiern? Ich meine, achtzehn ist ein wahnsinnig wichtiges Alter.«

Nun warf mir Blake einen etwas geschockten, fragenden Blick zu. Ich hatte nicht vorgehabt, meinen Geburtstag zu feiern. Die letzten Tage waren sowieso schon die schönsten meines Lebens gewesen.

39

»KLINGT NACH EINER *Herausforderung.*«

Blake

Ich spritzte mir mit flachen Händen kaltes Wasser ins Gesicht und stützte mich auf dem Waschbeckenrand ab. Das Zittern hörte einfach nicht auf. Es war schleichend aufgetreten, kam in letzter Zeit immer häufiger. Es fing in den Beinen an und endete in meinen Armen. Bis jetzt.

Ironischerweise war es zwei Tage vor Grace' Tod zum ersten Mal aufgetreten.

Man könne damit leben, sagten die Ärzte, aber die hatten auch in Wirklichkeit keine verdammte Ahnung, *wie* man mit so einer Erkrankung lebte oder ob man das noch Leben nennen konnte.

Ich trocknete meine Hände an einem Gästehandtuch mit kitschigem Blumenmuster ab und betrachtete mich ein letztes Mal im Spiegel, bevor ich zurück nach draußen zu Sutton ging. Sie saß auf der hinteren Veranda, hatte ihren Zeichenblock auf ihren Beinen abgelegt und beobachtete die Wellen, die gemächlich und rhythmisch Richtung

Strand trieben. Ihre Haare wehten leicht im Wind und für einen kurzen Moment hielt ich inne, bevor ich ganz nach draußen zu ihr trat.

Suttons Tante wohnte wirklich schön, das musste man sagen. Ihr Haus war nicht gerade groß, aber hell, freundlich und ein wenig verrückt eingerichtet. Künstler eben. Und die Lage war der Hammer.

»Hey, da bist du ja.« Vom sanften Klang ihrer Stimme würde ich wohl nie genug bekommen. Genauso wie von ihr. Sie streckte die Hand nach mir aus. Ich ergriff sie, gab ihr einen Kuss darauf und legte sie in meinen Schoß, als ich neben ihr Platz nahm. Immer wenn sie in meiner Nähe war, musste ich sie berühren. Ein inneres Verlangen, gegen das ich ständig ankämpfte, um sie nicht zu erschrecken.

»Hab das Essen heute Mittag wohl nicht vertragen, alles gut«, log ich und fühlte mich sofort schlecht dabei. Ich sah auf ihren Block. »Heute nur schwarz-weiß?«

Sie betrachtete ihr Bild, auf dem sie das Meer und die Wellen ziemlich gut getroffen hatte. Ein Mann lief mit einem Hund am Strand entlang. Fast roch ich die salzige Luft noch intensiver.

Nur eines war anders. Die Farben fehlten, auf die sie sonst so akribischen Wert legte.

»Irgendwie war mir heute danach und ich finde, es verleiht dem Bild mehr Tiefe.« Sie sah auf und begegnete meinem Blick. »Denkst du nicht auch?« Ich erkannte die Unsicherheit in ihren Worten.

»Alles, was du zeichnest, ist wunderschön.«

Sie lächelte. Ich lächelte mehr.

»Wieso hast du mir nicht erzählt, dass du bald Geburtstag hast?«

Sie wich mir aus und schaute wieder zum Strand. Ich betrachtete ihr Profil. Mir fiel auch auf, dass sie ihre Brille immer seltener trug. Brachte sie ihr gar nichts mehr? Leichte Übelkeit wand sich meine Speiseröhre nach oben. Was, wenn es doch schneller ging, als wir gehofft hatten?

»Ich dachte nicht, dass das wichtig wäre. Die letzten Tage waren so schön, dass man sie ohnehin nicht mehr toppen kann«, erwiderte sie und schenkte mir wieder ihre Aufmerksamkeit.

»Klingt nach einer Herausforderung.«

»Nein, fühl dich nicht unter Druck gesetzt, du musst dir nicht noch etwas einfallen lassen. Alles, was wir erlebt haben, war unglaublich«, antwortete sie und ich drückte ihre Finger, die immer noch in meinem Schoß lagen. »Hier mit dir zu sein, reicht mir vollkommen.«

Mir auch. Mehr als ich mir auch nur ansatzweise vorgestellt hatte.

Und ich würde jede Minute, die mir an diesem Ort noch mit ihr blieb, genießen.

40

»So *falsch* kann man liegen.«

Sutton

Jeden Morgen brannten meine Augen ein bisschen mehr. Jeden Tag konnten sie weniger gegen die blendende Sonne und die nächtliche Dunkelheit ankämpfen. Sie waren müde. Ich spürte das, weil ich es ebenso war. Schon nach dem Aufwachen hatte ich Kopfschmerzen und ich wusste, es würde keine Jahre mehr dauern, bis das Kartenhaus zusammenbrach. Bis die Blase platzte und ich fiel.

Trotzdem ignorierte ich all die Anzeichen, die mir so deutlich vor meinen bald nutzlosen Augen standen, weil sich die Zeit mit Blake so gut anfühlte, dass ich sie nicht durch trübe Gedanken vergiften wollte.

Wir genossen unseren Aufenthalt hier. Meine Tante war ein witziger, etwas verrückter und sehr liebevoller Mensch, auch wenn wir sie nur kurz morgens und spät am Abend antrafen. Die Ausstellung verlangte ihr einiges ab, aber ich sah ihr an, dass sie ihre Arbeit liebte.

Ich hatte irgendwo in einer Strandbar auf einem Blechschild einen Satz gelesen, der absolut zutraf.

Do what you love, love what you do.

Hoffentlich fand ich trotz all der Umstände auch etwas, das ich gerne tat, denn ob ich weiter zeichnen könnte, war fraglich.

Blake und ich schlenderten über den Santa Monica Pier und bestaunten die Massen an Menschen, die bei heißestem Sommerwetter in den kleinen Vergnügungspark stürmten. Die letzten Tage fühlten sich genauso unglaublich an wie die davor. Wir hatten tatsächlich die Graffitikunstwerke in der Melrose Avenue besucht und waren danach an den Glas Beach gefahren, um die fein geschliffenen Glassteine zu betrachten, während sie die Sonnenstrahlen reflektierten. Außerdem hatten wir gestern ein Holi-Festival im Whittier Narrows Park besucht. Ich war völlig fasziniert von dem Anblick der bunten Farbwolken in der Luft gewesen, dass ich fast selbst vergessen hatte, meine Handvoll Pulver hochzuwerfen. Blake und ich tanzten danach zu einem wilden Beat, bis wir völlig außer Atem gewesen waren, und küssten uns, bis uns vollständig die Luft ausblieb.

»Ich liebe Achterbahnen und bin schon als Kind jede noch so schnelle Bahn gefahren«, erzählte ich, als wir weiter über den Pier schlenderten. »Ich erinnere mich noch genau an eine, bei der sogar mein Dad grün angelaufen ist. Ich saß nur drin und hab laut gelacht.« Ich musste kichern, wenn ich an dieses Erlebnis dachte.

»Dabei hätte ich angenommen, du wärst eher jemand, der es ruhiger angehen lässt.« Blake lachte. »So falsch kann man liegen.«

»Oh ja, das kann ich nur zurückgeben.«

»Dass du gedacht hast, ich lasse es ruhiger angehen?«, fragte er grinsend.

»Gott, nein. Im Gegenteil.«

Er zog mich grinsend an sich und drückte mir einen Kuss auf den Scheitel. Ich liebte es, wenn er das tat.

»Ich hab übrigens Anfang des Sommers eine Liste geschrieben«, gestand ich und konnte nicht verhindern, dass ich rot anlief.

»Was für eine Liste?«, fragte er, und seinem Grinsen nach zu urteilen, ahnte er, um was für eine Art es sich handelte.

»Na ja, ich hab aufgeschrieben, was ich noch alles vor meinem Collegebesuch tun möchte. Und viele Punkte darauf konnte ich durch dich erfüllen, vielen Dank.«

»Noch nicht alle?«, fragte er und ich konnte nicht verhindern, dass mir Röte ins Gesicht schoss. Nein. Der erste Punkt darauf war noch unerfüllt, obwohl sich alles in mir zusammenzog, wenn ich daran dachte. Mit jeder Stunde, die ich mit Blake verbrachte, ein wenig mehr.

»Nein, aber wer weiß?«, erwiderte ich betont locker und zuckte mit den Schultern. Unschuldig riss ich ein Stück der Zuckerwatte ab, die mir Blake zuvor gekauft hatte, und schob es mir in den Mund. Wenn er voll war, konnte er keine Dinge ausplappern, die mir unsagbar peinlich waren.

Blake zog eine Augenbraue hoch, als hätte er mich durchschaut. »Welcher Punkt?«, fragte er und wenn seine Stimme diesen einen rauen Klang bekam, hätte ich alles um mich herum vergessen können. »Los, sag schon, was es war!«

Ich wich seinem Blick aus. »Er hatte mit dir zu tun.«

»Mit mir?«

Ich nickte und verdrehte grinsend die Augen, als er die Stirn runzelte und mich anschaute, als verschwiege ich ihm das Geheimnis der Menschheit.

»Ich wollte meine Unschuld an dich verlieren«, flüsterte ich ehrlich, als könnte uns jemand belauschen. Blake wirkte kurz geschockt, dann umfasste er meine Schultern und senkte den Kopf. Seine Lippen verharrten kurz vor meinen, bis er mich küsste, um mich daraufhin seitlich an sich zu ziehen und weiterzulaufen. Ich hatte mit vielen Reaktionen gerechnet, aber nicht damit, dass er dieses Thema völlig überging. Wieso?

»Morgen ist der Tag der Tage«, sagte Blake ausweichend und ich zuckte nur mit den Schultern und zupfte das letzte Stück Zuckerwatte vom Holzstiel, um die Enttäuschung zu verbergen, die sich in mir ausbreitete. Er würde seine Gründe haben, wieso er nicht darüber sprechen wollte, auch wenn ich sie im Moment noch nicht verstand.

»Geburtstage kommen doch sowieso jedes Jahr wieder. Ich möchte nicht unbedingt feiern.«

»Okay.«

»Okay?«, fragte ich, warf den leeren Stiel in einen Mülleimer und schaute Blake verwundert an. Er hatte die letzten drei Tage ständig nachgebohrt, keine Ahnung, wieso ihm Geburtstage so wichtig waren. Ich schob meine Sonnenbrille ein kleines Stückchen herunter, um ihn besser ansehen zu können. »Du akzeptierst das jetzt einfach so?«

»Klar, wieso nicht?« Er zwinkerte mir zu und sein Grinsen drückte etwas anderes aus, als er eigentlich sagen wollte. Ich wusste das, mittlerweile kannte ich ihn deutlich besser.

»Su!«, vernahm ich plötzlich hinter mir eine kreischende Stimme und riss die Augen auf. Blake grinste immer noch, und jetzt wusste ich, was es damit auf sich hatte. Er umfasste meine Schultern und drehte mich langsam um.

Julie rannte wild winkend über den Pier auf mich zu und schob einfach die Menschen zur Seite, die ihr im Weg standen. Kay folgte ihr dicht, aber kam mit seinem großen Körper nicht ganz so gut durch die Menge.

»Ich fass es nicht!«, rief ich, drehte mich kurz zu Blake und gab ihm einen festen Kuss, bevor ich meinen beiden besten Freunden entgegenlief und wir uns zu dritt in die Arme fielen. »Was macht ihr denn hier?«, rief ich lachend und Kay drückte mir einen fetten Schmatzer auf die Wange. Er sah gut aus in seinem türkis-gelben Karohemd, das seine schöne Bräune betonte. Und Julie war mit ihren roten Locken und dem engen, bunten Sommerkleid sowieso eine Wucht. Ich umarmte die beiden noch einmal fest.

»Wir lassen doch nicht unsere beste Freundin ihren achtzehnten Geburtstag allein feiern! Außerdem hat uns ein Vögelchen gezwitschert, dass du diesen Tag einfach übergehen möchtest.« Julie warf Blake über meine Schulter einen bestätigenden Blick zu. »Ein ziemlich heißes Vögelchen übrigens«, schob sie leise nach und ich musste lachen.

»Aber was ist mit deinem Praktikum? Und mit deinem Dad, Kay?«

»Ich wollte sowieso erst in einer Woche fahren«, erwiderte Kay.

»Und ich habe einfach einen Zwischenfall in der Familie vorgeschoben. Du bist Familie und außerdem ist es sowieso ziemlich öde. Ich muss den ganzen Tag Kaffee kochen, weil die eingebildeten Anzugträger wahrscheinlich denken, ich wäre für nichts anderes gut.« Sie verdrehte die Augen und ich konnte sie mir tatsächlich nicht in einem Büro am Schreibtisch vorstellen.

»Und wollte Levi nicht mitkommen?«, fragte ich Julie, aber sie wich mir nur aus und zuckte mit den Schultern.

»Keine Ahnung, wir haben seit ein paar Tagen keinen Kontakt mehr.« Oh, oh. Das verhieß nichts Gutes. Und diesmal konnte ich tatsächlich nicht sagen, ob es an Julie oder Levi lag. Sie warf mir allerdings einen Blick zu, der ausdrückte, dass sie später darüber sprechen wollte, und ich würde sie nicht vor den anderen ausfragen.

Blake tauchte an meiner Seite auf und auch er begrüßte Julie und Kay mit einer Umarmung. »Überraschung gelungen?«, neckte er mich leise und legte seine Hand auf meinen Rücken. Ich drehte mich zu ihm und drückte ihm erneut einen Kuss auf die Lippen. Das freudige Quieken meiner Freunde ließ ich dabei vollkommen außer Acht. Sie wussten sowieso schon, dass Blake und ich zusammen waren.

»Aber so was von«, antwortete ich, nachdem ich mich von ihm gelöst hatte. »Danke. Ich weiß gar nicht, wie ich das alles wiedergutmachen soll.«

»Musst du nicht. Bleib einfach so, wie du bist«, wisperte er und küsste mich noch einmal, bevor er mich losließ und ich mich meinen Freunden zuwandte. Ich verdrehte die

Augen aufgrund ihrer breit grinsenden Gesichter und ignorierte Kays eindeutigen Augenbrauenwackler. Hoffentlich hatte Blake den nicht gesehen. Aber nach einem Blick auf ihn war mir klar … er hatte ihn definitiv mitbekommen.

Meine albernen Freunde. Wie sehr ich sie tatsächlich vermisst hatte, spürte ich in dem Moment, in dem sie endlich wieder vor mir standen.

41

»Bist du *jemals* schon über diese Phase hinausgekommen?«

Sutton

Wir hatten gemeinsam mit meiner Tante, Julie und Kay gefrühstückt und danach wollte Julie mit mir unbedingt an den Strand. Wir liefen barfuß über den heißen Sand, umrundeten haufenweise Handtücher und suchten uns eine freie Stelle am Meer, bei der wir uns auf den Boden setzten. Die Sonne war heiß und wärmte unsere Haut. Wahrscheinlich würde ich dank des Tops, das ich trug, später definitiv einen Sonnenbrand haben, aber das war es mir wert. Ich wollte fühlen.

»So, du hattest noch vor, mir von Levi zu erzählen«, sagte ich und grub meine nackten Zehen tiefer in den Sand.

»Wollte ich das?« Julie vermied Blickkontakt und schaufelte mit den Händen ein kleines Loch. Ein großer schwarzer Hund rannte knapp an uns vorbei und Wasser spritzte von seinen Zotteln auf uns. Der Besitzer entschuldigte sich und einen Moment sahen wir ihnen hinterher.

»Ja, was ist passiert? Es lief doch gut zwischen euch, oder?«

»Na ja, was heißt gut? Wir waren in der Kennenlernphase und es hat eben nicht funktioniert.«

»Julie … Bist du schon jemals über diese Phase hinausgekommen?«

»Es hat halt nicht gepasst, was kann ich denn dafür?« Sie wurde immer ein wenig zickig, wenn sie etwas verheimlichte. Aber das hielt mich nicht davon ab, weiter nachzuhaken.

»Du bist so ein toller, interessanter, witziger Mensch und Levi hat einen guten Eindruck gemacht, versuch doch einfach mal was Ernstes. Was hast du zu verlieren?«

»Er hat es abgebrochen, okay? Diesmal war es nicht ich …«, sagte sie leise und buddelte weiter im Sand, als hinge ihr Leben davon ab. Ich stockte. Levi war es? Normalerweise beendete Julie ihre Beziehungen immer, bevor sie auch nur ansatzweise ernst wurden. Aber diesmal ging es nicht von ihr aus?

»Oh, das tut mir leid.«

»Und du und Blake, was?«, wechselte sie das Thema und setzte wieder einen unbeschwerten Gesichtsausdruck auf, als wäre nichts gewesen. Ich wusste, wenn ich nun weiter nachbohrte, würde sie nur genervt davonlaufen. Also beließ ich es dabei und ging auf ihren Themenwechsel ein.

»Ja. Er ist toll«, schwärmte ich. »Anders, als wir anfänglich gedacht hatten. Sensibel, feinfühlig, witzig …«

»Und so heiß!« Wir lachten.

»Das auch.«

»Also habt ihr …«

Ich seufzte und sah nach vorne auf das Meer. »Noch nicht. Aber wenn er bei mir ist, kann ich kaum atmen und will ihn berühren. Mich am liebsten auf ihn stürzen, bis ich genug von ihm habe, obwohl ich weiß, dass das eigentlich unmöglich ist.« Ich lachte nervös. »Ich dachte, Männer machen den ersten Schritt, aber bisher ist außer Küssen nicht viel passiert. Vielleicht möchte er nicht.«

»Das denkst du? Sutton, du bist absolut scharf! Wenn er nicht mit dir schlafen will, dann ist er doch der Falsche! Ich denke aber eher, er hat Angst. Männer haben meistens Schiss, der Erste zu sein, auch wenn sie es sich insgeheim immer wünschen. Spricht für ihn, wenn er dabei nichts falsch machen will.«

»Vielleicht ist es auch unfair von mir, dass ich möchte, dass er mein Erster ist, obwohl ich überhaupt nicht weiß, wie unsere Zukunft aussieht. Ob er überhaupt eine Zukunft mit mir nach dieser Reise haben möchte.«

»Er wäre dämlich, wenn nicht«, erwiderte Julie und ich lächelte sie an.

Ich holte tief Luft und schloss die Augen, ließ die Worte meinen Kopf verlassen, bevor ich sie doch wieder herunterschluckte und für mich behielt. »Es tut weh, zu wissen, dass ich ihn irgendwann nicht mehr sehen kann. Dass wir den letzten Schritt gehen und ich ihm irgendwann dabei nicht mehr in die Augen schauen kann. Die Gefühle sehe, die er für mich hat, denn ich weiß, dass er welche hat. In den Momenten, in denen ich mir vorstelle, wie es ist, ihn nicht mehr zu sehen, könnte ich vor Schmerz vergehen.«

Julie schlang den Arm um mich und zog mich an sich. Wir atmeten im gleichen Rhythmus und ich spürte, wie sehr meine beste Freundin um ihre Beherrschung kämpfte. Irgendwann ließ sie mich los und kramte in ihrer Tasche. Ich hielt die Luft an, als sie mir ein Kondompäckchen hinhielt.

»Dann hol dir diesen Moment für deine Erinnerung, solange du es noch kannst.«

***

Am Abend aßen meine Freunde, Blake und ich gemeinsam in einem Fischrestaurant. Es war spät, als Blake und ich zurück bei meiner Tante eintrafen. Sie schlief bereits, als wir das Gästezimmer betraten. Nachdem sich Blake bettfertig gemacht hatte, ging auch ich ins Badezimmer, putzte mir die Zähne und zog mir mein Schlafshirt und meine Schlafhose über. Ich öffnete meine Haare und fuhr mir mit dem Finger hindurch. Das Kondom, das Julie mir gegeben hatte, hatte ich heimlich nach unserem Gespräch heute Vormittag unter meinem Kopfkissen versteckt.

Ich brauchte nicht zu überlegen, wenn ich darüber nachdachte, ob ich es wollte. Blake sollte mein Erster sein. Am liebsten mein Einziger.

Heute Nacht wollte ich ihm so nahe sein, wie es nur irgendwie möglich war, und ich hoffte, dass auch er es wollte.

Gefüllt mit Mut, ging ich zurück ins Gästezimmer und schob mich zu Blake unter die Laken. Er löschte das Licht und wie die Abende zuvor zog er mich an sich und hielt mich. Doch diesmal reichte es nicht aus. Durch meinen Körper pulsierten Aufregung und Vorfreude.

»Hattest du einen schönen Tag?«, flüsterte ich und spürte sein Nicken hinter mir. Er vergrub seine Nase in meinen Haaren und küsste meinen Hals knapp unter meinem Ohr. Umgehend stellte sich dort eine Gänsehaut auf. Ich wollte, dass er mich weiter küsste.

»Sehr. Du auch?«

»Und wie.«

Sein Atem kitzelte auf meiner Haut und ich starrte in die Dunkelheit. »Gute Nacht, Sutton.«

Beflügelt von dem Gefühl, Blake hinter mir zu spüren, und meinem Vorhaben, drehte ich mich in seinen Armen um und fuhr mit meinen Fingern mutig unter sein Shirt. Als ich vorsichtig die warme Haut über seinen Bauchmuskeln streifte, stockte mein Atem und auch Blake zog laut die Luft ein.

»Was machst du da?«, flüsterte er und das Pulsieren in meinem Inneren nahm um einiges zu, doch anstatt ihm zu antworten, rutschte ich ein Stück hoch und küsste ihn zart. Einmal. Zweimal.

Er erwiderte meine Küsse zögernd, während meine Hände mutiger wurden und die Wärme seiner Haut und die Stärke seiner harten Muskeln genossen. Forscher schob ich den Stoff seines Shirts nach oben und Blake spannte sich an. Er rutschte ein Stück von mir weg und hielt meine Hände fest.

»Sutton … Was … wird das?«

Er hatte doch Erfahrung mit Mädchen? Wieso zögerte er also noch, wenn ich mich ihm so anbot? Was war los?

»Es ist gleich Mitternacht und ich habe Geburtstag«, wisperte ich. »Ich darf mir was wünschen.« Mein Mut schwand, während ich die Worte aussprach. Wollte er vielleicht gar nicht mit mir schlafen? Hatte er mich nur geküsst, weil ich ihn geküsst hatte oder ihm keine andere Wahl gelassen hatte? Ich wurde unsicher. Eigentlich hatte ich angenommen, das zwischen uns wurde von Tag zu Tag tiefer und ernster. Vielleicht hatte ich mich getäuscht und die Gefühle, die sich stündlich mehr in meiner Brust für Blake türmten, waren auf seiner Seite nicht mal halb so groß.

»Ich will es, Blake. Mit dir. Weil ich …« Dich liebe? Konnte man das in so kurzer Zeit schon aussprechen? Fühlte sich Liebe so überhaupt an? So gigantisch, alles verschlingend, atemraubend?

Der Griff um meine Handgelenke wurde enger und auch die Anspannung, die in seinen Körper gefahren war, nahm zu. »Wenn ich mein erstes Mal mit jemandem erleben möchte, dann mit dir«, sagte ich mutiger und sprach es endlich aus. »Aber wenn du mich nicht willst, dann …«

»Sutton, du weißt nicht, wie sehr ich dich will …«, unterbrach mich Blake. »Ich kann kaum atmen, wenn du neben mir liegst, oder meine Augen abwenden, wenn du den Raum betrittst. Ich will dich, seit ich dich das erste Mal geküsst habe. Ich wollte dich noch ein Stückchen mehr, als wir uns bei Dr. Lambert getroffen haben. Und noch ein bisschen mehr, als ich dich besser kennenlernte und du mit mir fahren wolltest. Aber ich kann an kaum etwas anderes denken, seitdem du vor meinen dunklen Worten nicht davongelaufen bist. Du hast dich an meine Seite gegen sie gestellt. Sutton, ich wollte noch nie etwas mehr als dich, aber ich bin mir nicht sicher, ob du es nicht bereuen wirst, mir dein erstes Mal geschenkt zu haben.«

Seine Finger lösten sich und ich hörte in der Dunkelheit nur seinen schweren Atem. Ich verstand seine Worte nicht, aber sie berührten mich und vor allem schmälerten sie nichts von dem Gefühl, das für Blake in meiner Brust schlug. Er strafte sich immer noch für seine Gedanken, dabei war er einer der besten Menschen, die ich je getroffen hatte.

Ich rutschte näher zu ihm und nahm sein Gesicht in meine Hände. Auch wenn ich ihn nicht sah, spürte ich doch die Wärme, die von ihm ausging. »Ich bin mir bei nichts so sicher wie damit, Blake. Ich will es. Dich. Uns und all das dazwischen«, sagte ich leise und es war, als hätte jemand das unsichtbare Band zerschnitten, das uns getrennt hatte. Blake kam mir entgegen und seine Lippen trafen auf meine. Ich hatte keine Ahnung, wer zuerst den Kuss intensivierte, aber wir taten es auf gleiche Weise. Er umfasste meinen Oberkörper und zog mich an sich. Durch den dünnen Stoff seiner Shorts und meiner Hose spürte ich seine Erregung und das Feuer in mir wuchs um ein Vielfaches an. Meine Hände packten den Saum seines Shirts. Ich wollte nichts mehr, als ihn zu fühlen. Haut auf Haut. Also streifte ich ihm den Stoff über den Kopf, als er sich ein Stück erhob, und tastete mit meinen Fingern diesmal ausgiebiger über die Tiefen und Erhebungen seiner Muskeln, während sie sich unter meinen Berührungen bewegten. Langsam glitten meine Fingerspitzen über seinen Bauch und sein Atem wurde immer schwerer. Ich fuhr nach oben und über seine Brust, verharrte kurz über der Stelle, an der das Tattoo sein musste, und packte dann seine Schultern, während er mich auf seinen Schoß hob.

»Sutton, ich …«, begann er, aber fand anscheinend keine Worte für das, was gerade zwischen uns stattfand. Und auch ich hätte in diesem Moment nichts sagen können, das ausdrückte, was ich fühlte. Also küsste ich ihn und er kam mir entgegen. Er fuhr mit den Händen unter mein Top und meinen Rücken hinauf, während ich mich tiefer auf ihn schob und wie automatisch gegen sein Becken drückte. Wir stöhnten beide auf, als das Feuer die Kontrolle übernahm. Hastig zog er mir mein Schlaftop über den Kopf und senkte seinen Mund auf meine Brustwarze. Ich seufzte leise und legte den Kopf in den Nacken. Wenn ich an mein erstes Mal gedacht hatte, schwang auch immer ein bisschen Angst mit, aber in diesem Moment, in dem es wirklich passierte, war diese Furcht völlig vergessen. Weil es Blake war.

Er verharrte auf einmal und umfasste mein Gesicht mit seinen Händen. Auch wenn ich ihn nicht sah, hatte ich doch die Augen fest auf ihn gerichtet. »Wir können das nicht tun.« Ich hielt den Atem an. »Ich habe nichts zur Verhütung.«

Ich lehnte mich auf meine Bettseite und zog das Kondom unter dem Kissen hervor. »Wenn das der einzige Grund ist, habe ich daran gedacht«, sagte ich leise und drückte ihm das Päckchen in die Hand.

Wieder zog er mich an sich und das Berühren, das Tasten, die Küsse, die Nähe, die Streicheleinheiten nahmen erneut an Intensität zu.

»Ich werde vorsichtig sein«, wisperte Blake und legte mich sanft mit dem Rücken zurück auf das Bett. Mein Herz klopfte mir bis zum Hals. Mit meiner Hilfe streifte er mir die Schlafhose samt Höschen von den Beinen. Langsam senkte er den Mund auf meinen Bauch, verteilte Küsse darauf und wanderte weiter. Meine Finger krallten sich fest in die Bettdecke, auf der ich lag, und ich presste die Lider zusammen. Das Pulsieren in meinem Unterleib nahm noch zu, als sich Blake immer tiefer küsste und ein warmer Lufthauch meinen Kitzler streifte. Sanft folgte seine Zunge und mit den Händen umfasste er meine Oberschenkel, die sich vor Lust bei seinen leidenschaftlichen Berührungen verkrampften. Immer höher trieb er mich, immer weiter, bis sich ein gigantisches Kribbeln in mir aufbaute und seinen Höhepunkt fand, während ich fiel und fiel und fiel. Doch diesmal war es kein Fallen in eine Leere. Ich spürte Blakes festen Griff, seinen Halt, seine Stärke, als er sich über mich schob und meinen Geschmack mit seinen Küssen auf meinen Lippen verteilte.

»Du bist perfekt«, raunte er und ich musste lächeln. »Bist du dir wirklich sicher?«

Mein Atem ging weiterhin schwer und wenn das nur ein Vorgeschmack auf das war, was vor mir lag, konnte ich kaum erwarten, Blake zu spüren. Also nickte ich. »Ja«, flüsterte ich.

Er zog seine Boxershorts aus und ich hörte das Knistern von Plastik, bevor er sich zwischen meine Beine legte und mich küsste, bis die Anspannung aus meinem Körper kroch.

»Ich liebe dich, Sutton«, sagte er so leise und rau, dass ich dachte, ich hätte mich verhört. Doch die Worte hatten seine Lippen verlassen und auch ich konnte sie nicht mehr für mich behalten.

»Ich liebe dich auch, Blake«, erwiderte ich in genau dem Moment, in dem er vorsichtig in mich eindrang und mich küsste, bis der Schmerz durch etwas anderes verdrängt wurde. Lust. Liebe. Halt.

Und wir gemeinsam fielen.

42

»IGNORIERT *ihr* MICH?«

Sutton

»Bist du so weit?« Es klopfte laut an der Tür, aber Blake kam nicht herein. Julie hatte mich vor zwanzig Minuten fertig geschminkt und ich musste sogar eines ihrer mitgebrachten Kleider anziehen. Es war cremefarben und aus Chiffon und Seide. Der weite Rock ging mir bis zu den Knöcheln und das enge Miederoberteil wurde nur durch zwei dünne Träger gehalten. Darunter konnte ich lediglich einen trägerlosen BH anziehen. Es war ein Traum. Und ich war ein Wrack.

»Gleich«, rief ich zurück und wusste, Kay, Julie und Blake warteten seit mindestens einer Viertelstunde im Wohnzimmer. Ich konnte ihnen nicht sagen, dass ich nur deswegen zögerte, weil ich dachte, die schwarzen Pünktchen und Lichtblitze, die ich vermehrt sah, gingen gleich wieder weg. Sie blieben. Und in mir wuchs die Panik an und drohte mir den Boden unter den Füßen wegzureißen.

Ich hatte damit gerechnet, dass es irgendwann so weit sein würde. Aber irgendwann sollte nicht heute sein.

Die anderen hatten sich für meinen Geburtstag so viele Sachen einfallen lassen, die wir gemeinsam unternahmen. Und heute Abend sollte ein *krönender Abschluss* kommen. Keine Ahnung, was das bedeutete, aber dafür musste ich meine Maske der Leichtigkeit wieder aufsetzen und so tun, als wäre alles in Ordnung. Weil meine Freunde es verdienten.

Also atmete ich tief ein und aus und stand vom Bettrand der Ausziehcouch im Gästezimmer auf, auf der Blake und ich die letzten Tage geschlafen hatten.

Mit einem Lächeln ging ich aus dem Zimmer und erkannte Blakes erstaunten Gesichtsausdruck, als ich in das zum Glück hell erleuchtete Wohnzimmer trat. Ohne dass ich es sagen musste, achteten Blake und meine Freunde darauf, es mir so einfach wie möglich zu machen. Sie wussten, dass ich im Dunkeln so gut wie nichts mehr sah, das musste ich keinem von ihnen mehr sagen. Niemand ließ sein Zeug herumliegen, weil manche Dinge mir erst später auffielen und ich häufiger als sonst stolperte.

»Wow, du siehst …« Blake stand auf und steckte die Hände in seine Anzugshose. Er trug darüber ein weißes Hemd, bei dem er die oberen zwei Knöpfe geöffnet hatte. Er sah fantastisch aus. Wieder prägte ich mir diesen Anblick ganz tief in meinem Gedächtnis ein. Und verankerte ihn noch ein Stückchen tiefer.

»Danke, du auch.« Ein fast schüchternes Lächeln trat auf sein Gesicht und ich sah zu Julie und Kay, die sich ebenfalls mit einem schwarzen Kleid und einem grünen Hemd ziemlich herausgeputzt hatten. Ich wollte einen

Schritt auf sie zugehen, aber in diesem Moment zog ein Nebel vor meine Augen, der mich für eine kleine Ewigkeit benommen machten. Ich schloss die Lider und spürte Blakes festen Griff, der mich hielt. Bevor ich fiel.

»Hey, ist alles in Ordnung?«, fragte er sanft und ich schaute ihn wieder an. Der Nebel war weg, als wäre nichts gewesen. Ich blinzelte einige Male und vertrieb so das Brennen, das kurz zuvor immer stärker geworden war.

»Ja, ich muss mir wohl irgendeine Erkältung oder so etwas eingefangen haben, mir ist ein bisschen flau.«

Meine Freunde sahen mich so an, als glaubten sie mir kein Wort. Sie wirkten besorgt, aber bevor sie den ganzen Abend, den sie geplant hatten, abblasen konnten, zog ich Blake mit zur Tür.

»Los, wir sollten gehen, oder? Wohin ihr mich auch immer schleift«, versuchte ich meine Stimme leicht klingen zu lassen, obwohl es in meinem Inneren ganz anders aussah. Das wirre Chaos war zurück. Die Angst. Die Panik.

Mit all meiner Kraft schob ich sie weit weg, und als Blake mich zu Kays Auto führte, das vor dem Haus stand, ging es mir schon ein bisschen besser. Ich nahm mit Blake auf den hinteren Sitzen Platz und Julie vorne neben Kay, der fuhr.

»Also, wollt ihr mir jetzt sagen, wohin es geht?«, fragte ich.

»Sie ahnt es noch nicht mal ein bisschen, oder?«, sagte Kay lachend.

»Nein, kein Stück«, erwiderte Blake, als würde ich nicht neben ihm sitzen.

»Hey! Ignoriert ihr mich?«

»Nein, Schätzchen, alles wird gut«, sagte Julie und die drei kicherten, als wären sie Gargamel und hätten endlich das Schlumpfdorf gefunden.

Ich verschränkte die Arme vor der Brust und Blake schubste mich sanft mit seiner Schulter an. Draußen war es bereits am Dämmern und in den schlechten Lichtverhältnissen erkannte ich sein Gesicht nur schemenhaft. Ich schloss die Augen und legte meinen Kopf an seine Schulter. Er schlang den Arm um mich und drückte mich an sich, vergrub seine Nase in meinem Haar und atmete tief ein. Solange er bei mir war, war alles in Ordnung.

Wir fuhren ungefähr zwanzig Minuten, und erst als Kay den Wagen einparkte, öffnete ich die Augen und versuchte, draußen zu erkennen, wo wir uns befanden. Irgendwie kam mir die Gegend bekannt vor, aber genau konnte ich es nicht sagen. Ich sah dunkle Häuser, hellere Lichtkegel der Straßenlaternen, doch keine Details.

Wir stiegen aus und Blake hielt mir wieder den Arm hin, sodass ich mich einhaken konnte. Als wir einige Schritte gegangen waren, blieb er auf einmal stehen und deutete zu einem hell erleuchteten Gebäude. Vor dem Eingang war auf dem Bürgersteig ein Teppich ausgerollt und zahlreiche Menschen tummelten sich bereits davor.

»Das ist doch Stellas Galerie«, sagte ich ein wenig zögernd. »Gehen wir auf eine Ausstellungseröffnung? Sie hat gar nicht mehr erzählt, dass sie noch eine neue geplant hat.«

»Nein? Das muss sie wohl vergessen haben«, antwortete Blake viel zu unschuldig. Und als wir näher kamen, dämmerte es mir. Ruckartig blieb ich stehen und sah meine Freunde mit offenem Mund an.

»Ist das … da steht mein Name. Wieso steht da mein Name?« Panik schwang in meiner Stimme mit und ich krallte mich tiefer in Blakes Arm. Er hatte garantiert danach Abdrücke meiner Fingernägel.

Blake zog mich näher an sich, sodass ich ihn ansehen musste. »Weil es deine Ausstellung ist.«

»Aber … wie? Wieso?«

»Julie und Kay haben noch ein paar deiner Bilder von zu Hause mitgebracht, außerdem habe ich deiner Tante deinen Zeichenblock gezeigt und heute Morgen mitgegeben. Sie war begeistert.«

»Das ist meine Ausstellung?«, fragte ich und blinzelte einige Male. Ich verstand es immer noch nicht. Mein Herz raste und pumpte heftig Adrenalin durch meine Venen. Meine Bilder hingen da drin? Und fremde Leute sahen sie sich an? Sie würden mich in der Luft zerfetzen und sich fragen, was sie hier taten. Sie würden sich bei meiner Tante beschweren, und sie würde ihre Galerie verlieren! Wie konnte sie das tun?

»Ja, Babe, das ist deine Ausstellung und die Menschen werden erkennen, was für ein Talent du besitzt. Mach dir keine Sorgen«, sagte Blake, als hätte ich meine Gedanken laut ausgesprochen.

Er drehte mich herum, sodass ich wieder einen Blick auf den Eingang werfen konnte. Dann nahm er erneut meine Hand und wir liefen darauf zu. Stella kam aus der Galerie und breitete die Arme aus, drückte mich an sich.

»Die Leute sind begeistert! Ich wusste ja gar nicht, *wie* gut du bist, bis Blake mir davon erzählt hat! Wieso hast du mir nie eine deiner Zeichnungen gezeigt?«

»Ich … äh, danke?« Ich war immer noch sprachlos.

»Komm, ich führ euch rum!«, sagte sie und deutete ins Innere. Als ich in den Raum trat, in dem hell erleuchtet überall an den Wänden meine Zeichnungen hingen, spürte ich die Tränen der Freude brennend in meinen Augen.

Meine eigene Ausstellung. In einer Weltstadt wie Los Angeles. Weil Blake und meine Freunde das für meinen Geburtstag organisiert hatten. Ich wandte mich zu ihnen um und sie lächelten mich an, als hätte ich gerade laufen gelernt.

Fast fühlte ich mich genau so.

1 ·3

43

»Und ihr seid gar keine langweiligen *Streber*.«

Blake

Ich beobachtete sie, während sie mit ihrer Tante durch die Ausstellung lief. Hin und wieder warf sie mir einen Blick zu, der so voller Freude, so voller Glück und so voller Liebe war, dass jedes Mal ein kleines Stückchen meines Herzens brach. Eine Winzigkeit, die zusammengezählt alles ergab, was mich noch am Leben hielt.

Ich merkte ihr an, dass etwas nicht stimmte, auch wenn sie versucht hatte, es zu überspielen. Aber wir waren nicht dumm und spürten, wie sie sich verhielt. Wahrscheinlich kam diese Ausstellung zum genau richtigen Zeitpunkt. Vielleicht war es die letzte Möglichkeit für sie, zu sehen, wie andere Menschen auf ihre Arbeiten reagierten. Dass sie nicht mehr an sich zweifelte, sondern sah, wie wunderschön und stark und vielfältig sie war.

Ich nahm auf einer kleinen Bank vor einem Bild Platz, das sie mit Bleistift gezeichnet hatte. Mir war aufgefallen, dass ihre Zeichnungen mit der Zeit weniger bunt wurden, aber dennoch wunderschön. Vielleicht gerade aufgrund der fehlenden Farben konnte man sich auf das Wichtige konzentrieren. Suttons Botschaft. Ich hatte bemerkt, dass es ihr immer größere Mühe bereitete, sie überhaupt anzufertigen, und trotzdem wurde sie von Bild zu Bild besser.

Auf der Skizze vor mir war ein Auge zu sehen, das unglaublich echt wirkte. Es weinte, Tränen traten aus dem unteren Lid hervor, dennoch erkannte man kleine Lachfältchen im Augenwinkel. Allein diese Zeichnung enthielt so viel Gefühl und Tiefe, dass es eine Schande war, wenn man darüber nachdachte, dass sie in Zukunft vielleicht nie wieder malen könnte.

Ich spähte erneut zu ihr. Sie sprach mit Menschen, die ich bisher noch nie zuvor gesehen hatte, die aber genauso begeistert wie alle hier wirkten. Ich rieb mir über die Oberschenkel und spürte das Kribbeln, das sich durch meinen gesamten Körper zog. Mein Dämon verlangte seinen Tribut. Bald. Aber heute Abend ging es nicht um mich. Das war der Plan gewesen. Nichts anderes.

»Hey«, sagte Julie und setzte sich neben mich. Kay stand auf der gegenüberliegenden Seite des Raumes und machte Fotos mit seinem Handy von den Bildern und der gesamten Galerie, um Sutton im Nachgang ein Buch ihrer Ausstellung schenken zu können. In der Hoffnung, dass sie dieses noch ganz lange betrachten konnte. »Danke, dass du uns angerufen hast. Es war eine großartige Idee, ihr das zu ermöglichen.«

»Sutton hat es verdient«, erwiderte ich.

»Das hat sie.«

»Ich danke dir auch, dass du sie mit auf diesen Trip genommen hast. Aus jeder einzelnen Nachricht, die sie uns geschrieben hat, konnte ich das Glück herauslesen, das sie mit dir erleben durfte. Danke, du bist ja gar nicht so ein eingebildeter Snob, wie wir dachten.«

Ich musste grinsen. »Danke sehr, und ihr seid gar keine langweiligen Streber.«

Julie stimmte in mein Lachen mit ein.

»Im Ernst, ihr seid wirklich gute Freunde. Versprich mir, immer für sie da zu sein.«

»Natürlich.«

Ich wandte mich ihr ganz zu. »Ich meine das ernst. Egal, was passiert.«

Julie zog die Augenbrauen zusammen und fixierte mich, als ahnte sie, was ich vorhatte. Aber das konnte sie nicht. Niemand konnte das. »Ich würde für Sutton mein Leben geben, genauso wie sie ihres für uns. Tu ihr nicht weh«, sagte sie stattdessen und ich senkte den Blick.

»Ich versuche es, aber manchmal muss man einen Schmerz erst erleben, damit man weiß, dass man einem noch viel Größeren entgangen ist.«

Wieder sah ich zu Sutton und prägte mir jede Bewegung, jedes Lachen, jedes Strahlen ihrer Augen so tief ein, dass es mir die Luft abschnürte.

44

» ICH *liebe* DICH. «

Sutton

Der Abend fühlte sich immer noch unglaublich an und ich schwebte auf einer Wolke weit über der Erde.

Die Menschen fanden meine Zeichnungen gut! Mehr noch, sie waren begeistert! Es befanden sich sogar einige Agenten unter den Anwesenden, die mir einen Vertrag anbieten wollten. Ich hatte zuerst abgelehnt, aber dann doch ihre Visitenkarten mitgenommen. Denn ich war unsicher, ob ich in naher Zukunft überhaupt weiter zeichnen konnte.

Aber das war mir in diesem Moment egal, denn das Gefühl, meine Bilder an der Wand einer Galerie zu sehen, würde mich für den Rest meines Lebens glücklich machen.

Und das wegen meiner Freunde und Blake. Wie konnte ich das jemals wiedergutmachen oder ausgleichen? Dieser Gefallen, diese Idee, war so groß, dass ich ewig in ihrer Schuld stand, auch wenn sie beteuerten, dass es nicht so sei.

Nachdem alle gegangen waren, sammelten Julie und Kay die restlichen Häppchen zusammen und wir setzten uns damit auf den Boden inmitten der Galerie. Meine Tante, Cloe und John, Kay, Julie, Blake und ich. Wir aßen, tranken dazu zwei Flaschen Wein, unterhielten uns und lachten, bis wir nicht mehr konnten.

Während es immer später wurde und draußen die unbekannte Welt auf uns wartete, saßen wir hier drinnen in unserer kleinen gemütlichen Blase und dachten nicht an morgen. Wir dachten nicht an die Zukunft, an Geldsorgen, Krankheiten, Schulabschlüsse oder mehr. Wir genossen das Jetzt. Die Gegenwart war wichtig, dieser eine Abend, dieser Moment, in dem sich einfach alles perfekt anfühlte und uns niemand etwas anhaben konnte.

Diesmal waren wir alle Superman mit wehendem Cape und blauen Strumpfhosen. Wir waren stark, und vor allem waren wir zusammen.

Irgendwann weit nach Mitternacht fuhren Julie und Kay in ihr Hotel und setzten meine Tante, Blake und mich bei Stella ab.

Sie verschwand müde, wie sie war, in ihrem Schlafzimmer, während ich immer noch so aufgedreht war, dass ich definitiv nicht schlafen konnte. Aber Blake ging es genauso. Wir hatten gerade so die Tür hinter uns geschlossen, da zog er mich bereits an sich und küsste mich, als gäbe es kein Morgen. Ich schmeckte unbändiges Verlangen. Ich schmeckte rasende Lust. Ich schmeckte Blake und gab mich seinen stürmischen Küssen hin. Er konnte es kaum erwarten, mich aus dem Kleid zu schälen, und während seine Finger den Reißverschluss an meinem Rücken öffneten und sich mein Kleid um meine Füße bauschte, riss ich ungeduldig sein Hemd auf und schob es ihm von den starken Schultern.

Er umschlang meinen Hintern und hob mich auf seine Hüften, auf die ich mit einem Satz sprang. Mit Leichtigkeit und immer noch küssend trug er mich zum Bett. Dort angekommen, warf er sich mit mir auf die Matratze. Ich seufzte und keuchte und flüsterte seinen Namen, während seine Lust noch an Intensität zunahm und er mir förmlich das Höschen von den Beinen riss. Er war völlig anders als an dem Abend zuvor. Nicht zärtlich und liebevoll, sondern rasend vor Lust und zügellosem Verlangen. Es war, als wollte er keine Zeit mehr verlieren. Als wäre sein größtes Ziel, sich mit mir zu vereinigen und mich so nah zu fühlen, wie es uns möglich war. Doch auch ich konnte nicht genug von ihm bekommen. Er war meine erste Liebe und in diesem Moment fühlte es sich an, als wäre er auch meine einzige.

Ich spürte das Zittern seiner Finger, als er seine Hose öffnete und ein Kondom aus der Tasche zog. Ich schluckte, als er es mir vor die Nase hielt und mich so aufforderte, es ihm überzustreifen. Unsicherheit war völlig fehl am Platz und deshalb schüttelte ich sie ab. Als er sich kurz darauf in mich schob und mir keine Sekunde gab, um mich an ihn zu gewöhnen, bäumte ich mich unter ihm auf. Genoss den schmalen Grat zwischen Schmerz und Lust und dass ich der Grund war, weshalb Blake nicht an sich halten konnte.

»Ich liebe dich«, wisperte er zwischen seinen immer tiefer werdenden Stößen und sah mich an. Tränen sammelten sich in meinen Augen, die ich nicht unterdrücken wollte. Denn es waren keine Tränen des Schmerzes. Es war mir einfach nicht möglich zu verarbeiten, wie sich alles mit Blake anfühlte. Atmen. Fallen. Leben. Es war überwältigend, einnehmend und niemals hätte ich gedacht, so etwas zu spüren.

»Ich dich auch«, erwiderte ich, kurz bevor wir uns küssten. Und küssten. Und liebten. Und küssten. Und fielen.

45

» ES IST EINER DIESER *Tage* WO ICH TOT BIN ABER TROTZDEM LEBE «

Blake

Ein Gefühl zwischen
Verlorenheit und leiser Hoffnung
Vom Leben geformt
und von mir selbst gebrochen

Ein Auge lacht
das andere weint
Ich bereue nichts
und doch tut's mir leid

So fühle ich mich
irgendwie zerrissen
Traurig oder glücklich
hin und her gerissen

1/1

Es ist einer dieser Tage
wo ich tot bin aber trotzdem lebe
An denen ich losrenne
Aber den Weg nicht sehe

Einer dieser Tage
An denen ich alles in mich hineinfresse
An dem ich alles weiß
und es gleich wieder vergesse

Hier und jetzt
ergibt einfach nichts Sinn
Ich versinke in Schmerz
und verliere was ich bin

1/2

46

»Wieso?«

Sutton

Ein leises Geräusch holte mich aus dem Schlaf. Ich drehte mich mit noch geschlossenen Augen vom Bauch auf die Seite und zog die Decke dabei mit über meinen nackten Körper. Erinnerungen von gestern stahlen sich in mein Gedächtnis.

Julie und Kay. Die Ausstellung meiner Bilder. Blake und wie wir uns die gesamte Nacht geliebt hatten, bis wir irgendwann vor Erschöpfung eingeschlafen waren. Wieder und wieder wollte Blake mit mir schlafen und bekam überhaupt nicht genug. Die Euphorie unserer Reise und des letzten Tages hatte auch mich voll erfasst, deshalb konnte ich ihn verstehen. Mir ging es nicht anders. Egal, wie oft ich Blake berührte – sobald sich meine Fingerspitzen von ihm lösten, wollte ich wieder zu ihm zurück.

1/3

Es fröstelte mich und ich tastete auf seine Bettseite und suchte seinen Körper, um mich an ihn zu kuscheln, damit er mich warm hielt. Doch er war weg.

Schlagartig öffnete ich die Lider und mein Blick wanderte rastlos durch das Zimmer. Erleichterung durchströmte mich, als ich ihn fand. Er saß mit gekrümmtem Rücken auf dem Bettrand und wandte sich mir langsam zu.

»Komm wieder ins Bett«, murmelte ich, und erst da fiel mir auf, dass er nicht mehr nur Boxershorts trug. Er war komplett angezogen. Seine Reisetasche stand gepackt vor der Tür. Ruckartig setzte ich mich auf. Die Sonne strahlte durch die halb offenen Jalousien und ich erkannte seine traurigen Gesichtszüge. Panik schlich sich in meinen Kopf und zertrümmerte all die schönen Empfindungen der letzten Tage. Ich wollte nicht wahrhaben, was sich gerade so offensichtlich vor mir befand. Das Ende unserer Reise.

»Eigentlich wollte ich einfach gehen, um es dir und mir leichter zu machen. Aber ich konnte nicht.«

»Was? Wieso wolltest du gehen?«

Kurz schloss er die Augen und legte daraufhin sein schwarzes Buch neben mir auf das Bett. »Ich möchte dir noch unbedingt eines sagen …« Er leckte sich über die Lippen und holte tief Luft. »Sutton Thompson, du bist die unglaublichste Person, die ich kennenlernen und lieben durfte. Du denkst, du wärst ein Angsthase, aber in Wirklichkeit umgeben sich andere Menschen nur mit dir, damit du ihnen ein Stückchen von deinem Mut abgibst. Julie, Kay oder auch ich. Wir sind nur halb so stark, wenn du nicht da bist. Es ist also genau andersrum, als du denkst. Weil du schön bist und toll und witzig und kreativ und vielfältig. Du kannst alles schaffen und wirst durch dein Schicksal nicht schwächer, so wie ich. Du wirst stärker und ich liebe deine Stärke genauso sehr, wie ich dich liebe. Deswegen muss ich gehen. Weil meine kaputte Seele deine nicht noch mehr zerbrechen darf.«

»Was meinst du damit?« Die Panik wurde rasend! Brachte mich um den Verstand! Der Raum drehte sich und meine Kehle schnürte sich zu! Brannte! Blake wollte mich verlassen? Wieso? »Ich verstehe das alles nicht.«

Er sah mich einige Sekunden an und die Trauer über seinen Schmerz riss mich davon. Ich fiel. Und fiel. Und fiel noch tiefer. Aber diesmal fing mich niemand auf.

»Wieso?«, flüsterte ich und wollte nach ihm greifen, doch er zuckte zurück.

»Nicht. Ich muss gehen. Bleib genau so, wie du bist, Sutton.« Er stand hastig auf und ich sah ihm sprachlos hinterher. Das war doch alles nur ein Scherz, oder? Er musste sich umdrehen, mich anlachen und zugeben, dass er einen schlechten Witz gemacht hatte!

»Nein! Du kannst nicht einfach gehen und mir nicht sagen wieso!«, schrie ich und es war mir egal, ob mich irgendjemand hörte. Ich wickelte das Betttuch fest um mich und stand ebenfalls auf, ging auf ihn zu. Er hatte mir den Rücken zugewandt und zögerte vor der Tür. Langsam drehte er sich um und hob seine Hände, damit er sie mir um das Gesicht legen konnte.

Ich streckte mich ihm entgegen, krallte mich in sein Shirt und wollte ihn hierbehalten. Festhalten. Nie wieder gehen lassen. Was sollte ich ohne ihn anstellen? Er hatte unrecht! Nicht ich war stark! Er war es!

»Dieser ganze Trip … Er sollte einzig und allein für eine Sache gut sein. Und dann bist du mitgekommen und ich dachte mir, vielleicht kann ich die Zeit egoistisch, wie ich bin, mit dir noch ein bisschen genießen. Ich hab es auch, Sutton. SMA. Wie meine Schwester. Es wurde bei mir zwar erst vor Kurzem festgestellt und nicht wie bei Grace im Kindesalter aber ich hab gesehen, was es aus einem Menschen macht. Ich kann das meinen Eltern nicht noch einmal antun. Ihr Leben zu opfern und den Schmerz mit ansehen zu müssen. Oder dir. Mir selbst. Es geht nicht. Die Angst ist größer, alle damit zu zerstören.«

»Vielleicht gibt es jetzt ein Heilmittel!« Hoffnung. Blendende Hoffnung. Aussichtlose Hoffnung.

»Ist deine Erkrankung heilbar?«, fragte er fast ironisch. »Das Schicksal ist ein Arschloch und schert sich einen Dreck um uns alle. Ich werde irgendwann keinen Sport mehr machen können, nicht mehr gehen, vielleicht auch nicht mehr selbstständig atmen können. Meine Lebenserwartung ist mies, um es noch nett auszudrücken, und ich will es selbst in der Hand haben. Ich will das Ende genau so in Erinnerung behalten. Mit dir vor meinem geistigen Auge.«

»Was?« Ich konnte nicht fassen, was er da indirekt sagte. »Was willst du tun?«, flüsterte ich und Blake senkte kurz den Blick.

»Kennst du das Gefühl, wenn du deine Muskeln übertrainiert hast und noch nicht mal den Arm heben kannst, weil das Zittern so stark ist? Ich habe das mittlerweile jeden Tag und es wird schlimmer. Auch wenn ich nicht weiß, wie lange es bei mir dauert, bis es so weit ist … Ich möchte das nicht, Sutton. Ich habe mein ganzes Leben lang gesehen, wie das ausgeht.«

»Aber das weißt du doch nicht! Es könnte anders sein bei dir. Es könnte länger dauern! Was, wenn du noch Jahre hast?«

»Und wenn nicht?«

Ich schluckte. »Lass mich dir zeigen, dass es sich zu leben lohnt!«, flehte ich mit erstickter Stimme, und Blake umfasste mein Gesicht fester. In seinen blauen Augen war so viel Schmerz zu sehen. So viel Bedauern. So viel Liebe, dass es mir schwerfiel, zu atmen. Er löste eine Hand und strich von meiner Schläfe bis zum Kinn.

»Das hast du schon, Sutton. Aber ich werde bald nicht mehr leben können, ich werde nur noch existieren.«

»Du kannst nicht einfach davonlaufen, Blake Cross!«, erwiderte ich panisch und klammerte mich immer enger an ihn. Er schloss die Augen, und der schmerzhafte Ausdruck in seinem Gesicht brachte mich um. So fühlte sich also Sterben an.

»Ich laufe nicht weg, Sutton. Diesmal nicht. Ich stelle mich«, wisperte er.

Die Tränen rannen mir unaufhaltsam über das Gesicht und durch den Schleier, den sie verursachten, konnte ich ihn fast nicht mehr erkennen. Hysterische Schluchzer schüttelten meinen Körper und ich drückte mich an ihn. Genoss die Wärme, seinen Atem, seinen Duft. Alles. Ihn! »Du kannst mich nicht verlassen. Du kannst nicht gehen. Du kannst nicht …« Meine Stimme brach.

Er strich mir über den Kopf. »Du wirst weiter zeichnen, mach was aus deiner Gabe. Julie und Kay sind an deiner Seite, sie sind gute Freunde. Ich liebe dich, Sutton Thompson«, flüsterte er und schob mich mit Kraft von sich. Dann nahm er seine Reisetasche und trat aus der Tür. Einfach so. Sie knallte hinter ihm zu und ich war wie paralysiert.

Er meinte das nicht ernst! Er wollte sein Leben beenden? Er wusste doch gar nicht, wie es werden würde! Wie sich alles entwickelte!

Die Tür wurde erneut geöffnet und zuerst dachte ich, dass Blake sich umentschieden hätte. Dann erkannte ich das Gesicht meiner Tante, die mich perplex anstarrte. Wahrscheinlich hatte sie meine panischen Schreie gehört.

Ich schob mich an ihr vorbei und hielt das Betttuch fest, während ich nach draußen rannte. Aber das Einzige, was ich sehen konnte, war, wie Blakes Auto die Straße herunterfuhr und abbog. Ich lief zurück, nahm mein Handy vom Nachttisch und wählte seine Nummer. Doch sein Telefon klingelte irgendwo in dem Zimmer, und mir wurde bewusst, dass er keinen blöden Schmerz gemacht hatte. Er war fort. Ich würde nie wieder seine Stimme oder sein raues Lachen hören, nie wieder seine Wärme spüren.

Ihn nie wieder sehen.

47

» AN GUTE *Tage.* «

Blake

Die Sonne brach durch die Wolkendecke und legte ihr orangefarbenes Licht über die Gesteinsformationen des Grand Canyons.

Meine Füße baumelten über dem Abgrund. Ich schloss die Augen und spürte die Sonnenstrahlen warm auf meiner Haut. Atmete ein. Atmete aus.

Erinnerte mich an die unglaubliche Zeit zurück, die hinter mir lag.

An gute Tage.

An schlechte Tage.

An unglaubliche Stunden.

An schmerzvolle Minuten.

An Farben.

An Schwärze.

An Salz auf meiner Haut.

An ihr Lachen.

An ihr Seufzen.
An ihre Küsse.
An ihre Liebe.
An sie.
An Sutton.

Im Schatten gefangen
Von bitteren Gefühlen geplagt
Von Ängsten gepeinigt
und von der Vergangenheit gejagt

So sitze ich im Nebel
im Nebel der Einsamkeit
Ich verarzte meine Wunden
und hoffe sie heilen mit der Zeit

Der Schmerz frisst mich auf
und spuckt mich wieder aus
Ich sehe die Zukunft
aber freu mich nicht drauf

EPILOG

» VIELEN DANK AUCH VON mir. «

Sutton

6 Monate später

»Hallo? Lennart?«

Ich betrat den Raum hinter meiner Tante und meine Augen mussten sich zuerst einen Moment an die Lichtverhältnisse gewöhnen.

»Ich bin hier, Stella!«, vernahm ich die Stimme eines Mannes im hinteren Bereich. Er zog sich einen Kopfhörer von den Ohren und stand mit einem Pinsel in der Hand vor einem viereckigen Holztisch. Auf ihm befanden sich haufenweise Flaschen mit Farben, weiteres Equipment und eine Leinwand. An den Holzwänden des Ateliers hingen zahlreiche Bilder. Gesichter, Tiere, Landschaftsgemälde und mehr und ich bewunderte die Vielzahl der kräftigen Farben darauf.

Der Mann wandte sich uns zu. Er trug ein schwarzes Shirt, auf dem bunte Farbspritzer zu sehen waren, und eine dunkle Sonnenbrille. Mit einem freundlichen Lächeln streckte er die Hand aus, die meine Tante ergriff.

»Wie schön, dass du Zeit für uns gefunden hast. Das ist meine Nichte Sutton.«

Ich ging einen Schritt auf ihn zu und begrüßte ihn ebenfalls mit Handschlag. Immer noch bewunderte ich die Zeichnungen an den Wänden und konnte mir nicht vorstellen, dass es jemand Blindem möglich war, so detailliert und farbenfroh zu malen.

»Hallo. Vielen Dank auch von mir. Ihre Gemälde sind wunderschön«, sagte ich ehrfürchtig, während er immer noch lächelte.

»Danke sehr. Wenn du es sagst, muss ich es dir ja glauben.« Er lachte und ich wusste nicht wirklich, wie ich darauf reagieren sollte.

»Stella hat erzählt, dich interessiert, wie ich male.«

»Ja, sehr.«

»Dann kommt mit.« Er deutete auf eine Sitzecke und lief ans andere Ende des Raumes, an dem ein kleiner Schrank mit Gläsern und einem Minikühlschrank stand, aus dem er eine Wasserflasche nahm.

»Lennart ist schon seit seiner Jugend blind und ich habe seine Arbeiten vor drei Jahren gesehen, ohne dass ich diesen Umstand wusste. Ich war fasziniert und wir stellen nun regelmäßig seine Bilder in der Galerie aus«, sagte meine Tante, während wir uns setzten. Ich hatte es ihr, kurz nachdem Blake gegangen war, erzählt. Blake. Für einen winzigen Moment fiel mir das Atmen schwer, und ich nahm mir diesen Augenblick Zeit. Denn es tat weh, aber das Gefühl zu verdrängen, das mich beherrschte, wenn ich an Blake dachte, brachte mich ebenso wenig weiter. Im Gegenteil. Es brachte mich um. Mit all meiner Kraft schob ich die Trauer beiseite und richtete meine Aufmerksamkeit auf den Mann vor uns. Lennart nahm neben uns Platz und reichte uns die Gläser.

»Als Teenager bin ich an Epilepsie erkrankt und habe durch diese Erkrankung über die Jahre auch mein Augenlicht verloren. Ich habe schon immer gerne gemalt und mich kreativ ausgedrückt und ich ertrug den Gedanken nicht, die Kunst irgendwann nicht mehr ausleben zu können. Also habe ich bei abnehmender Sehfähigkeit angefangen, die Konturen meiner Bilder mit Leim vorzuzeichnen und sie dann mit Farbe aufzufüllen. An der Textur kann ich mittlerweile erkennen, welche Farbe ich vor mir habe, aber zur Not habe ich auch noch jede Flasche mit Blindenschrift versehen.«

Auch ich hatte angefangen, mich in der letzten Zeit mit meinem neuen Leben auseinanderzusetzen, und lernte an einer Schule für Blinde in New York, wie es möglich war, den Alltag zu bewältigen. Mein Kunststudium konnte ich trotz meiner Erkrankung beginnen, denn der Direktor und die Dozenten der Schule waren sehr bemüht und flexibel und hatten mir passendes Unterrichtsmaterial zur Verfügung gestellt. Die junge Frau, die ich über das Internet kennengelernt hatte, hatte mir mit ihrem Lebensweg Mut gemacht. Sie studierte ebenfalls völlig normal an einem Standardcollege und nutzte dafür einige Hilfsmittel wie Sprachausgaben oder andere Eingabegeräte. Ansonsten fühlte sie sich wie eine normale Studentin und auch ich hatte vor, mein Leben weiterzuleben. Für mich. Für Blake.

Aktuell konnte ich noch sehen. Es war zwar eine deutliche Verschlechterung vorhanden, aber jeden Tag und mithilfe anderer kam ich besser damit zurecht. Einen blinden Künstler kennenzulernen, der seine Leidenschaft trotz seines Schicksals lebte, gab mir ein weiteres Stück Mut und Bestätigung, dass mein Weg für mich der richtige war.

Während Lennart mir erklärte, wie seine Technik funktionierte, und mich mit in seine kleine Ausstellung in einem weiteren Raum nahm, fühlte ich mich nicht mehr ganz so unvollständig. Auch wenn Blakes Verlust immer eine Lücke hinterlassen würde und es keinen Tag gab, an dem ich nicht an ihn dachte, schöpfte ich wieder ein bisschen Mut.

Die Erkrankung war nicht so, wie ich anfänglich gedacht hatte, das Ende. Ich verlor vielleicht zuerst die Farben, aber ganz sicher nicht mein Gefühl.

SUTTONS *Liste*

To Do vor College

- [ ] Serienmarathon mit Julie und Kay
- [ ] Den Sonnenauf- und -untergang über dem Meer sehen
- [ ] Die Graffitikunstwerke in der Melrose Avenue in Los Angeles bewundern
- [ ] Ein Holi-Festival besuchen
- [ ] Die fein geschliffenen Glassteine des Glas Beach in Kalifornien sehen
- [ ] Mutig sein
- [ ] Richtig geküsst werden
- [ ] Undschuld verlieren (Blake Cross …)

WITH YOUR SOUL – LESEPROBE

1

»Bruder.«

Levi

Bruder,

es tut mir leid, dass ich nicht persönlich mit dir spreche, aber ich weiß, dass du mir mein Vorhaben ausreden würdest.

Doch noch besser weiß ich, dass es keine andere Möglichkeit für mich gibt, aus dieser Sache herauszukommen. Ohne meine Eltern, Sutton oder dich mit in diese ganze Scheiße und den Untergang zu ziehen. Das schwarze Loch, das euer aller Leben bestimmen und so viel dunkler machen würde. Ich weiß, wovon ich spreche, denn ich habe darin gelebt. Das möchte ich euch nicht antun.

Auch wenn es sich für dich jetzt nicht richtig anfühlt, du wirst es irgendwann verstehen.

Erinnere dich an die guten Tage unserer Freundschaft.

An die Burgen, die wir gebaut und wieder niedergerissen haben.

An das erste Barthaar, das wir uns gemeinsam abrasiert haben.

An die Mädchen, die wir kennengelernt haben.

An die Partys, die wir gefeiert und manchmal auch bereut haben.

Du wirst immer mehr als ein Freund für mich sein.

Das Leben ist ein steiniger Weg
den man nicht ohne Schaden übersteht
und dessen Ziel man erst am Ende oder gar nicht erfährt

Die Worte seines Abschiedsbriefes gingen mir nicht mehr aus dem Kopf. Egal, wie oft ich versuchte, sie zu verdrängen. Dieses egoistische Arschloch. Was hatte er sich bei dieser Entscheidung gedacht? Auf jeden Fall nicht, wie sich die Menschen in seinem Umfeld damit fühlten!

Mit einem Knurren prügelte ich erneut auf den Boxsack vor mir ein, bis mir die Luft ausging, meine Knöchel schmerzten und mir Schweiß wie Wasserfälle über das Gesicht rann.

Bruder.

Er hatte verdammt noch mal nicht den Mut gehabt, mir in die Augen zu schauen und es mir zu sagen! Feige war er abgehauen!

Meine Arme sanken an meinen Seiten herab, und schwer atmend starrte ich geradeaus, ohne wirklich etwas zu sehen.

Sechs verdammte Monate hatten nicht ausgereicht, um meine Wut zu schmälern. Im Gegenteil. Dennoch versuchte ich jeden Tag weiterzumachen und so zu tun, als wäre mein bester Freund nicht einfach verschwunden. Als hätte er sich nicht selbst aus dem Leben gerissen, das er noch vor sich gehabt hatte. Puff. Von einem zum anderen Augenschlag war er weg. Und würde niemals wieder auftauchen, da war ich mir nun sicher. Meine anfängliche Hoffnung, dass alles nur ein mieser Scherz sei, wurde in Luft aufgelöst, als die Polizei vor unserer Tür gestanden hatte.

Und die Wut auf Blake hatte sich ausgeweitet. Weil es das Einzige war, was mich noch aufrecht stehen ließ.

Sutton war schuld, sie hatte ihn nicht aufgehalten. Julie war schuld, denn auch sie hatte es nicht verhindert und war da gewesen. Genauso wie ihr Freund Kay.

Und ich war schuld. Denn ich kannte Blake fast besser als mich selbst und hätte es ahnen müssen. Nein. Nicht nur ahnen, ich hätte es sogar wissen müssen, an dem Abend der Party bei Julie! Ich hatte es in seinen Augen gesehen und nichts unternommen. Insgeheim hatte ich gewusst, wofür diese verdammte Reise gut sein sollte und wieso er mich nicht mitnehmen wollte. Ich hätte es verhindern können und hatte nur abgewartet! Eigentlich war ich der Feigling in der gesamten Geschichte!

Wieder hob ich die Fäuste und hieb gegen den Sandsack, bis ich das Gefühl hatte, meine Finger würden brechen und die Erschöpfung alle anderen Gedanken verdrängen.

Erst dann packte ich meine Sachen, duschte in den Umkleideräumen des Boxstudios, nicht weit entfernt von meiner Wohnung in den Fordham Heights in der West Bronx. Das Apartment war nicht gerade luxuriös, aber es hatte alles, was ich brauchte, und befand sich nicht sehr weit vom Campus der Columbia University entfernt. Ich war erst vor zwei Wochen hierhergezogen. Zuerst hatte ich in einem Studentenheim direkt auf dem Campus gewohnt, aber es hatte Probleme mit meinem Mitbewohner gegeben. Weil dieser einfach nicht aufgehört hatte, zu nerven. Ich war nie ein Mensch gewesen, der impulsiv oder sogar aggressiv war. Doch seit Blakes Verschwinden gab ich die Zügel meiner Vernunft immer öfter aus der Hand, und das Schlimme daran war, dass es mir egal war. Dass es sogar guttat, nicht mehr der liebe, brave Junge zu sein, der seine Mum stolz machte und das Vermächtnis seines toten Soldatenvaters ehrte. Es war mir scheißegal!

Denn der Plan war ein anderer gewesen. Blake und ich wollten uns hier gemeinsam eine WG suchen, weil wir beide ein Sportstipendium erhalten hatten. Unsere Collegezeit sollte aus Spaß bestehen, aus Partys, Mädchen und die besten Jahre unseres Lebens werden. Eigentlich.

Mühsam schluckte ich den bitteren Geschmack auf meiner Zunge herunter, zog mich an und machte mich zu Fuß auf den Weg nach Hause.

Die Sonne an diesem Sonntagabend war fast untergegangen und mit den letzten Sonnenstrahlen nahm auch die Kälte zu. Der Winter reckte im Februar noch mal seine Finger und schickte eisigen Wind durch die Häuserschluchten New Yorks. Ich zog den Kragen meiner Daunenjacke höher und schob meine Sporttasche zurück auf meine Schulter. An der letzten Ecke vor meiner

Wohnung nahm ich mir noch eine Portion Chickenwings und Fries aus einem Restaurant mit und schloss dann die untere Haustür auf. Mit schwerfälligen Schritten lief ich die Treppe in den dritten Stock, in dem sich mein Apartment befand. Bis jetzt standen in der Zweizimmerwohnung nur wenige Möbel, denn ich hatte noch nicht die Lust gehabt, sie einzurichten. Genau genommen brauchte ich auch nicht viel zum Leben. Ich war es gewohnt, mit wenig auszukommen.

Als ich den zweiten Stock erreicht hatte, erklang eine lachende männliche Stimme durch das Treppenhaus, daraufhin ein weiblicher Freudenschrei und noch ein weiterer. Sicherlich hatten meine Nachbarn Besuch bekommen. Bis jetzt hatte ich außer den alten Mister Hard, aus dessen Wohnung es immer nach Katzenfutter roch, noch niemanden hier im Haus kennengelernt. Aber ich war auch nicht der Typ für Nachbarschaftsfeste und neue Bekanntschaften. Nicht mehr.

Der Duft der Chickenwings in der braunen Papiertüte an meinem Arm strömte mir in die Nase und ich merkte gerade, was für einen Bärenhunger ich hatte, als ich auf dem letzten Treppenabsatz zu meinem Stock innehielt. Genauso wie die Person vor mir, die mich mit blauen, weit aufgerissenen Augen unter roten, lockigen Haaren anstarrte, als hätte sie einen Geist gesehen.

Scheiße.

Über acht Millionen Einwohner in New York und ich musste das freie Apartment erwischen, das neben Julie Priestleys war? Noch mal: Verdammte Scheiße!

Sie zögerte nur eine Sekunde, und ohne ein Wort warf sie die Tür zu. Der Knall hallte im Treppenhaus nach. Genauso wie ihr Anblick in meinem Kopf.

Es hatte Zeiten gegeben, da war ich verdammt scharf auf sie gewesen und konnte an nichts anderes denken als an sie.

Zeiten bevor sie mir das beschissene Herz gebrochen hatte und sie nun der letzte Mensch war, den ich noch mal irgendwo wiedersehen wollte.

ANMERKUNGEN
der Autorin

In diesem Buch habe ich sehr ernste Erkrankungen und diffizile Themen angesprochen.

Ich mache mir bereits seit fast zwei Jahren Gedanken, ob ich diese Geschichte schreiben soll und vor allem, wie. Ständig habe ich angefangen und die Entwürfe wieder gelöscht, weil ich es nicht richtig fand, darüber zu schreiben, und Angst hatte, dass die Botschaft falsch ankommt.

Ich möchte zum einen natürlich unter keinen Umständen hier ein bestimmtes Thema für »okay« befinden, aber zum anderen finde ich es auch nicht in Ordnung, es totzuschweigen.

Es ist wichtig, zu wissen, dass es Krankheiten gibt, die nicht heilbar sind.

Es ist wichtig, zu wissen, dass es Menschen gibt, die ihr Schicksal selbst in die Hand nehmen. Sei es auf Suttons Art oder auf Blakes.

Jeder geht anders mit dem um, was einem das Leben vor die Füße wirft. Der eine baut aus den Steinen ein Haus, der andere reißt eines nieder.

Mehr wollte ich mit dieser Geschichte nicht ausdrücken. Ich wollte beide Seiten zeigen und zum Nachdenken anregen und würde jederzeit Suttons Seite wählen. Sie hat ihr Schicksal akzeptiert und es für das Gute genutzt.

Ich heiße Selbstmordgedanken oder die Aufgabe seines Lebens weder gut, noch habe ich persönlich Berührungspunkte damit gehabt. Andererseits möchte ich diese harte Entscheidung auch nicht stigmatisieren, triggern oder sogar bewerten. Aber das Ende sollte auch nicht zum Hauptthema des Buches gemacht werden.

Denn meine Botschaft bleibt:

Es ist dein Leben, dein Herz und dein Weg.
Immer.

Wenn es dir ähnlich wie Blake geht, sprich bitte mit jemandem darüber! Anonym oder offen, je nachdem, was dir am besten etwas nützt. Aber bleib nicht allein!

Allgemeine Informationen

Unter der bundeseinheitlichen Telefonnummer 0800-1110111 oder 0800-1110222 kann kostenlos angerufen werden. Die Mitarbeiter der Telefonseelsorge hören zu, nehmen Anteil und verweisen bei Bedarf an andere Einrichtungen.

Unter der Rufnummer 0800-1110333 finden sich bundesweit Beratungseinrichtungen für Kinder und Jugendliche, überwiegend vom Deutschen Kinderschutzbund.

Informationen über Selbsthilfegruppen erhält man über die Nationale Kontakt- und Informationsstelle zur Anregung und Unterstützung von Selbsthilfegruppen (NAKOS) unter der Rufnummer: 030 / 8914019.

DANKE!

Wie alle meine Bücher besteht auch dieses hier nicht nur allein aus meinem Zutun.

Ich bin wahnsinnig glücklich darüber, so viele kluge und großartige Menschen nennen zu dürfen, die ebenfalls an dem Entstehungsprozess meiner Geschichten mitwirken. Deshalb gilt mein Dank bedingungslos ihnen! Weil es diese Geschichte in dieser Form sonst gar nicht gegeben hätte!

Ich habe es dem Können und dem Schliff meiner wunderbaren Lektorin Natalie zu verdanken, die nun seit 2017 an meiner Seite steht! Ich bin unglaublich froh, dich zu haben, denn hauptsächlich durch dein Mitwirken konnte ich mich gezielt weiterentwickeln und aus meinen Texten das machen, was sie am Ende sind. Es macht mir einen großen Spaß, mit dir an meinen Geschichten zu feilen, und freue mich auf viele weitere mit dir!

Dem scharfen Adlerauge von Dagmar entging diesmal nichts. Durch meine liebe Kollegin Any Cherubim durfte ich dich kennenlernen und bin begeistert über deinen Feinsinn was Texte betrifft! Ich danke dir vielmals für deine Hilfe und natürlich auch Any, dass sie uns zusammengebracht hat!

Meine Perle Juli. Stellt euch jetzt hier keinen Vokuhila Macho vor, der seine Freundin Perle ruft. Nein. So ist diese Bezeichnung nicht gemeint!

Du bist so unglaublich wertvoll für mich und ich hoffe, das weißt du!

Danke für die WhatsApp Nachrichten am späten Abend, wenn ich mal wieder durchdrehe! Die aufbauenden Worte, wenn ich zweifle und alles löschen will! Deine Ideen, wenn ich feststecke! Deine manchmal harten Worte, die aber immer genauso hart sind, wie sie sein müssen :-)

Also, Perle, auf viele weitere Jahre, denn so schnell lass ich dich nicht mehr gehen!!!

Ich danke außerdem meinen großartigen Bloggern, ohne die ich an dieser Stelle überhaupt nicht wäre! Danke für eure Posts, euer Teilen, eure Storys, eure Begeisterung, eure Freundschaft und euer ALLES!

Ihr seid die beste Rückenstärkung, die sich ein Autor wünschen kann!

(Diese Reihenfolge ist wahllos, ich hab euch alle gleich lieb!!)

Sarah-Jane, Ines, Ursula, Steffi H., Stefanie B., Tatjana, Gospa, Alex, Claudia, Sandra, Jessika V., Vanessa, Janine,

Laura, Nicole, Dana, Julia, Jessika A., Michaela, Özge, Lisa, Sonia, Gina, Sara, Laura-Sophie, Scarlett, Regina, Silvia, Kerstin P., Brina, Nina, Iris, Beate, Ania, Ricarda, Elvira, Corinna, Sarah, Stefy, Dominique, Melanie, Nina, Agata, Diana, Mareike, Shari, Anne, Irene, Kerstin, Nicole, Jasmin, Saskia, Monika, Janine, Julia, Jeannine, Seri, Ane.

Und natürlich danke ich auch meinen Lesern!

Was wäre eine Geschichte ohne jemanden, der sie erlebt?

Ihr seid mein Motor, denn ohne euch würde ich immer noch für meine Schreibtischschublade produzieren. (Die sich wahrscheinlich mittlerweile ziemlich zurückgewiesen fühlen muss ...)

ICH DANKE EUCH ALLEN VON HERZEN!!

BEREITS ERSCHIENEN

Ich freue mich auf deinen Besuch auf meiner Webseite oder Social Media Seiten!
Dort erfahrt ihr alle heißen News rund um meine Bücher, Neuveröffentlichungen und mehr! Meldet euch doch auch zu meinem Newsletter an, um nichts zu verpassen!

www.rose-bloom.de
www.facebook.com/rosebloomautorin
www.instagram.com/rosebloom_autorin
www.youtube.com/channel/
UCBhY4H6RlCf_u034GM8BoEA

Bereits erschienen:

Eine Auflistung aller Bücher findest du auf

www.rose-bloom.de/buchuebersicht/

12.

LESEPROBE SECOND CHANCE

Kapitel 1

Vergangenheit

STAR

»Findest du das wirklich ne gute Idee?« Nervös spähte ich an meiner besten Freundin vorbei und sah aus dem Seitenfenster. Clary löste die Finger vom Lenkrad. Ihr Herz raste sicherlich genauso schnell wie meines.

»Ich hab doch nicht das Auto meines Dads geklaut, damit wir jetzt den Schwanz einziehen.« Das Klicken des Gurtes erklang im Innenraum des Volvos, als sich Clary abschnallte. Es war kalt. Selbst tagsüber hatte es Minusgrade im zweistelligen Bereich gegeben, jetzt am Abend war es sogar noch kälter. Nicht ungewöhnlich für den Osten von Pennsylvania um diese Jahreszeit. »Komm schon. Du hast gesagt, dass wir das Zeug hier kriegen, oder?«

»Ja, hab ich. Aber …« Mein Blick wanderte erneut über den Vorgarten des Einfamilienhauses, in dem sich zahlreiche Leute tummelten. Die meisten hatten rote Becher mit sicherlich irgendeinem Alkohol in der Hand, manche sogar trotz des Wetters nur ein T-Shirt an. Drinnen schien es extrem heiß zu sein, oder der Alkohol wärmte wirklich von innen. Ich hatte keine Ahnung. Bis jetzt hatte ich mit siebzehn noch keinen Vollrausch erlebt, höchstens mal heimlich am Sektglas meiner Mutter genippt, als diese bei ihrem letzten Geburtstag den Raum verlassen hatte. »Ich habs mir anders überlegt. Ich will doch nicht. Lass uns wieder nach Hause fahren.«

Der Ledersitz knarzte, als sich Clary mir zuwandte und mich mit ihren braunen Augen vorwurfsvoll ansah. »Vergiss es. Wir machen jetzt keinen Rückzieher. Marc hat gesagt, nur so schafft er es, genug für die Prüfungen zu lernen und trotzdem noch alles neben der Schule hinzukriegen. Erinner dich. Klavier, Ballett, Spanisch … Was haben unsere Eltern uns noch aufgebrummt?« Ich zuckte stumm mit den Schultern. »Wir gehen jetzt da rein, holen uns ein paar von den Dingern von diesem Trip und fahren wieder heim. Du wirst sehen, morgen lachen wir über diese Geschichte.«

»Trip … was ist das eigentlich für ein bescheuerter Name?«

Clary grinste. »Er verschafft dir den Trip deines Lebens, sagen alle.«

»Er ist bei uns auf der Schule, hätten wir ihn nicht dort danach fragen können? Wieso in diese Gegend fahren?« Meine Eltern hatten mich vor diesem Teil der Stadt gewarnt, und mir war nicht wohl bei dem Gedanken, nun mitten hineinzuspazieren.

Clary tippte sich mit dem Finger gegen die Stirn. »In der Schule? Mit Drogen dealen? So krank ist selbst dieser Typ nicht, glaub mir. Außerdem willst du dich doch nicht von der alten Miss Patty auf dem Schulhof erwischen lassen? Komm jetzt.« Meine beste Freundin stieg aus dem Auto, während ich noch zögernd darin saß. Sie klopfte gegen die Scheibe, und ich hörte dumpf ihre Stimme. »Los jetzt!«

Na gut. Eigentlich ging es mir nicht um die Leute, die auf dieser Party waren, und ich hatte auch keine Angst, in dieser Gegend ausgeraubt zu werden, wie es alle sagten. Ich hatte

Sorge, danach erwischt zu werden, denn mein Vater war nicht gerade für seinen lockeren Erziehungsstil bekannt. Noch nie hatte ich mir etwas wirklich Schlimmes zuschulden kommen lassen, aber ich war mir sicher, wenn mein Dad das herausfände, könnte ich mich auf einiges gefasst machen. Wahrscheinlich würde er mich auf direktem Weg ins Internat schicken, so wie er es früher oft angedroht hatte. Meine absolute Horrorvorstellung. Weit weg von meiner Mum, weit weg von meinen Freunden. Andererseits musste ich da jetzt rein und tun, was wir vorhatten, um seinen Ansprüchen weiter gerecht zu werden. Denn wenn nicht, schickte er mich bestimmt ebenso fort.

Ich seufzte schwer, zog den Kragen meiner blauen Daunenjacke nach oben und stieg aus. Kalter Wind peitschte mir ins Gesicht. Wenigstens schneite es noch nicht, denn ich mochte Schnee nicht besonders, seit ich mit fünf Jahren von Clarys bescheuertem Bruder Spencer kopfüber hineingetaucht worden war und fast erstickt wäre.

Ich ging zu meiner besten Freundin, und wir liefen gemeinsam durch den Vorgarten auf das Haus zu. Die Musik dröhnte durch die Nacht, genauso wie das Gegröle einiger Leute, das durch die geöffneten Fenster drang. Sie schienen Spaß zu haben. Spaß. Wusste ich überhaupt, was das war? Neben meinen ganzen außerschulischen Verpflichtungen und den anstehenden Prüfungen hatte ich im Moment nicht sehr viel Zeit dafür.

Wir stiegen die Stufen der Veranda zum Eingang nach oben.

»Hey, ihr Süßen, Bock auf eine Runde tanzen?« Eine Gruppe Jungs stand vor der Tür. Ein Braunhaariger griff sich anzüglich in den Schritt und ließ sein Becken kreisen. Großartig. Jungs in unserem Alter waren wohl überall nervig und pubertär.

»Danke für das Angebot, aber wir lehnen ab«, sagte ich. Sie lachten, und ich warf Clary einen genervten Blick zu. Ich sammelte meinen gesamten Mut zusammen. »Wir suchen einen Trip. Ist er hier?«

»Wer will das wissen?«, fragte ein Schwarzhaariger, der bisher recht ruhig gewesen war.

»Mein Name ist Cassandra«, erwiderte ich. »Aber er wird mich nicht kennen.«

»Wieso suchst du ihn dann?«, fasste er misstrauisch nach, als wäre ich von der Polizei und undercover. Hatte er vergessen, dass man dort keine siebzehnjährigen Mädchen einstellte?

»Unser Freund Marc hat gesagt, er hätte etwas, das uns helfen könnte. Bei den Prüfungen und so«, rettete mich Clary aus der Situation.

Der Typ musterte uns noch einige lange Sekunden, dann nickte er und deutete hinter sich. »Er ist da drin.«

Ach nee. So schlau waren wir auch ohne ihn. Doch ich sparte mir einen Kommentar. »Danke.« Er nickte, und die anderen sahen uns mit ihrem hämischen Grinsen nach, als wir an ihnen vorbeigingen und das Innere des Hauses betraten. Die Luft war extrem stickig, und ich musste mich erst mal sammeln, um mich in dem Chaos hier zurechtzufinden. Wahnsinn, wie viele Menschen passten in so ein kleines Haus? Die harte Housemusik war so laut, dass mir die Ohren wehtaten. Mindestens neunzig Prozent der Anwesenden waren total blau, der Rest auf dem Weg dahin. Mädchen tanzten leicht bekleidet mit tätowierten oder volltrunkenen Typen. Die meisten davon waren sicherlich nicht auf unserer Schule. Wenn sie überhaupt noch zur Schule gingen. Das Alter der Leute war schwer einzuschätzen, aber älter als Anfang zwanzig war wohl keiner von ihnen.

»Komm, lass uns eine Runde drehen!«, schrie Clary, nahm mich an der Hand, und wir drückten uns durch die Menge. Es wurde immer heißer, und mir stand der Schweiß auf der Stirn, weil ich immer noch meine Winterjacke trug.

Wir gingen durch das Wohnzimmer und schauten uns um. Ich war diesem Trip schon in der Schule über den Weg gelaufen und wusste, wie er aussah. Aber würde ich mich auch trauen, ihn anzusprechen? Bisher hatte ich ihn niemals mit jemandem reden sehen …

Clary zog mich weiter, und ich war froh, dass uns die Menschen hier gar nicht wirklich beachteten. Als würden wir dazugehören und wären jedes Wochenende auf so einer Party. Ein Typ drückte uns sogar zwei große rote Plastikbecher in die Hand, grunzte einmal laut und verschwand wieder. Ich roch daran und verzog die Nase. Wow, war das stark. Clary allerdings schien Gefallen an dem Ganzen zu finden. Auch für sie war es die erste Party dieser Art. Sie grinste mich an, zuckte mit den Schultern und kippte den Inhalt hinunter. Hustend hielt sie sich die Hand vor den Mund.

»WOW!«, schrie sie und riss die Augen auf. »Trink!« Sie nickte zu meinem Becher, den ich immer noch verkrampft mit den Fingern umklammerte. Das Dumme war nicht, dass ich es nicht probieren wollte, ich würde es sogar extrem gerne trinken, aber nein … mir hallte wieder und wieder die Stimme meines Dads durch den Kopf. Ich sah förmlich sein strenges Gesicht und wie er die buschigen schwarzen Augenbrauen zusammenzog, während er mächtig und einschüchternd vor mir stand. Mein Vater strahlte schon immer eine natürliche Strenge aus, die es mir verbot, mich zu widersetzen.

»Cassandra, gute Noten sind wichtig! Du möchtest doch nicht auf der Straße enden, oder? Du willst doch irgendwann das Familiengeschäft übernehmen, das dein Großvater und ich mit harter Arbeit aufgebaut haben! Die Note Zwei ist inakzeptabel! Du musst mehr lernen und dich fokussieren! Partys und Jungs sind tabu!«

Scheiß drauf. Auf die Gefahr hin, einen dummen Fehler zu begehen, weil ich überhaupt nicht wusste, was in dem Becher war, schüttete ich mir den Inhalt in den Rachen.

»Woohoo! Genau so, Baby!«, schrie Clary und streckte die Arme in die Luft, als hätte ich etwas besonders Tolles vollbracht. Schon irgendwie erbärmlich, dass wir etwas taten, was ganz normale Jugendliche jedes Wochenende machten, und uns dabei fühlten, als führten wir eine Rebellion an. Ich stellte den Becher zur Seite. Trotzdem würde ich nicht noch einen davon trinken.

»Los, lass uns diesen Trip suchen«, sagte ich, und wir liefen weiter, bis wir in der Küche ankamen. Drei Mädchen standen am

Waschbecken und füllten sich Bier in ihre Becher. Sie sahen ganz okay aus, deswegen ging ich direkt auf sie zu.

»Hi, wir suchen Trip. Wisst ihr, wo er steckt?«

Das Mädchen mit dem Nasenring fächelte sich Luft zu. Auch ich fühlte bereits einen Schweißfilm auf der Stirn. »Süße, jedes weibliche Wesen in diesem Raum sucht Trip.«

»Also ist er hier?«

»Er ist immer hier«, erwiderte eine Blonde, deren Schlangentattoo vom Handrücken bis zu ihrem Hals über den gesamten Arm verlief. Beeindruckend. Das hatte sicher wehgetan. »Meistens steht er bei der Treppe nach oben in einer Ecke oder ist mit einem Mädchen in irgendeinem Schlafzimmer.«

Sie sagte das, als wäre es das Normalste der Welt. Clary und ich warfen uns einen vielsagenden Blick zu. »Ach, da ist er ja!« Das Mädchen mit dem Nasenring deutete auf einen breiten Rücken, der sich gerade von uns weg und nach draußen bewegte. Er trug ein schlichtes schwarzes T-Shirt, aber etwas anderes hätte auch den zahlreichen Tätowierungen auf seiner Haut die Show gestohlen. Ich wusste, wie er aussah, aber jedes Mal verschlug es mir erneut den Atem. Das blonde Mädchen hatte recht. Trip sah gut aus. Und das war schon fast die Untertreibung des Jahrtausends. Er war diese Art Mann, vor dem Eltern ein Mädchen immer warnten, was nichts daran änderte, dass die Mädchen bei ihm Schlange standen und um seine Aufmerksamkeit buhlten.

»Hey, Trip!« Das Nasenring-Mädchen rief ihn. Er stoppte und drehte sich langsam zu uns um. Meine Kehle wurde trocken, und mein Herz begann zu rasen. Wahrscheinlich würde ich kein einziges Wort in seiner Nähe rausbekommen. Clary ging es genauso, denn ich spürte ihre Anspannung neben mir. Er verzog keine Miene, leckte sich nur kurz über die vollen Lippen, während er uns hart ansah. »Die beiden suchen dich.« Sie kicherte. Wahrscheinlich weil sie genau wusste, wie wenig wir hierher passten. Es hätte sogar ein Blinder gesehen, dass wir hier völlig fehl am Platz waren und Trip uns mit Haut und Haar verspeisen könnte.

Trotzdem kam er zu uns. Seine dunkelbraunen Haare waren oben etwas länger als an den Seiten und akkurat gestylt. Sein Kinn überzog ein leichter Bartschatten, und die Tattoos zogen sich nicht nur über seine Oberarme, sie schauten sogar aus seinem Shirtkragen und liefen über seinen Hals bis nach hinten zu seinem Nacken. Es hatte mich schon immer interessiert, ob sein ganzer Oberkörper tätowiert war. Ich würde es wohl nie herausfinden. Aber es waren seine Augen, die mich am meisten beeindruckten. Ein sattes Moosgrün. Strahlend. Düster. Und so tief, als würde ich direkt in seine Seele blicken.

»Bist du Trip?«, krächzte ich. Oh Mann. Total unnötig, das zu fragen. Sein Mundwinkel zuckte nach oben. Mit diesem halben Lächeln sah er noch umwerfender aus als ohnehin schon. Seine dunkle Aura zog mich augenblicklich noch tiefer in seinen Sog.

»Jap.«

Die knappe Antwort verunsicherte mich ein wenig. »Unser Freund Marc hat gesagt, dass du …« *Pillen hast, die uns die ganze Nacht wach halten, sodass wir den idiotisch hohen Anforderungen unserer Eltern gerecht werden und für alle Prüfungen lernen können.*

»Kommt mit«, sagte er wissend, ohne dass ich den Satz beenden musste, drehte sich um und lief Richtung Flur. Er war gut anderthalb Köpfe größer als ich, und dementsprechend lang waren seine Schritte. Fast war er zwischen den Menschen verschwunden.

»Immer noch eine gute Idee?«, zischte ich Clary zu, die aber nur die Schultern hob, bevor wir ihm schnell folgten. Er ging aus dem Haus, den Weg zur Straße nach unten und ein Stück über den Bordstein. Ich traute mich nicht, zu fragen, wohin er wollte. Bei einem alten mattgrauen Honda blieb er stehen und setzte sich auf den Fahrersitz.

»Sollen wir einsteigen?«, flüsterte Clary.

»Sieht wohl so aus …«

»Sitz du vorne!« Und damit war sie schon auf den Rücksitz gerutscht und hatte die Tür geschlossen. Danke auch.

Ich ließ mich auf den Beifahrersitz sinken, aber zuerst musste ich mir mit den Füßen Platz schaffen. Im Fußraum lagen Dutzende CD-Hüllen offen herum, neben braunen Papiertüten aus irgendeinem Fast-Food-Restaurant. Außerdem roch es undefinierbar süßlich nach dem grünen Lufterfrischer, der am Spiegel hing. Ich hatte zwar kein Auto, aber hätte ich eines gehabt und es würde so aussehen, bekäme ich monatelangen Hausarrest.

Trip kramte in der Mittelkonsole, bis er ein Zigarettenpäckchen hervorzog, sich eine Kippe rausnahm und sie anzündete. Der Rauch verteilte sich im Innenraum, bevor er sein Fenster öffnete und den Arm darauf ablegte. Die kalte Luft drang zu uns herein und vermischte sich mit dem Geruch im Innenraum. Unsicher drehte ich den Kopf zu ihm und bemerkte, dass er mich ansah. Mein Herz raste immer noch. Das Ende seiner Zigarette glühte im Dunkeln, als er am Filter zog. Sein Gesicht lag durch den Schein einer Straßenlaterne nur halb im Schatten.

Keiner sprach ein Wort, noch nicht mal Clary, die sonst stundenlang plappern konnte.

»Also was hat euer Freund Marc euch erzählt?«, fragte er. Seine Stimme war rau. Tief. Und überraschenderweise warm. Obwohl sein Äußeres etwas anderes ausstrahlte. Härte. Rohheit.

»Dass wir bei dir etwas kaufen können.«

»Definiere *etwas*.« Er zog ein weiteres Mal an der Kippe. Warum quälte er mich so? Musste ich es wirklich aussprechen.

Ich schloss die Augen. »Dass wir bei dir Drogen kaufen können«, sagte ich schnell. Ich öffnete erst die Lider, als ich ein leises Lachen vernahm. Empört sah ich ihn an. Machte er sich über mich lustig?

»Klar, was wollt ihr? Weed, Koks, Ecstasy, Meth …«

»Nein! Nicht so was … Pillen. Damit wir wach bleiben.«

»Ah, lässt Daddy etwas anderes als eine Eins nicht durchgehen?« Waren wir so durchschaubar? Natürlich waren wir das … Ich nickte stumm.

»Nein.«

»Nein?«, fragte ich ungläubig, und auch Clary rutschte noch ein Stück weiter nach vorne, sodass sie den Kopf zwischen den Lehnen durchstecken konnte.

»Was heißt ›Nein‹?«, stieß sie schrill hervor. »Wir haben Geld. Wir wollen etwas kaufen.«

»Ist mir schon klar, dass ihr Geld habt«, erwiderte er lässig und schnippte die Zigarette nach draußen. »Aber damit kann man eben nicht alles kaufen. Ich bin kein verfickter Tante-Emma-Laden.« Er ließ den Wagen an. »Wo wohnt ihr?«

»Wieso?«, fragte ich ängstlich, und die Nässe meiner Hände nahm bedrohliche Ausmaße an. Wie schnell konnte man wegen Flüssigkeitsverlust sterben? Hoffentlich schnell genug …

»Damit ich euch nach Hause fahren kann. Ihr zwei solltet um diese Uhrzeit nicht hier draußen rumlungern und bei einem Typen wie mir Drogen kaufen wollen.«

Okay, wenn er das so sagte, hörte es sich tatsächlich ziemlich bekloppt an. Er legte die Hände auf das Lenkrad. Selbst seine Fingerknöchel waren tätowiert.

»Vergiss es! Wir haben ein eigenes Auto!«, stieß Clary empört hervor und stieg aus dem Wagen. Wütend knallte sie die Tür zu. So war sie immer, wenn sie etwas nicht bekam, was sie sich wünschte.

Trip lehnte sich ein Stückchen näher zu mir rüber und nahm sanft eine meiner schwarzen Haarsträhnen in die Hand. Er wickelte sie um seinen Zeigefinger, und ein Schauer fuhr mir über den Nacken, sodass ich mich leicht schütteln musste. Meiner kolumbianischen Mum hatte ich meine dunklen Haare zu verdanken, meinem Dad die hellblauen Augen, in die Trip gerade so tief hineinsah, als würde er darin versinken wollen.

»Fahr nach Hause und komm nie wieder hierher, Cassie.« Es klang fast wie eine Drohung, und mir entging nicht, dass er meinen Namen kannte. Eher gesagt mich bei einem Spitznamen ansprach, den sonst nur meine engsten Freunde benutzten. Mein Dad mochte es nicht, wenn mich jemand Cassie nannte.

»Wieso?«, hauchte ich mehr, als dass ich es sagte. Seine Gesichtszüge waren schön. Es gab wenige Männer, bei denen man das behaupten konnte, und schon gar keine, die ganzkörpertätowiert waren und die Ausstrahlung eines Verbrechers hatten. Aber Trip war es. Schön.

Er löste seine Hand von mir und lehnte sich zurück. »Nein sagen hilft manchmal, weißt du?«

»Es gibt aber Menschen, die kein Nein akzeptieren.« Ich öffnete die Tür und konnte nicht verbergen, wie enttäuscht ich war, dass unser Plan nicht aufgegangen war. Ich stieg aus. Noch bevor ich die Autotür zuschlagen konnte, hörte ich Trips Stimme. Und seine Worte gingen mir nicht wieder aus dem Kopf.

»Wir sehen uns, Cassie. Bald.«

Wir sehen uns, Cassie. Wenn ich nur gewusst hätte, was er wirklich damit meinte.

131